U0091151

芳草扶疏雁南歸 3 完

文創風 250

月半彎 著

目錄

第五十四章　凱旋而歸

夜色漸漸消褪，黎明的曙光照亮了整個大地，雖仍有寒氣襲人，卻仍算得上是一個風光明媚的好天氣。

只是陽光再好，也照不亮連州城軍民的心。

又是一夜過去，和摩羅族大戰的連州鐵軍，仍是沒有一絲一毫的消息，事情到了這般時候，就是尋常百姓也明白，大軍此戰，怕是凶多吉少。

尹平志急得和熱鍋上的螞蟻相仿——派去朝廷求援的信使，怎麼說怕也需旬日有餘，到那時候，這連州城說不定已經易主了……

一夜輾轉反側，天沒亮就從床上爬了起來，顧不得吃飯，便直接跑來尋張顯商量對策了。

「尹平志來了？」張顯明顯也沒睡好，頂著兩個大大的黑眼圈任侍女幫自己淨面。

和其他人唯恐摩羅族打過來相反，張顯卻因為大軍的毫無消息心情暢快不少，卻又因張寬久久不歸而提心弔膽。

明明齊灝和陸天麟都身受重傷，聽說又被神秘人給狠狠地折騰了一番，張寬不是應該很容易就得手嗎？怎麼會天光都大亮了還不見回返？

難道是沒找到人？最壞的情形就是，張寬失手了……

「滾——」張顯越想越心煩，抬腳一下踹開侍女。

匆匆整理了一下衣衫，張顯便往廳中而去。

尹平志一見張顯，明顯愣了一下，怎麼張公爺的模樣瞧著這般憔悴，難道和連州城有關？

剛要再問，外面突然傳來一陣急促的腳步聲，有人在外面大聲道——

「公爺，府尹大人，不好了，有大批隊伍正往連州城方向而來！」

什麼？尹平志一個趔趄，一下跌坐在椅子上。

張顯則眼睛一跳，握緊了拳頭——果然是天不亡我張家，必是摩羅族勝了！

「公爺，咱們、咱們現在，可該如何是好？」尹平志早已是面如土色、六神無主，若是被摩羅凶賊圍城，尹平志真不知道自己能堅持多久。

張顯強壓下心頭翻騰的複雜情緒，定了定神道：「去城頭瞧瞧。」

兩人一前一後出得門來，剛要上馬，卻正好碰見同樣匆匆趕來的姬青崖和鄭國棟等人，幾人面色都不大好看，互相對視一眼，略點了下頭，便也跟著往城頭方向而去。

往常這個時間，正是四門大開，務農百姓和往來商賈進出城門的時間，最是熱鬧不過，這會兒哪還有往日的半分寧靜祥和？

大軍敗北、連州城即將不保的消息，已經傳遍了大街小巷，大街上到處都是拖兒帶女、人心惶惶的百姓。

不但男人們都跑到了大街上，就是本應在家燒火做飯的女人們，也都抱著孩子眼睛紅紅地站在簷角下；有那年齡大的，已經開始不住抹淚，在連州城生活了一輩子，難道臨老，還得過四處逃亡的日子嗎？

衣著襤褸的陸清源和妻子甯氏，以及兒子陸家和，也混在人群中，耳聽著旁人的議論，嚇得臉都白了。

甯氏更是當場就抹起淚來，嘴裡不住喃喃著。「早知道這樣，咱們當初還是待在清河鎮就好了，也比現在鎮日裡擔驚受怕的好……」

從來至連州，就沒過過一天好日子，先是被大伯陸清宏一家為難，好不容易大伯家倒了，甯氏還以為以後能過些太平日子了；哪裡想到，前些日子半夜裡，忽然就有人來報信，說是神農山莊人要來尋自家晦氣，囑咐三人趕緊找個地方躲一躲。

甯氏當場就嚇癱了，那陸家平不過掛了個神農山莊管事的名分，就弄得一家人差點家破人亡，現在倒好，也不知家寶他們做了什麼，竟是直接惹上了那麼一個龐然的神農山莊！

夫妻倆嚇得幾乎魂飛魄散，連夜收拾了些銀兩，就帶著陸家和逃了出去。

誰知在城外流浪了幾天，卻又聽說摩羅族竟然打了過來，三人無法，又偷偷回了連州，本想著等陸大帥打敗摩羅人再做打算，哪知今兒一大早就聽說了這麼個壞消息。

「府尹大人過來了——」前面忽然傳來一陣喧鬧聲，街上的百姓紛紛往兩邊散開。

陸清源嚇了一跳，忙也拉住甯氏要往路邊躲，卻不防跑得急了，竟然一下和人撞了個正著。那人猝不及防之下，一下跌倒在地，陸家和下意識地就想去扶，卻在看清那人相貌時愣了一下，趕緊轉過身來，推著陸清源夫婦就往人堆裡擠——

真是冤家路窄，竟然和董朝山撞到了一處！

董朝山也正好抬頭，一眼看到陸氏夫婦的背影，愣了一下，忽然就蹦了起來，竟然飛奔過去一把抓住陸清源的後衣襟，吼道：「陸清源，你給我站住！」

陸清源？姬青崖等人正好行至此處，聽到董朝山那一聲呼喝，不由一愣，忙勒住馬頭。

陸清源嚇得魂兒都飛了，猛推了甯氏和陸家和一把，壓低聲音道：「快跑。」又頭也不回地用力去掰董朝山的手。「放開我，你認錯人了！」

眼看那些威風的官老爺正往這邊來，董朝山一下興奮了起來。「什麼認錯人了，陸清源，騙別人行，想要騙我，作夢去吧！」又轉回頭來衝停馬往這邊瞧過來的姬青崖道：「公子爺，他就是你們要找的陸清源！」

從和陸家成一道被抓到軍營那會兒開始，董朝山就對陸清源一家又恨又怕；只是後來聽說連陸清宏父子都被整得丟進監獄裡出不來了，董朝山一下嚇壞了，唯恐陸家人會對付自己，先在外面躲了一段時間，後來想想這也不是事，就又跑了回來，還特意買了好多好東西想要登門謝罪。

哪知到了後沒見到陸清源，反而碰見一個長相俊秀的公子帶著幾個凶神惡煞的手下，雖然嚇得不輕，卻也聽說了一個讓董朝山高興得不得了的消息——

陸家得罪了神農山莊，說不好很快就會從世上消失。那位姬公子臨走的時候更是明言，只要自己能幫著抓住陸清源，一定重重有賞。

「陸清源？」姬青崖神情有些微妙——竟然是陸扶疏兄妹的爹嗎？倒沒想到，竟然在這個時候找到了。他一揮手，示意官兵上前抓住仍在拚命掙扎的陸清源，便又繼續馬不停蹄地往城頭方向而去。

雖則賢王齊灝之前嚴令，案情未明之前，不准累及無辜，姬青崖卻並未放在眼裡，更不要說齊灝自昨日出城後，到現在都沒有消息，說不好，早就戰死在沙場了。當日那陸扶疏等人不就是打著賢王的旗號，才敢處處跟自己作對嗎？沒了齊灝，看誰還能救得了他們！

「公子爺兒，賞錢——」眼看姬青崖打馬而去，董朝山愣了半晌才反應過來，忙氣喘吁吁地追了過去，卻哪裡比得上姬青崖的寶馬良駒，自然很快就落在了後面。

張顯等人登上城牆，人人神情都是一凜。

朝著連州城的方向，果然有一支大軍正緩緩而來，雖然對方速度瞧著並不甚快，但數量之多，卻是鋪天蓋地，揚起的煙塵，幾乎連天空都給遮住了。

雖然瞧得不甚清楚，走在隊伍最前面的，卻無疑正是一支騎兵！

「果然是摩羅人嗎？」尹平志腿一軟，若不是有城牆撐著，怕是立馬就要軟癱在地。

以雄壯的騎兵做前鋒，本就是摩羅族慣有的模式！雖然離得遠，可那噠噠的馬蹄聲卻彷彿九天驚雷，震得人耳朵嗡嗡作響，甚至站在城頭上，都能感受到對方沖天的殺氣。

即便對大軍敗北早有準備，張顯還是嚇得一激靈，一方面心終於放下了一些，從摩羅人如此沖天的氣勢來看，齊灝一行又傷又病的，本就難以跑得遠了，即便張寬失手，自己可還派了人去給摩羅人送信，他們想要逃出去無疑難比登天；另一方面內心又惶惑不已，面對這樣氣勢洶洶的敵人，連州城又能抵擋多久？若真是城破，自己等人又該如何自處？

只是已經走到了這一步，便是後悔又能如何？

定了定神，剛要吩咐尹平志等人一起回去商量對策，忽聽有人驚叫一聲——

「不對，怎麼敵軍中飄揚的是陸帥的旗幟？」

「什麼陸帥！」張顯本已經下了城樓，聞言一陣心煩，即便眼前沒有一個好的計策應對摩羅大軍，可並不代表著張顯就想讓陸天麟活著，哪知一語未畢，又一陣喧譁聲傳來——

「天啊，我一定是眼花了吧？竟然是陸帥的旗幟！」

「是啊，我也看見了，他們身上穿的也不是摩羅族的服飾，而是咱們齊國人的衣服！」

「原來我們想錯了嗎？並不是咱們敗了，而是摩羅人敗了！」

聲音越來越響，終至歡聲雷動。

「難道真是咱們料錯了？」尹平志最先站住腳，神情驚疑不定。

「胡說什麼？」張顯嘴裡雖如此說，心裡也開始打鼓。「尹大人莫——」

尹平志卻顧不得再聽他訓誡，竟是一撩袍子轉身往城頭而去，鄭國棟及姬青崖怔愣一下也跟了上去。張顯原地站了一會兒，終於也一跺腳跟了過去。

尹平志最先到達高處，往遠處一瞧，一下張大了嘴巴，神情瞬間轉為狂喜——此時旭日東昇，霧靄早已散盡，城下一切清晰映入眼底，那浩浩蕩蕩的大軍可不是盡著大齊服飾，而軍隊最前方正有一面大旗迎風飄揚，上面正繡著一個斗大的「陸」字。

「真的，竟然是、是真的——」尹平志第一次不再懼怕陸天麟，甚至太過激動之下，眼圈都紅了。

城樓上的其他兵丁及一些聞訊趕來的百姓，也在確信了城下確實是自己的軍隊回來後喜極而泣。

本來以為，連英武驍勇的大軍都被摩羅人給滅了，他們這些人自然更不是對手，十有八九也會死在這群魔鬼的手裡，卻不料還能發生這樣的驚天逆轉。

「快開門，開城門——」尹平志聲音都是哆嗦的。「我要去，我們都去，迎接、迎接大帥回城——」

「站住！」張顯攔阻道。

「啊？」因張顯的動作太過突兀，尹平志差點就和他撞在一起，待聽清楚張顯的話，一下愣了。「公爺，是咱們的人回來了——」

「什麼咱們的人？」張顯的情形卻很不對勁，竟是兩眼赤紅，神情猙獰。「說不好，是摩羅人假扮的，想要誆開我連州城門——」話音未落，脖子後面忽然一涼。

「鄭大人——」尹平志嚇得驚喘一聲。

卻是鄭國棟突然拔出寶劍，朝著張顯的脖子砍了過去。

張顯也覺出有些不妙，忙要閃躲，卻哪裡來得及？脖子被砍了個正著，立時有鮮血泉一般地湧出。

「鄭國棟，你——」張顯身體一晃，終於不支倒地，眼睛卻死死地盯著鄭國棟，神情憤恨而淒厲。「鄭國棟，我張顯即便死了也——」

「張公，到了這個時候了，你不覺得自己死了比活著好？」鄭國棟用只有兩人聽得到的聲音道，手裡的寶劍已經抬起，劍尖正對準張顯的心窩處。

張顯愣了一下，眼前不知為何，突然閃現出自己讓人拔劍刺中鍾勇心臟時，鍾勇臉上不敢置信的悲憤神色，原來，被認定的自己人背叛，就是這種滋味嗎？天道果然公平，當初為了一已私利殺了鍾勇時，無論如何也沒想到，竟然這麼快就報應到了自己頭上！

待要求饒，鄭國棟已經一劍扎了下去。

「鄭、鄭大人——」瞧著鄭國棟手中那把血淋淋的寶劍，尹平志差點沒暈死過去——鄭國棟瘋了嗎？竟然殺了張顯！

鄭國棟卻是毫不在意，瞟了一眼尹平志。「張顯意圖對大軍不利，已被鄭某誅殺，再有任何意圖阻撓大軍回城者，此人便是其下場！尹大人還愣著做什麼，還不快去接了陸帥等人入城？」

既然是陸天麟勝了，那張顯的陰謀勢必敗露了，此等情形下，張顯自然非死不可，不然，怕是自己也逃脫不了干係！

城門開處，城裡的百姓潮水一樣湧了出去，尹平志、鄭國棟等人本是騎在馬上，可人實在太多了，致使道路一度堵塞；幾人無奈，只得下馬徒步而行，數次出聲呵斥，還是無法阻止因太過狂喜而洶湧不斷的人流，好在有官兵彈壓，總算給幾人留出一條窄窄的小路來。

眾人氣喘吁吁地行至連州城外十里長亭處，大軍已然近在咫尺。

在城樓上遙望已經能體會出大軍的氣勢非凡，如今近觀更覺地動山晃、目眩神搖。

衝在最前面的正是被他們誤認為摩羅族的騎兵，幾千鐵騎，全是清一色的黑色駿馬，馬上勇士也都是黑衣黑甲、面容肅殺，明亮的眼神，沈穩的動作，鋒銳無匹的殺氣，無形中形成了一種難以言喻的氣場，令得所有見著的人不由自主產生一種無比心折、想要膜拜的心情。

所有人心中湧起一種無與倫比的自豪感——這就是我連州鐵軍，打不垮的鋼鐵長城！

陸天麟麾下什麼時候有了這麼一支精銳的騎兵？

鄭國棟心旌搖曳之餘，恍惚間憶起張顯指揮作戰時兵敗如山倒的情形，心理頓時五味雜陳——這一刻才無比真切地意識到，陸天麟「大齊戰神」稱號的真實意義，這一次怕是真的徹底得罪了陸天麟吧？只是樹了這麼一個強敵，真的是合適的嗎？

「大齊威武——」

「陸帥威武——」

不知誰起的頭，人群自發地齊齊歡呼起來，一時聲震原野。

鄭國棟恍然抬頭望去，卻是那些騎兵正流水一樣往兩邊分開，眾星拱月般烘托出中間幾員戰將。

最左邊那位金衣金甲，氣質高貴、人品俊逸，不是賢王齊灝又是哪個？

尹平志最先下馬，滿臉惶恐、敬佩之情，接著俯身就要拜倒。「賢王——」又忙不迭轉身衝齊灝旁邊銀盔銀甲，眉目英挺、巍然如山嶽的男子一拱手。「陸帥——」

一時又想到家人從前待這位準妹夫如何苛刻，尹平志竟是神情倉皇，連頭都不敢抬，錯眼卻瞧見遠遠越過諸將緊緊跟隨在兩人身後，黑衣黑甲俊美逼人的年輕人時，又是一愣——

這位又是誰，怎麼這麼大的膽子，竟敢和齊灝、陸天麟並駕齊驅？

更怪的是，年輕人身上的肅殺之氣，竟是絲毫不遜於陸天麟，內蘊的尊貴比起齊灝來也不遑多讓！

尹平志一時腦子越發糊塗，齊灝和陸天麟並肩而行，自然在情理之中，兩人一個是大齊尊貴無比的賢王，一個是軍功赫赫的戰神，別說這小小的連州城，就是放眼整個大齊，能和兩人相提並論的也少之又少，怎麼那年輕人就敢如此放肆，僅落後兩人一個馬頭？更奇的是，後面那數百將領竟無一人有不滿之色。

這還不算，怎麼後面還跟了頂青衣小轎啊？還有那十多個白髮白眉、神情倨傲的老者，又是怎麼回事啊？

後面的鄭國棟臉色卻是一下難看至極，聽說大軍凱旋，也憋不住跑來看熱鬧的鄭康更是和吃了隻蒼蠅相仿——尹平志不認識，他們父子倆可熟悉得不得了，這年輕人不是冤家對頭楚雁南又是哪個？

特別是鄭康，千里迢迢跑到邊關來，本就是為了來看楚雁南如何倒大楣的，結果倒好，竟是自己受盡驚嚇，那個姓楚的小子卻是出盡風頭！

至於那頂小轎——鄭國棟心裡卻霍地一跳，恍惚憶起張顯的手下回來稟報時，提起跟蹤齊灝幾人時遇到的古怪「會首」一行人，不會就是他們吧？來不及細思，卻正對上齊灝宛若寒冰般的眼神，嚇了一跳，忙整了整衣冠，上前見禮。「參見王爺——」只是他的聲音卻瞬間被身後的歡呼聲給淹沒。

「大帥威武，大帥威武——」

「王爺威武，王爺威武——」

「我大齊兒郎威武——」

歡呼聲簡直排山倒海一般，所有人瞧向陸天麟等人的神情又是感激又是驕傲。這就是咱們戰無不勝的元帥，這就是咱們攻無不克的鐵軍！

先是有人把雞蛋塞到站得距自己最近的士兵手裡，接著有更多的人跑出來，把自家烙的大餅、炸的年糕等各種吃的，一個勁地往兵將手裡送，甚至還有一個特別大膽的女孩子，流著淚把自己繡的一條手帕塞到了一個拄著枴杖的傷兵手裡……

陸天麟久久地看著眼前這一幕，眼圈也是一紅——實在是這一場大戰太過慘烈，陣亡將士合在一起竟足有兩萬多人……

「陸帥，咱們進城吧。」齊灝也是眼睛發熱，不親臨戰場，就沒有辦法最真切地瞭解到這些軍人的意義；而陸天麟，無疑是真正的軍魂，還有楚雁南——這個年紀不過弱冠的年輕人，將來的成就怕更會在乃父之上！

陸天麟點了點頭，吩咐大軍留駐城外，自己則帶了兩百親衛，又轉臉朝著統領騎兵的一個魁梧漢子及跟著小轎的一眾老者道：「木寨主，諸位長老，昨日大戰多虧天喬寨義士全力來援，各位英雄，請——」

「大帥客氣了！」木烈早仰慕陸天麟的威名，雖然陸天麟很是客氣，卻不敢托大，忙拱手回禮。「那木某就恭敬不如從命了。」

當下也點了兩百人，卻是轉身緊跟在青衣小轎的後面，擺明是下屬護衛的姿態。

木寨主？天喬寨？人群中頓時一陣騷動。

尹平志直接傻了眼，自己這前妹夫能耐怎麼這麼大，什麼時候和天喬寨搭上線了？那可是天喬寨啊，不只人人凶悍，更兼富可敵國。

可那小轎裡坐的又是哪個？

怎麼竟有人身分比天喬寨寨主還厲害嗎？瞧那凶惡得不得了的木寨主恭敬的樣子，明顯對轎中人很是敬畏。

鄭國棟卻是瞧著小轎兩眼發光——竟是能左右天喬寨局面的人嗎？說不好，果然就是那會首大駕光臨了，自己無論如何也要想辦法結識此人。

至於姬青崖等人，則早已是面如土色——楚雁南竟然和天喬寨關係這麼好嗎?!

第五十五章　不長眼

一路上，鄭國棟的眼睛始終盯著那頂小轎，卻一直沒能目睹轎中人的廬山真面目。甚至直到連州府衙前，齊灝等人都下了馬，轎中人卻始終沒有下來，竟是直接往旁邊的驛館而去。

鄭國棟頓時有些發急，卻又不便上前攔阻，只能眼睜睜地瞧著轎子直接抬了進去，便是木烈及他手下的兩百騎兵，也跟著進了驛館。

尹平志也是一愣，雖是考慮到地處邊境，為體現大齊的威勢，驛館建得夠大、夠敞亮，卻還是因少有人住而顯得有些破敗。本來尹平志的意思，是要騰出自己府上一處院落給天喬寨的貴客住的，哪知人家竟是自己選了驛館。

他忙不迭地向齊灝、陸天麟告罪，又火速派人去衙門尋了些差人來，想著幫忙去收拾一下。

一聽說是去伺候天喬寨的人，差人們明顯很是害怕——不怪他們有這樣的反應，實在是長久以來，天喬寨人在所有人的心目中就是茹毛飲血的魔鬼一般的人物，現在竟然要自己去伺候那些魔鬼，不會一個不小心，就身首異處吧？竟是紛紛告病，也只有那老實、沒門路的，求告無門之下，只得苦著臉前來聽命。

尹平志本想跟著進去，心裡卻也有些發怵，躊躇片刻，索性去了驛館對面的茶館——要真有什麼事，自己也好趕緊去尋賢王殿下。

過了大概有小半個時辰的工夫，就見剛才進去的差人先後魚貫而出，只是不知為何，神情卻是怪異得緊。

「怎麼了？」大冬天的，尹平志頭上的冷汗卻下來了——早聽說天喬寨的人有多凶，不會是惹著這些祖宗了吧？當下咬牙道：「是哪個不長眼的犯了渾？」

「啊？」差人們似是仍然沒有緩過神來，半晌才迷迷瞪瞪伸出手，傻笑著道：「老爺，有賞——」

「什麼有賞?!」尹平志氣得差點罵娘，惹禍了還想跟自己要賞，找打——下一刻卻是一下睜大了雙眼，卻是，那人手上正捧著幾枚金葉子，黃燦燦的，耀得人眼都花了。

那差人邊傻笑邊捏了枚金葉子送到嘴裡咬了下，嘴咧得更大。「大人，是、是真的，真的金子啊！」

這些差人平日裡都是衙門中最下等的，但凡什麼有油水的差使，都是那些有頭臉的得了，本以為今日又得了個苦差事，誰料想就幹了這麼會兒活，竟就得了這麼豐厚的賞賜。這麼些金子差不多就是自己一年的俸祿了，要是其他以為是苦差事而紛紛逃避的兄弟看了，定會把腸子都悔斷！

尹平志也半天沒說出一句話來——這會兒無比深刻地體會到，什麼叫財大氣粗！

「沒見到轎裡的人？」

鄭國棟悄悄派人叫來一個去驛館幹活的差人問話，哪知，卻得了這麼個結果——沒見著。

大為沮喪之餘，鄭國棟卻是更加確信，轎中人應該就是天喬寨會首，不然，也不會這麼神秘；還有那些天喬寨的長老，可全是成了精的大魔頭，若非他們會首出巡，怎麼可能如此乖乖地做馬前卒？

鄭國棟當下咬牙道：「去查，一定要查出那轎中坐的到底是誰。」

「我要先回家裡一趟。」扶疏從轎裡下來，隨口對木開鴻等人道。大哥因為傷還沒好完全，自己就安排他先在天喬寨待著，這兵荒馬亂的，也不知道爹爹他們怎麼樣了。

離開家這麼久了，說一點兒都不想那是假的，當初自己和大哥進山時，爹和二哥雖是沒有攔阻，卻明顯憂心得緊，唯恐自己和大哥辦不好齊灝的差使被怪罪；更重要的是，家裡還有自己離開前採集來幫青岩療傷的一些必須的藥物，青岩的傷不能再拖了，身邊又正好有趙老喬這樣的大神醫，可謂萬事俱備，只欠東風了。

想到這裡，由不得扶疏對陸天麟更多了分感激——陸帥果然不愧為重然諾的好漢子，當初承諾不會讓青岩有事，雖是此次遭逢劇變，自己都險些不保的情況下卻先把青岩給安頓好了。

一想到青岩又可以跟在自己身邊了，扶疏真是恨不得馬上就飛過去。

「嗯，老頭子也悶死了，會首，咱們一道出去轉轉。」說話的是性子最跳脫的汪子騰，聽了扶疏的話，立馬扔下啃了一半的烤羊腿，興致勃勃地一抹嘴就站了起來。

「我也去。」木開鴻也緊跟著報名。

趙老喬倒是沒開口，但快得跟個鬼似地就溜到了門外，又算怎麼回事……

眼見門外齊刷刷站著的十多位長老，旁邊的木烈瞧得滿臉窘色，這些人真是寨中最為德高望重、人人聞之而色變的長老？

「不用了。」扶疏搖頭，心裡卻是服了這些人唯恐天下不亂的本性——本來在林子裡楚雁南帶人來接時，扶疏就明確表示過，自己悄悄進城就行了，哪知包括木開鴻在內的人，都一致把頭搖得和撥浪鼓一般。

至於原因也很簡單，這一世他們什麼場合都經歷過，卻從來沒有嚐過被人當英雄一樣夾道歡迎的滋味，現在好不容易有了這麼個機會，無論如何也不能錯過。

鑑於所有人禍福與共的理念，扶疏作為會首大人，自然無論如何也要和大家一起。

更奇怪的是陸天麟的態度，竟是也無比堅決地要求扶疏同大家一道進城，理由也很簡單，那就是，他不放心。

一句話說得扶疏心裡暖暖的，當下再不推辭，終是冒著被圍觀的危險坐到了轎子裡。

只是雖稱了大家的意，扶疏還是覺得自己這個模樣實在是有夠不倫不類的，心裡真是不得勁得很；卻也明白，要是自己真從轎裡爬出來，怕是更會嚇壞很多人，只得一路窩在小轎裡，真是憋得不輕。

看扶疏不住搖頭，木開鴻最先反應過來，知道一定是之前大家的舉動有點把會首驚著了，不由有些汗顏——要說大家的出發點也是好的，總覺得會首才這麼點大年紀，也委實太過穩重了點。

話說他們當年這麼點大時，第一次瞧見寨裡能把人晃暈的寶礦，還驚得好幾天都沒緩過勁來，到了會首那裡，除了一聲淡淡的「不錯」就沒有下文了；幾人都是成了精的，自然一眼分辨出會首到底是強撐著假裝的、還是真不在意，卻也因此更想不通，到底是什麼樣的人家能培養出會首這麼奇特的性子。

這會兒之所以上趕著想要跟扶疏去一趟陸家，也是想見識一下那對養出這麼神奇女兒的神奇父母！

哪料到扶疏現在卻是一副「我怕了你們，不帶你們玩了」的模樣，不由滿心的鬱卒。

「還是我帶幾個人陪同會首前往吧。」木烈插口道。「把會首送到家，我們就回來，絕不讓會首為難。」

要是這些長老們去，不定又要鬧出什麼幺蛾子，真把會首的家人嚇著了，可就不好了。自己可聽陸公子提過，他的爹娘都是普普通通的小老百姓罷了。

木開鴻老大不願意地橫了一眼木烈——侄孫子這叫什麼話？說得他們好像讓會首為難了似的，明明是想逗會首開心，外加保護會首安全才是，當然能向陸父、陸母討教一下養女兒的法子會更好——

幾人嘴上不說，心裡可是對會首的成長經歷抱著十二萬分的好奇的。

扶疏本來想要一個人悄悄回去就得了，只是木烈話都說到這分上了，也不好再拒絕，心裡明白木開鴻他們是真擔心自己，還是不要辜負這分好意，當下也就點頭答應了下來。

「不是不帶你們去，實在是大帥和王爺的宴席也快擺好了吧，你們今日可是座上嘉賓，到時候耽誤了赴宴就不好了。不過你們要是真不放心的話，跟我走一趟也行。」

聽扶疏鬆了口，木烈長出了一口氣——什麼宴席不宴席的都要靠後，那全都比不上會首重要。

忙命人安排了車馬，幾人無聲無息地趁著夜色快速往扶疏家而去。

只是幾人越走都越是心驚——

眼見著扶疏領的路都是七拐八彎的，甚至最後，竟在一處破落的院子外站住腳，幾人一下傻了眼——

怎麼會首竟是住在這樣一個偏僻的所在？瞧這幾間破房子，放到天喬寨，隨便一處民房都比這裡精巧。

木烈大感慚愧，早知道扶疏家境這般艱難，自己早派人送些金銀財寶過來了。

「咦？」扶疏卻是皺起了眉頭，明明已經到了這般天色，院子裡怎麼仍是黑漆漆的，一點亮光都沒有。

剛要抬腳進去，冷不防周圍忽然就竄出十多個黑影來，竟是瞬間圍住了幾人，還全都手持武器，瞧那殺氣騰騰的樣子，明顯不幹什麼好事。

「你們是什麼人？」木烈神情一變，一下把扶疏護在了身後——剛來到這裡，就已經覺察到情形有異，只是這裡畢竟是會首的家，沒有扶疏發話，木烈並不敢輕舉妄動。

「什麼人？」來人格格笑著。「我只說一個人，陸清源，是你們什麼人？」

扶疏心裡一緊。「那是我爹，你們把他怎麼了？」

語氣裡竟不獨沒有絲毫畏懼，還一副興師問罪的模樣。

為首的一聽就樂了。「怎麼了？妳跟我們走一趟，不就全知道了？」

「你們抓了我爹？」扶疏臉色一下陰鬱至極，連帶著對齊灝也極為不滿——自己當時可是囑咐齊灝幫著照看一下家人，現在聽對方的意思，竟是把自己爹給抓起來了！而且看幾人明目張膽的樣子，明顯來頭不小，她這一刻不由無比慶幸帶了木烈等人到這裡，不然，自己怕是根本沒辦法平平安安從這裡離開了。

「你們好大的膽子，竟敢對陸老爺子下手！」木烈這會兒也明白了這些人是敵非友，當下也不再客氣，抬手朝離得最近的那名男子門面就是一拳。「張蕭，你護好大人。」

大人？那男子神情充滿譏諷，這幾日到處搜索陸扶疏的家人，雖只抓住了一個老東西，卻把陸家的底細摸了個底朝天，還大人，這家分明連個秀才都沒出過。

行騙都行到自己面前了，當真好狗膽！

這樣虛張聲勢，不就是要嚇住自己，他們好趁亂逃走！只是別說他們不是大人了，就算真是什麼了不得的人物，在自己兄弟面前都統統不好使。

男子竟是冷冷一笑，直接抬手要和木烈硬碰硬，卻不料一拳下去，耳聽得「喀嚓」一聲脆響，那人慘叫一聲便直直飛了出去。

「老大——」其他人聽得一陣毛骨悚然，聲音中明顯有了駭然之色。

即便老大有些托大了，可對方也委實太過厲害了，竟然不過一招就把老大給打飛了出去，而且聽聲音，老大的一條胳膊怕是已經廢了。

當下再不顧什麼江湖道義，竟是打了個呼哨，所有人一下圍了過來，抽出手中的武器就照著幾個人身上招呼。

本來幾個小毛賊木烈是不會看在眼裡的——堂堂天喬寨寨主，比這厲害千百倍的凶神惡煞都見過，只是這會兒會首的安全最要緊，至於其他的卻是顧不得了，竟是盡出殺招，不過幾個回合，又先後有三個人著了道。

又因凡是有關會首的事，木烈都特別看重，即便扶疏一再言明自己只是回一趟家，絕不致有什麼危險，木烈卻是為了安全起見，所帶的人全是寨中萬裡挑一的好手，竟是個個全都以一敵二不說，還占盡了上風，不一會兒，就把十幾個黑衣人全都撂翻在地。

倒是一開始被打飛出去的那個老大，卻是藉機飛快逃竄，邊跑還邊抖著嗓子道：「竟敢和朝廷作對，你們這些匪人好大的膽子！有種你們別跑！」說著，竟是一溜煙地消失了。

「娘的！」木烈身形一矮，就想追上去，卻被扶疏攔住。

「竟然是官府的人嗎？好好好，我倒要見識一下，看是哪家朝廷、什麼王法！」扶疏道：「把他們全都綁起來，一定要讓他們給我一個交代！」

那些已經癱軟在地的黑衣人，本是神情絕望——不是說陸家就是地地道道的小老百姓嗎？怎麼會有這樣的硬茬？本來正在恐懼這幫亡命之徒會不會直接出手把自己等人給做了啊，這會兒聽扶疏說什麼要讓官府給一個交代，頓時又有了希望——

以主子的影響力，就是連州府尹也得小心陪著謹慎的，只要不是匪人，那就無論是什麼來頭，自己都不會怕的。

木烈本已舉起了大刀，聽了扶疏的話又放下，臉色卻仍是鐵青——自己剛領著兄弟們為他們大齊出生入死，這龜孫朝廷倒好，竟是轉頭就來找會首晦氣。幸虧自己跟來了，不然會首可不知道會遇見什麼！

今日那什麼賢王要是不好好給個交代，看自己不領著兄弟們把這連州城給拆了！

連州府衙此時正是一片燈火輝煌。

尹平志早已是忙得焦頭爛額，府衙中還是第一次來這麼多大人物——

賢王齊灝，大帥陸天麟，當朝國舅鄭國棟，鎮國公秦箏，神農山莊的高人……

要麼位高權重，要麼是皇室宗親，任何一位放出去，都是跺跺腳大齊的土地都得晃悠幾下的人物，現在這麼多尊大佛卻齊刷刷坐在自己這小小的連州衙門裡，尹平志唯恐伺候不周，小腿兒都要跑細了。

只是眼瞧著華燈初上，天喬寨的貴人卻還沒有到，尹平志就有些坐不住了。

「可有通知天喬寨的各位英雄？」齊灝蹙了下眉頭——這尹平志果然有些格局太小，這麼重要的事還沒安排好嗎？驛站距離府衙並不甚遠，怎麼客人到現在還沒到？

說句不好聽的話，這次之所以大擺筵席，除了凱旋接風之外，更重要的是答謝天喬寨的人，如果有可能的話，能結為盟友那是再好不過了。

畢竟，要是天喬寨肯答應和大齊站到一處，那樣獨有的地理位置，說不好大齊從此就可以兵戈止息、兵器歸庫、放馬牧羊。

本來齊灝還想靠著扶疏的關係幫忙說和一下，卻是碰了一鼻子灰——扶疏的態度很明確，她雖是掛了個會首的名頭，至於天喬寨的事務，卻絕不會插手，具體怎麼做，還是要聽木烈他們的。

自然，齊灝也是拎得清的，即便天喬寨的人拒絕合作，也無論如何要打好關係；不說別的，天喬寨願意出手相援，免了連州傾城之危，繼而保住了大齊，甭說自己，就是皇上及整個朝廷都要感激不盡。

「是啊。」一直臉色僵硬的鄭國棟也開口道：「尹大人還是派人再去請一下吧，萬不可怠慢了天喬寨的英雄。」

此言一出，眾人又是一驚——之前因砍了張顯一事，引得齊灝大為不悅，竟是當眾斥責了鄭國棟，更撂下話來，此事還會嚴查。

鄭國棟當場就黑了臉——無他，鄭家本就是豪門世家，再加上有個在皇宮裡得寵的妹子，還有個同樣頗得聖寵的外甥，說不好，就是下一任皇帝。朝中大臣無論心裡作何想，面子上可都對鄭國棟恭敬得緊，這樣被人當眾訓斥還是頭一遭。

所有人都以為，鄭國棟之前丟了那麼大的臉，八成會負氣不出席宴席，甚至尹平志方才還在頭疼該怎麼把鄭國棟給請出來，無論如何不要在自己這眼皮底下鬧得太僵才好，不然這些大佛打架，怕是要連累自己這樣的小魚。

沒料到即將開宴時，鄭國棟倒是自己過來了，這會兒聽兩尊大佛詢問天喬寨的人，尹平志忙從還未坐熱的椅子上站了起來，擦了把汗道：「諸位大人稍候，下官去問一下。」

正靜靜喝茶的姬青崖手卻頓了一下，垂下眼來，卻怎麼也無法掩飾自己心中的恚怒——這個鄭國棟想要幹什麼？如此明顯的結納之意，以為自己就看不出來嗎？

之前，自己明明已經和他通過氣，要把葉漣的事賴在楚雁南和天喬寨的人身上。這幾日之所以加大搜尋陸家人的力度，就是為了把這案子定死——

本來丟了「葉漣」一事，朝廷早就該著手調查了，只是中途正好碰上兩國大戰，這才給暫時拖延下來，也給了自己可乘之機；若非之前齊灝從中阻撓，自己早把陸家人全都抓起來了。好不容易這幾日齊灝跑了出去，自己終於可以放開手搜捕陸家人，倒好，竟是後院起火了，鄭國棟居然如此看重天喬寨！

自然，鑑於天喬寨人剛立下不世之奇功，姬青崖已經不敢明目張膽地指責天喬寨人是幫凶，準備含混過去，一心把葉漣的事情栽在楚雁南和扶疏兄妹頭上，可只要不是瞎子就能看出楚雁南和天喬寨人交情有多好。

鄭國棟倒好，竟還要巴巴地往上湊，說句不好聽的，鄭國棟這會兒給天喬寨人面子，十有八九就會折了他姬青崖的面子。

鄭國棟明顯感到了姬青崖不悅的眼神，卻只作沒瞧見——這些日子相處，鄭國棟已經對神農山莊越來越失望，照自己瞧著，什麼隱士高人，也不過是一群只知追名逐利的庸俗東西罷了，明明沒什麼本事，偏還要充大瓣蒜！相比起天喬寨進可攻、退可守更兼富可敵國，無疑是一個好得不能再好的天然盟友！只要天喬寨願意跟自己合作，運用得好了，說不定會發揮出比神農山莊更大的價值——

得到神農山莊的擁護，也就名頭上好聽罷了，今日的神農山莊早已不比往日，實際上怕是根本不可能起到多大的作用。

姬青崖自然猜不透鄭國棟的心思，兀自坐在那裡生悶氣。

明顯覺察出眾人對天喬寨人的重視，尹平志的心一下提了起來——

不是自己不小心伺候，實在是不知道怎麼伺候，之前對方可是把自己精心挑選送去的一大堆僕人都給退了回來；明明之前自己已經一再提醒今日的晚宴，竟還偏要擺架子，都這般時候了還不見人來，果然是一幫凶性不改的匪類。試問放眼大齊，又有誰吃了熊心豹膽敢讓王爺和元帥之尊這麼候著。

只是誰讓在座的就屬自己官最小，也只能硬著頭皮起身。

難不成有什麼變故？陸天麟蹙了下眉頭，瞧了眼坐在下首的楚雁南——

因楚雁南立了大功，更兼戰神楚無傷兒子的事也在軍營裡傳揚開來，如今這連州大營所有人都是心服口服，果然是將門虎子；甭說別的，單是那分心機，就是一般人比不上的——

大戰結束之後大家才知道，楚雁南會突然出現在戰場上，並非偶然，而是精心推算的結果！竟然人未到戰場，就能提前一步掌握先機，這分鬼神莫測的心計，敢問世上何人能及？

更不要說這次所有人都親眼目睹了楚雁南那分萬夫不當之勇，這般智勇雙全的傑出人物，必將是陸天麟之後大齊官方的新一代領軍人！

即便是齊灝也深知這一點，竟是力排眾議，讓楚雁南跟著坐了主桌。

接收到陸天麟眼中的問詢之意，楚雁南明顯也有些困惑——天喬寨的人都是真漢子，最是重然諾，既然說要來，就必然會來，只是時間已然這般晚了，卻也委實有些讓人料想不到。

楚雁南當下起身。「我去瞧——」話音未落，卻被一陣踉踉蹌蹌的腳步聲給打斷。

一個渾身是血的男子噔噔噔地就闖了進來，竟是直奔姬青崖而去。

「主子、主子，有匪人——」

尹平志正要出去，被那突然衝進來的人嚇了一跳，忙往旁邊閃避，仍是被帶得差點摔倒，待站穩身子，看到那人一身的血，嚇得不由一哆嗦——

什麼人這麼大膽，竟敢把神農山莊的人傷成這樣！更要命的是還有其他貴客在，這可是大張旗鼓的接風宴，真是有人攪鬧，自己那個一臉凶神惡煞模樣的前妹夫，會不會一氣之下把自己給收拾了啊……

尹平志也顧不得再去催問天喬寨的惡客，一撩官袍就朝著姬青崖跑了過去，問道：「來者什麼人，到底怎麼回事？」

姬青崖也站了起來，不敢置信地瞧著面前的人，來人正是自己的侍衛青方，之前被自己派了去陸家守著；不說青方也算青家三代弟子中的佼佼者，便是和他一起的其餘十多人也都是高手，不過是去逮幾個手無寸鐵的小老百姓，斷不會出什麼差錯的，怎麼這會兒卻只有一個人回來了不說，情形還這麼淒慘！

「公子，我們奉您的命出去辦事，卻不料竟然遭遇匪人，除了我勉強脫身，其餘人這會兒怕是已經……」青方幾乎是面無人色，從出了坤方之地，向來都是自己欺負別人，還是第一次被人揍得這麼慘！

「什麼？」姬青崖「忽」地一下就站了起來，再加上之前因在鄭國棟面前吃的癟登時化成了無比的怨氣，竟是轉頭惡狠狠地盯著尹平志。「尹大人，到底是怎麼回事？咱們連州府不是清明之地嗎，怎麼會跑出一群匪人來？還膽大包天，傷了我神農山莊的人？」這話就是赤裸裸地責問了。

被一個無官無職的人這樣當眾斥責，尹平志頓時鬧了個大紅臉。縱然心裡很是惱火，卻也不敢和姬青崖對著幹，自己的斤兩自己清楚，別說自己，就是老爹過來了，也不敢跟神農山莊叫板，這樣想著便偷眼看了下陸天麟，心裡的悔恨又多了一分——要是這位還是自己妹夫，姬青崖絕不敢如此對自己大呼小叫，只是這當口，也只能忍了。

尹平志當下只得憋氣，衝外面吼道：「蔣子健，曹寬，你們快帶些人去瞧瞧到底怎麼回事？什麼人吃了熊心豹膽，竟敢對神農山莊人出手，一旦發現賊人蹤跡，立馬給我抓起來——」

蔣子健和曹寬正是府衙的總捕頭，兩人應了聲，就趕緊點齊了人往外跑，哪知剛出府衙大門，便聽見外面一陣喧譁聲，抬眼一瞧，頓覺怪異無比——

卻是十多個黑衣人，正被人串成糖葫蘆一樣拽著，跌跌撞撞往連州府衙而來，兩人看情形不對，忙讓人上前攔阻。

那群黑衣人明顯也看到了兩人身上的官兵服飾，眼前都是一亮，忽然爭先恐後地叫了起來。「快，來人——我們是神農山莊的侍衛，快抓了這些匪人——」

「主子，救救我們——」

青方對這些人的聲音最為熟悉，臉色一下更為難看，哆哆嗦嗦地對姬青崖道：「公子，外面的好像是兄弟們……」

「什麼？」姬青崖愣了一下，騰地一聲站起來就往外走。「還反了天不成，我倒要去瞧瞧，是什麼樣的混帳，竟敢對我神農山莊如此不敬！」又吩咐尹平志。「尹大人還愣著做什麼？你跟我一塊去瞧瞧。」

齊灝和陸天麟愣了一下，對視一眼，卻是站都沒站，這姬青崖搞什麼啊，一驚一乍的，還真把自己當成個人物了！正想派人探問，正咋呼的姬青崖突然就沒了聲音。

下一刻，外面再次響起了姬青崖的怒吼聲——

「還真是反了，抓起來，全部抓起來！」竟是氣得聲音都是抖的。

難怪姬青崖這麼大反應，任誰看到自己的手下被人揍成這般德行怕是都要氣死。

卻是那一串「糖葫蘆」也委實太過淒慘了些，竟都渾身是血，沒一個好胳膊、好腿的！更氣人的還是那些匪人，就拿著鞭子刀槍棍棒跟在後面像驅趕牲畜一樣地驅趕著這群人，明顯是來找茬的！

打了自己的人不說，還特地跑來打自己的臉，這些人活膩味了吧？

尹平志也看清了眼前的情形，同樣嚇得一哆嗦，心說這是哪裡冒出來的渾球啊，你說你要是闖了禍還不趕緊跑，倒好，竟然大搖大擺地跑到這兒來送死了！

剛要呵斥，對面便響起一個炸雷似的聲音——

「你就是姬青崖？這些人，也都是你的狗？」

那人站在暗影裡，看不出容貌，就是這嗓門也忒大，驚得姬青崖一下往後退了兩、三步才站穩，簡直肺都氣炸了。

「哪裡來的不長眼的東西，竟敢跑到本公子面前撒——啊——」

「找死——」那暗影中的男子忽然衝了出來，一把扼住姬青崖的喉嚨就把人高提了起來。

尹平志一下被眼前的變故給弄懵了，半天才反應過來，眼見得姬青崖兩條腿不住彈蹬，本是斯文俊秀的臉也因脖子被人扼住而面色鐵青，甚至舌頭都吐了出來，嚇得一下往後退了好幾步，衝兩邊同樣呆若木雞的一干衙役道：「快、快去救姬公子，我有重賞！」

雖然瞧見方才還不可一世的姬青崖，這會兒被人收拾得這樣慘，尹平志心裡也有些爽，剛剛這小子在自己面前還那般囂張，誰想到這麼快報應就來了。

他卻也明白，無論自己心裡多討厭姬青崖，也絕不能眼睜睜地瞧著他就這樣死在自己面前，不然，神農山莊的雷霆之怒絕對是自己承受不了的！

那些衙役也是第一次見到這麼猖狂的匪徒，追到府尹衙門前殺人，要殺的還是從京城過來、貴得不能再貴的神農山莊人，這些人腦袋被驢踢了吧？

他們抄起武器就要衝上去，原以為己方人多勢眾，要收拾幾個毛賊還不是手到擒來，哪料想衝上去得快，飛出去得更快，明明對方不過幾個人，甚至那個捏了姬青崖脖子的人動都沒動，自己人就嘩啦啦倒了一大片。

尹平志臉色越來越蒼白，眼看自己的手下一個個被打翻在地，嚇得一轉身一溜煙似地就往內堂跑。

「王爺，大帥，救命——」尹平志跑得太急了些，一下絆在門檻上，撲通一聲摔了個狗吃屎。「王爺，大帥，鄭大人，姬公子、姬公子被賊人抓住了——」

同樣感到快要斷氣的則是姬青崖本人。自離開坤方之地，就從來只有自己欺負別人的分，正因為如此，早養成了姬青崖頤指氣使、囂張跋扈的性子，卻沒料到，今兒個竟然被人收拾得這麼慘。

本來還想表明身分嚇退對方，誰料想對方根本就不給自己說話的機會，甚至到最後想要開口求饒，也是完全不能夠了，正自絕望，府衙大門忽然一下被打開，齊灝及陸天麟等人正快速而出，還有他們帶來的幾百親衛也一身殺氣地衝了出來——

也不知是什麼樣的悍匪，竟敢明目張膽地跑到連州府衙來鬧事，這連州城裡誰人不知，今兒個可是給陸帥凱旋接風的日子，這樣放肆衝過來，莫不是另有所圖？

齊灝和陸天麟再不敢怠慢，忙點齊兵馬衝了出來，府衙外頓時燈火通明。

尹平志終於有了些底氣，又想在齊灝面前表現一番，忙指揮身邊的衙役道：「對，就是他們，快抓——」

那些衙役本來有些被對方的凶悍給嚇到了，這會兒見陸天麟都驚動了，膽氣也就壯了些，又抄起傢伙想要往前衝，跑到一半卻又堪堪止住，見鬼似地瞧著凶神惡煞一般兀立在場地中央的木烈——

尹平志的心思則是全在姬青崖身上，眼見姬青崖頭耷拉著，完全沒一點聲息，驚得魂都要飛了。「還愣著幹什麼？快去救姬公子！」

「大、大人，怕是救不下啊……」一個衙差慢慢退到尹平志身邊，抖著手、指著木烈道：「那位有錢、有錢的大爺，我們、我們怕是惹不起……」

什麼匪類，中間那位不就是下午賞了自己金葉子、財大氣粗的天喬寨的英雄嗎？

「什麼有錢大爺？」尹平志順著衙差手指的方向望過去，頓時倒抽了口涼氣——我的娘哎，哪裡是什麼狂妄匪類啊，分明是天喬寨的那個瞧著面貌凶狠的老大啊！

齊灝和陸天麟等人這會兒也看清楚了場中的情形，齊齊一愣。到底發生了什麼，怎麼天喬寨的人和神農山莊的人起了衝突？

剛想上前詢問，又一陣急如暴風驟雨般的馬蹄聲從街道的另一頭傳來，轉眼間就到了跟前，不是木烈帶入城中的數百騎兵又是哪個？

第五十六章　紅顏禍水

馬隊前面更有十數名白髮老者，個個滿身的戾氣，竟是一言不合就要開打的模樣。

「木寨主，到底發生了何事？」齊灝忙止住身後兵將，上前一步，衝眾位長老笑道：「幾位老爺子也到了嗎？這中間是不是有什麼誤會？能否先放開姬公子？」

陸天麟的心也跟著提了起來，倒不是擔心天喬寨人窮凶極惡，而是短暫的接觸下來，陸天麟發現這些人雖是散漫了點，卻都是真漢子，和自己性情很是投合，欣賞之下，也頗有結納之意；可眼下瞧木烈的樣子，分明是神農山莊做了什麼觸犯他們底線的事——

雖然自己同樣不喜歡姬青崖，可若姬青崖真死在木烈的手裡，神農山莊怕是絕不會善罷甘休，剛剛建立起的這點友好關係怕是立馬就會破裂……也不知這會兒扶疏去了哪兒，不然也可以幫著緩和一下。

這天喬寨果然有些魯莽了，真是想收拾姬青崖，也該知會自己一聲。「雁南，待會兒看準機會，想辦法保住姬青崖的命。」想收拾這小子，有的是機會，這樣公然出手，無疑是下下之策，必須要先想法子保下姬青崖，緩解眼前的危局。

「誤會？」開口的是汪子騰，瞧著齊灝的神情幾乎要噴出火來。「賢王爺知道這小畜生做了什麼事嗎？竟敢派人偷襲我家會首大人，若非木烈幾個正好護在會首身邊，說不好會首這會兒已經——」

什麼？齊灝、陸天麟神情齊齊大變，忙極目往天喬寨人那邊看去，卻是並未看見扶疏的影子。

楚雁南神情更是變得難看至極，竟是反身捉住先一步跑回來的青方的衣襟，厲聲道：「你們好大的膽子——」

其他人不知道，他們三人卻最清楚，所謂天喬寨的會首，可不就是扶疏！之前唯恐有摩羅人的漏網之魚，幾人才不顧扶疏的反對，一致要求她必須跟隨大軍左右；及至進了城，想著到了自己的地盤，又有天喬寨人跟著，自然不會有什麼意外發生，哪想到這才不多工夫，竟被神農山莊人襲擊！

畢竟是剛從戰場上回來，又乍然聽到竟有人敢對扶疏出手，楚雁南一身的殺氣毫無遮掩地四散開來，青方嚇得上下牙齒不住打顫道：「楚、楚將軍，冤枉啊，我們、我們沒有襲擊天喬寨會首啊！」

楚雁南刷地抽出寶劍橫在青方脖子上，微一用力，便有鮮血汩汩流出。「沒有襲擊，天喬寨人怎麼會追著你們到了這裡？」

「哎喲！」青方疼得眼淚都下來了。「我們只是要去抓陸家寶的家人——」哪知話音未落，就被楚雁南狠狠摔了出去。

還說沒有動手，扶疏可不就是陸家人。

齊灝也頓時明白過來，不由倒吸了口涼氣——自己怎麼把這茬給忘了。

當初姬青崖一行鎩羽而歸，卻把葉漣的失蹤全推到了陸家兄妹及楚雁南的身上，因有皇上要求徹查的聖命壓著，自己也不好太偏袒了，一邊嚴令沒有確鑿證據前不准隨便抓人，一邊悄悄命侍衛去陸家囑咐他們先避一避，然後再做其他打算；只是還未等自己做出進一步的安排，摩羅賊人大軍攻到，卻沒料到，姬青崖卻是一直對自己的命令陽奉陰違，竟然私下裡還在四處搜捕陸家人，甚至有可能傷了扶疏……

「木寨主，你既然追到這裡，必然不是僅僅為了把人打一頓這麼簡單吧？」太過憤怒之下，齊灝喘氣明顯有些重。「木寨主若信得過我，就把他交給我處理，本王必會給你一個交代！」

木烈神情有些猶豫，按照天喬寨人睚眥必報的性子，碰到姬青崖這樣的，一般都是二話不說，直接掄傢伙解決，可現在情形又有不同，一是會首還有家人和親朋好友，他們可都是大齊的子民，自己真是不管不顧地殺人，怕是會給他們帶來麻煩；二則會首的爹可還在這小子的手裡，再加上會首和楚雁南的關係，眼下還真不是鬧僵關係的好時機。

木烈當下用力把姬青崖往地上一摜，說道：「既然賢王如此說，木烈就把這混帳王八蛋交給王爺，醜話先說到前頭，若然王爺的處置無法讓我等滿意，就別怪我們自己動手殺人！」

「咳咳咳……」好不容易脫困的姬青崖頓時劇烈地咳嗽起來，好半天才緩過勁來，竟是站起來就指著木烈罵道：「哪裡來的王八羔子，竟然在小爺面前撒野，爺今日定要活剝了你們！」

雖然方才昏昏沈沈，可是該聽的姬青崖還是一句不落地都聽進耳朵裡了；只是一向自負慣了，姬青崖可不認為齊灝真會為了天喬寨人就難為自己，他方才之所以那樣說，自然全是為了救自己脫困所致。

姬青崖立馬又擺出一副高高在上的姿態，衝著陸天麟道：「陸帥，快讓你的人把這些無法無天的匪類——」

他話音未落，楚雁南忽然欺身上前，照著姬青崖臉上就是兩巴掌。

「我們陸帥什麼身分，也是你這樣的白丁可以隨便呼喝的嗎？還不跪下聽王爺問話！」

姬青崖被抽得在原地轉了好幾個圈，頭更是一陣嗡嗡作響，虧得姬木枋在一邊扶住，才不致跌倒在地，抬手就想推開抱住自己的姬木枋，去和楚雁南拚命。「小王八蛋，你敢打我，老子今兒個和你拚了——」狀若瘋狂的行為，哪還有一點高高在上的貴公子模樣，分明就是街頭的潑皮無賴。

這般不堪的情形，就是鄭國棟看了也不由蹙眉，心裡更是升起一絲狐疑——瞧姬青崖的模樣，哪裡有一點神農山莊的渾厚底蘊！神農山莊歷代主子無論男女，不管相貌如何，最為人稱道的便是超脫世俗的淡然灑脫態度，可再看看這會兒的姬青崖，你說你平時傲也就罷了，也得分人對不對？

甭說陸天麟因長久浸淫軍營，舉手投足間自然而然散發出來的威勢，再就他擊敗摩羅族人這一場大戰，短時間內在朝堂上的影響力便無人能出其右，這姬青崖倒好，竟是敢對著陸天麟吆五喝六。

楚雁南說得可是一點也不錯，姬青崖再是神農山莊的核心弟子，也是沒有一官半職在身的白丁，他所能依靠的，不過是神農山莊巨大的威望罷了。只是這威望在一般農人面前許是好使，可現在對著的卻是從死人堆裡殺出的血性漢子，怕是一點作用都沒有。

說白了，楚雁南今日揍他的那兩巴掌，他除了受著，那是一點法子都沒有的。

姬青崖明顯也意識到了這一點，明明恨得發狂，卻是再不敢上前一步——這會兒才恍然想起，好像就是眼前這人，若干年前曾砍掉鄭康一條胳膊；從前未有寸功之時，楚雁南尚且仗著乃父的餘蔭連鄭家都不懼，這會兒剛立了大功，又怎麼會把自己放在眼裡。

只是這口氣又怎麼咽得下去？姬青崖吃力地轉頭瞧向齊灝和陸天麟，說道：「王爺，姬某不才，好歹還是神農莊人，那楚雁南今日這般欺辱姬某，可曾把神農山莊放在眼裡——」

話音未落，齊灝和陸天麟已經齊齊上前一步，神情裡是滿滿的擔憂。「有沒有傷到哪裡？」

姬青崖剛要答話，哪知道兩人竟是看都沒看自己一眼，徑直走過自己身邊，往木烈身旁而去。

姬青崖轉頭，正好瞧見齊灝及陸天麟已然齊至木烈身邊，險些氣暈過去——方才那句問候竟不是對著自己，而是問那個什麼狗屁會首？

看出齊灝及陸天麟的關切不是作假，木烈緊繃的神情終於稍微緩和了些。「會首倒是無恙，只是——」壓低了聲音道：「會首的爹爹，卻是被姬青崖的人給抓走了！」

「什麼?!」齊灝臉色一下難看至極，這會兒終於明白，木烈等人為何擺出這樣大的陣勢，還以為八成是木烈等人惱怒之下才會有此等衝動之舉，這會兒瞧著，怕是扶疏的決定。

再瞧木烈背後的天喬寨人無比憤怒、義憤填膺的模樣，齊灝更是暗暗心驚——本以為扶疏做天喬寨會首太過匪夷所思也太過玩笑，卻再沒想到扶疏於他們而言竟有這般攝伏意義！無論是扶疏本身出神入化的本領，還是兩人的私交，都注定了齊灝絕不可能站在姬青崖那方，竟是轉頭冷冷瞧著姬青崖道：「姬青崖，本王有一事不明，倒要請教一下。」

姬青崖被齊灝盯得發毛，心裡更是不住打鼓，勉強道：「王爺只管問便是，但凡姬某所知，定然知無不言。」

「是嗎？」齊灝哂笑一聲，臉色越發不善。「你口口聲聲說手下如何勇武，那摩羅人進犯我大齊邊境時，你的這幫手下又在哪裡？不思保家衛國，卻跑到百姓家裡胡作非為、為非作歹，更是膽大包天，陰謀狙殺天喬寨會首，姬青崖，你好大的本事！」最後幾個字，幾乎是從牙縫裡擠出來的。

姬青崖嚇得就是一哆嗦，齊灝的臉色明顯很是不善，這哪裡是詢問，分明就是興師問罪！

瞧齊灝的意思，根本就是已經完全站到了天喬寨人的那一邊！

「王爺，你——」

話音未落，又一陣急雨似的馬蹄聲在青石板砌成的路上響起，轉過一個彎後，便徑直朝著連州府衙的方向而來，轉眼就到了眼前。

「王爺——」衝在最前面的騎士飛身下馬，不是被派往京城求援的莫平，又是哪個？

莫平幾乎是從馬上滾下來的，神情更是焦灼至極。「小王爺，王妃娘娘病危——」

「什麼？」齊灝下顎一下抽緊。

「馬已經準備好了，還請王爺快馬趕回京城，太醫說王爺最好能在旬日內趕回京城——」說完最後一個字，莫平幾乎不敢去看齊灝的臉色——之前為了迫使王妃放棄必死之志，小王爺不惜拿自己的性命做賭注，在主子做出這麼大的犧牲後，王妃再……

莫平簡直不敢想像，齊灝會有什麼樣的反應。

「備馬——」齊灝閉了閉眼睛，只覺渾身發冷，難道自己做了這麼多，仍是沒有辦法留住娘親嗎？手中卻忽然被人塞了一物，卻是木烈，正把一個裝得滿滿當當的褡褳遞過來。

木烈說道：「王爺，這是會首大人讓我轉交給您的，除了一些珍稀藥物外，您當初點名要的藥草也全在裡面了。」

會首讓他轉交的？齊灝恍惚間死死捏住褡褳，深深地往天喬寨的後方瞧了一眼，彷彿流失的氣力又回來了些。

齊灝轉頭死死盯住仍是癱軟地上的姬青崖問道：「姬青崖，那被你抓去的陸清源現在如何了？」

「啊？」姬青崖驚得一陣哆嗦。

未等他開口，齊灝便厲聲道：「本王現在有一句話放在這兒，若是那陸清源有個三長兩短，無論你在哪裡，本王都讓你以命來償！」又衝天喬寨人和陸天麟一拱手，意有所指道：「陸家人就拜託各位了，他日必有重謝。」

說話間已有士兵牽了齊灝的坐騎過來，齊灝飛身上了馬，也不理旁人，用力一抽馬臀，便絕塵而去。

讓自己給陸清源償命？這分明是對自己神農山莊公子身分赤裸裸的侮辱！姬青崖氣得渾身打顫，卻又有一種隱隱的驚恐——這齊灝和陸清源家到底有何淵源？從前自己就覺得不對勁，說是不讓濫抓無辜，可他分明就是變相地維護陸家及那青岩，現在更好，連讓自己給陸家人償命這樣的話都說出來了。

莫平道：「陸帥，朝廷的援軍此時也到了連州城外，周英漢將軍及吳華英大人應該隨後就到。」一語未完，人也凌空飛起，待坐於馬上便一抖韁繩，衝入了夜幕之中。

周英漢？本是癱軟地上的姬青崖霍地抬起頭來，神情間全是驚喜——若說滿朝武將中，有哪個能和陸天麟比肩的，那便是這周英漢了；更妙的是，周英漢此人素來和陸天麟不和，卻和現在莊裡的掌事者姬微瀾私交頗好，更和因陸天麟而死的張顯是過命的交情……

不過片刻，又有一陣馬蹄聲傳來，似乎覺得府衙前情形有些不對，那隊人馬停了下，遠遠的有人揚聲道：「前面都是什麼人？」

尹平志嚇得一激靈，忙抹了把汗道：「下官尹平志——」又偷眼去看陸天麟，他卻明顯沒有搭理對方的意思，只得硬著頭皮續道：「還有陸帥，及鄭大人、姬青崖公子。」

一語未畢，便傳來一陣得意的笑聲。「豈敢豈敢，這麼多人來接，真是要折殺我等！」

那人速度極快，竟是轉瞬間已到了眾人跟前，卻是一個身高體壯的中年大漢，居高臨下地俯視眾人，一副高高在上的模樣。

倒是他旁邊的嚴肅男子趕緊下馬，肅容衝陸天麟拜倒。「華英見過大帥——」

這人就是大理寺卿吳華英了，只是這吳華英因身居大理寺卿之位，平時最是沈悶威嚴，這一拜明顯有些出乎眾人意料之外。

陸天麟也微微愣了一下，忙伸手去攙。「吳大人快請起，如此大禮，陸某如何敢當。」

「當得的。」吳華英卻堅持著又拜了一拜。「有大帥這樣的股肱柱石，當真是我大齊的福分。」

瞧見吳華英如此恭敬，周英漢臉色就有些陰沈，終是跟著下了馬，衝陸天麟一拱手。「陸帥，鄭大人——」

陸天麟淡淡地回了禮，並沒有進一步寒暄的意思，卻是瞧著吳華英說道：「吳大人既然到了，這裡正好有一個案子，還須吳大人定奪。」

「案子？」吳華英愣了一下。「是和謨族葉漣有關嗎？」

葉漣失蹤一事，很是讓皇上憤怒，為了保險起見，雖是之前已經派了張顯前來，隔日便又指派了自己，讓自己帶一千人犯回京訊問；哪想到自己方走到一半，便有摩羅族和大齊開戰的消息傳來，正不知如何自處，幸好碰見趕來援救連州的周英漢。

本來因為此案牽涉到陸天麟，吳華英還有些無措，現在聽陸天麟突然主動談起，不由有些驚愕。

陸天麟尚未回答，姬青崖已經連跌帶爬地撲了過來。「周帥、吳大人，救我——」

眼見得一個頭腫得和豬頭一般的男子忽然撲過來，周英漢愣了一下，仔細一看，頓時大驚。「姬公子！到底發生了什麼，是誰膽大包天，竟敢把你打成了這樣？」

聽說眼前人竟是姬青崖，吳華英也愣了一下，隱隱覺得有些不對——陸天麟剛提到一個案子，這姬青崖就跑來喊救命，自己記得不錯的話，姬青崖也好，陸天麟也罷，可都和葉漣案有關。

「是我打的，周帥有什麼見教嗎？」楚雁南手按劍柄，上前一步。

「楚公子——」周英漢和楚雁南不熟，吳華英卻是再熟悉不過，想當年就是這位生生砍去了鄭康一條胳膊，結果僅僅被罰閉門讀書，怎麼竟會和姬青崖槓上了？

姬青崖被楚雁南身上的殺氣嚇得一哆嗦，卻是強撐著道：「楚雁南，當初若非你在背後指使陸家兄妹，葉漣怎麼會無緣無故地失蹤？現在眾目睽睽之下，周帥和吳大人都在這裡，你還想殺人滅口不成？」如果說之前還有些底氣不足，現在一力維護陸家的齊灝已然離開，更有了周英漢這個靠山，再加上掌握在手裡的陸清源，自己不怕他們不低頭。

「姬青崖，你說，我故意放走了公主？」楚雁南語氣有些古怪，眼睛卻是定定地瞧著不知什麼時候站在人群外的幾個人。

「除了你，還有誰有那般通天的手段？」姬青崖一咬牙，到了這般時候，也顧不得什麼了。「你以為我不知道嗎？你不待在軍營裡，偏要一路追著我們往天碭山而去，不就是為了葉漣嗎？身為戰神之後，堂堂大齊校尉將軍，不思忠君報國，竟然為了一個女人置國家大義於不顧——」緩了口氣還要再說，卻聽身後一個熟悉的女子聲音傳來——

「姬公子真是好口才，倒不知本宮竟然如此紅顏禍水！」

這聲音實在太熟悉了，姬青崖渾身一激靈，不敢置信地回頭，正好瞧見俏生生站在外面的葉漣幾人，身子一歪，好險沒暈過去——自己如此絞盡腦汁想要栽贓給別人，不就是因為葉漣突然不見了嗎？可現在，怎麼會……

即便再愚蠢，姬青崖也明白發生了什麼，瞪著葉漣，一副要吃人的樣子。「你們陷害我對不對？故意設了這個圈套讓我往裡跳！」口中說著，忽然奪過旁邊一個士兵手裡的馬韁繩，縱身而上，就想逃走。

到了這個時候，姬青崖明白，除非立馬趕回神農山莊，不然便是一個欺君罔上的罪名，怕是就沒有人能保得下自己了！

卻不防屁股還沒挨上馬背，一條黑魆魆的馬鞭便毫無聲息地伸了過來，瞬間把姬青崖纏了個結結實實。

「想跑？把姬家的人，全都給我拿下！」

姬青崖的身子隨之高高飛起，又狠狠地掉落地面，正好和木烈綁過來的那串「糖葫蘆」砸成一團。

一切發生得太快，直到包括姬木枋在內的所有神農莊人一舉成擒，周英漢才回過神來，不由大怒道：「楚雁南，你這是何意？神農莊人也是你說綁就能綁的——」手扶刀柄就要上前，卻被吳華英攔住。

「周帥且慢——」

吳華英上下打量即便站在一群男人間也仍舊絲毫不落下風的葉漣，問道：「老夫猜得不錯的話，這位可是謨族葉漣公主？」

啊？周英漢也是一愣，謨族葉漣？待想到其中關竅，頓時目瞪口呆——姬青崖這是搞什麼啊，現在滿朝文武誰不知道，葉漣已經跑了，之所以逃跑還和陸天麟、楚雁南等人有關，皇上雷霆大怒，甚至因此罷了陸天麟的官，讓張顯頂上……

事實真相卻是葉漣根本仍在連州，豈不是說，這一切全是姬青崖撒謊！

「爹，姬青崖那小子的事，會不會牽扯到咱們家？」雖然沒去宴席，鄭康還是聽說了姬青崖的事，看鄭國棟回來，忙迎上去。

這都叫什麼事啊！本來千里迢迢跟著張顯跑到邊關是為了看楚雁南的笑話，現在倒好，張顯被自己老子給砍了頭，一心害楚雁南的姬青崖也被收了監，一個說不好，還會連累到自己老子……

鄭國棟明顯有什麼心事，直到鄭康又問了第二遍，才回過神來，擺了擺手道：「無妨，你下去吧。」

鄭國棟心想，姬青崖也不蠢，真贓誣了自己，明顯損人不利己；若裝傻充愣，咬定是誤會說不好還有一線生機，更不要說自己之前早有防備，姬青崖即便想贓誣，也絕對拿不出一點證據。

聽鄭國棟如此說，鄭康提著的心終於放下了些，便要退下，剛行至門口，又被鄭國棟叫住。

「康兒今年滿十八了吧？」

「啊？」鄭康一愣，沒明白鄭國棟這是什麼意思。「前些時日已經過了十八的生日了。」

「我知道了。」鄭國棟點頭，又恢復了不言不語的狀態。

鄭康就有些摸不著頭腦，想了半天不明所以，只得快快回了自己房間，待進入室內，腳下猛然一頓，爹爹問自己的年齡，莫不是和婚事有關？

忽然記起這幾日也聽人說，連州府尹尹平志家有一女，好像說生得也是花容月貌，莫非，爹爹想替自己聘了為妻？

第二日天剛拂曉，鄭國棟便叫來管家鄭良到自己房間裡。

待聽了鄭國棟的話，鄭良簡直不敢相信自己的耳朵。「老爺的意思是，想要把少爺的婚事給訂下來？」

少爺也老大不小了，京中貴族到了少爺這般年紀，幾乎俱已成親，反倒是出身世家豪門的鄭康，婚事卻是蹉跎至今。

說起來這事卻是和楚雁南有關——鄭康喜好鬥雞走狗，是典型的紈袴子弟，名聲本就不好，又缺少長智，根本就不是走仕途的料，雖然是嫡長子，可想和其他同等分量的家族聯姻的話，可能性實在很小。更要命的是，後來又被楚雁南砍掉一條胳膊！這下甭說是大族人家的女孩，便是那些小官小吏，見到鄭康也是躲著走——再怎麼著，也不能給自己閨女找個殘廢不是？

如此高不成、低不就，鄭康的婚事簡直把鄭家人給愁死了——鄭康不成婚，直接導致下面的一眾弟妹也只能等著。

也因此鄭良聽鄭國棟說要給鄭康尋一門親事，本是喜出望外，可再一聽鄭國棟說完女方的家庭出身，登時就懵了——

竟然是一個叫陸扶疏的村女，家裡既非書香門第更不是官宦人家，竟就是個鄉下種地的！

這也太埋汰大少爺了吧，就大少爺那性子，怕知道了非要鬧翻天不可。

「休要囉嗦，我意已決。」鄭國棟卻是打斷了鄭良的話。「你現在馬上去尋媒人來。」

「老爺——」鄭良還要再勸，待看清鄭國棟決然的神色，還是把到了嘴邊的話又給咽了回去，只是臨出門時還是覷了個空，悄悄跑去報告了鄭康知道。

「怎麼可能？」鄭康的反應和鄭良方才的表現如出一轍，卻在看到管家躲躲藏藏的同情眼神時一下就炸了，氣得眼睛都紅了，竟是鞋都來不及穿就要跑去找鄭國棟理論，走到一半卻又站住——

自己老子的性子自己知道，只要是決定了的事從不更改，可再怎麼說，自己也不能娶一個村女回去吧，自己可丟不起這個人！

陸扶疏是吧，有名有姓就好，看本少爺怎麼收拾妳！

第五十七章　提親

雖然怎麼也想不通老爺怎麼就會相中一個一無所有的村女，鄭良還是老老實實地幫鄭國棟尋了一個官媒過來。

「去尹府。」鄭國棟率先上了馬。

「尹府？」本是愁眉緊鎖的鄭良聞言頓時大喜，難道自己方才聽錯了，老爺真正看上的是尹家小姐？尹家聲望比起鄭家自然不如，可真娶了尹家小姐，也算一門好親事，比起給少爺找一個村女，好了何止千萬倍。

卻聽鄭國棟繼續吩咐道：「你去買些禮物來，這門婚事還得勞動尹大人親自跑一趟。」

啊？鄭良整個人愣住了──老爺真的發昏了吧？不就是想給少爺納個農家女嗎，竟然還要勞動連州府尹親自作媒？

卻不知即便如此，鄭國棟心裡卻仍是不踏實得緊。

替兒子求娶陸扶疏，是鄭國棟一夜未眠得出的最終決定；而之所以這樣做，卻在於根據種種跡象，鄭國棟得出了一個連自己也不敢相信的結論，那就是，陸扶疏十有八九就是那個神秘的天喬寨會首。

雖然天喬寨人百般隱瞞，甚至連尹平志派去伺候的人都沒能見到那小轎中會首的廬山真面目，卻瞞不過自己的耳目。

那日張顯的人回報時自己聽得真真的，一群古怪的白髮老者和一個小姑娘在一起，還口口聲聲說什麼「會首」；而昨天姬青崖明明是要派人去抓陸家人，結果天喬寨人卻一口咬定神農山莊人差點傷了他們的會首。

雖然自始至終，那所謂的會首都沒有露面，可到這般時候，自己再猜不出什麼，就是真的蠢到家了！

自己就說嘛，一個小小的農家女，怎麼會得到賢王齊灝那般看重，甚至若他猜得不錯的話，怕是楚雁南對陸扶疏也有不同的想法。

原來，陸扶疏卻是天喬寨的會首。

別說陸扶疏是個農家女，即便她生得和母夜叉一般，自己也一定要想盡法子讓她嫁到鄭家來。

之前南安郡王齊淵整整謀劃了將近七年，甚至搭了個兒子進去，結果卻仍是白費心機，可只要陸扶疏嫁入鄭家，自己就等於平白多了個富可敵國的天喬寨！

天喬寨那是什麼地方啊，一旦真納入自己彀中，必將成為外甥登基為帝的一大助力；退一萬步說，即便鄭家得罪了朝廷，那也是一個絕佳的退路，即便不為官，有那麼多寶礦在手，也儘可以逍遙快活，端的是一個進可攻、退可守，足以立於不敗之地的絕妙所在！

「對了，你派人去探查一番，瞧瞧陸家附近可是有什麼陌生面孔。」自己猜得不錯的話，陸扶疏的會首身分瞞的不單單是旁人，八成她的爹娘也不會知曉，這會兒去陸家，撞上天喬寨人的可能性極小。只是不怕一萬就怕萬一，為了確保兒子的婚事萬無一失，無論如何也不能和那凶悍無比的天喬寨人撞上。

「咱們，真的要搬去天喬寨？」扶疏此時正和家寶並肩而行。

扶疏點點頭。「嗯，除了搬去天喬寨，怕是也沒有第二條路好走了。」

姬青崖等人因自家關係鋃鐺入獄，說不好連小命都會丟了，也意味著不管自己願意不願意，都算是和神農山莊徹底對上了；放眼整個大齊，自然哪裡都比不上天喬寨安全。

只是沒料到木烈等人的反應那麼大，一聽說自己要舉家遷入天喬寨，竟是激動得怎麼也坐不住，說是要馬上回去幫自家選處地方建宅子。

兄妹倆這會兒過去，就是要給他們送行。

家寶一聽就明白妹子話裡是什麼意思——方才出門時，左鄰右舍看自家如同瘟神般的眼神，家寶雖然遲鈍也是覺察到了的。

和家寶有同樣感受的還有陸清源幾個。

昨天總算從監獄裡被放了出來，便是甯氏及次子家和也回來了，加上家寶和扶疏，一家人終於團圓了。

陸清源本來心情挺好的，一大早起來就開始收拾布滿了灰塵的院落，只是手裡的物件不趁手，就尋思著去鄰居家借；哪知敲了幾家的門，就是沒人敢開門，最後還是陸家康扛了些器具跑了來，幫著陸清源掃好院子，臨走時更是囑咐陸清源道：「二叔，這些天，你們還是小心些為好。」

前些時間，神農山莊的人一直在這裡踅摸，左鄰右舍都知道了陸家竟然和神農山莊槓上了這件事。

那可是神農山莊啊，天下農人心目中神一般的存在！即便不清楚陸家人逃亡了這麼久為什麼還敢回來，所有人卻已經打定主意，無論如何以後都要和這家人劃清界線。

陸清源一下傻在了那裡，愣愣地瞧著陸家康離開，抱著頭就蹲在了院子裡——老天是不想給自己活路了啊！

這整個大齊，就沒有哪個地方是神農山莊管不著的啊！

後面的甯氏也一屁股坐在地上，嗚嗚咽咽地哭了起來。

「爹、娘，莫要難過，所謂天無絕人之路，不然一切等大哥、妹子回來，再做商議。」陸家和也有些失魂落魄，雖是自來老成，這會兒卻也亂了方寸，哪知話音未落，外面就傳來一陣喧鬧聲，然後一群人突然出現在門口。

陸清源吃了一驚，忙從地上站起來，膽戰心驚地瞧著為首兩個一身綾羅綢緞貴公子模樣的青年男子。

「敢問各位是？」

「稟報公子爺您知道，他就是陸清源。」說話的是右邊身著錦袍的男子，居高臨下地俯視著馬前的陸清源，神情傲慢至極。

「是，小老兒正是陸清源。」陸清源忙點頭。「不知公子來小老兒家，有什麼吩咐？」旁邊眼神陰狠的獨臂男子忽然插口道：「你有個女兒，叫陸扶疏——」

「怎麼了，我女兒出了什麼事嗎？」陸清源心裡頓時一緊。

「那就不會錯了。」錦袍男子冷笑一聲。「給我砸！」

「你們這是幹什麼，啊？」陸清源嚇了一跳，房子雖然破舊，但好歹是一家人安身立命的地方，便是院子裡的這些家什，買的時候也都是花了錢的。

從去年被董朝山給坑了，家裡就幾乎沒有什麼進項，好不容易閨女賣果子拿回一些銀兩，又因為家寶出事，全都拿去打點了，現在家裡說是一窮二白一點也不為過；要是家裡東西都砸了，這大冷的天，說不好就得露宿街頭了，瞧左右街坊鄰里的態度，根本不可能敢幫自家的。

「幹什麼，老東西？」說話的依然是那個錦袍男子，不屑地瞧著不住哀告的陸清源，一口濃痰就飛了出去，竟是唾了陸清源一臉。「瞎了你的狗眼！也不撒泡尿照照鏡子，就憑你，還想賴上鄭公子，作你的春秋大夢！」說著一揮手，就有家丁上前，一腳踹翻了陸清源。

「爹——」陸家和上前扶起陸清源，就想衝上去拚命，卻被陸清源和甯氏一邊一個死死拽住，用力一推，就送到了院外。

「孩兒啊，快去尋你大哥、妹子，你們趕緊跑！」陸清源此時已經認定，來的這幫人，八成是神農山莊派來的，說不好今兒個，自己這老命就交代在這兒了；自己死了也就算了，好歹三個孩子不能再有什麼閃失，邊說邊無比驚恐地瞧著那為首的兩人。奇怪的是對方卻是冷笑著瞧著這邊，竟是絲毫沒有阻攔的意思。

眼看著陸家和已經衝到了院外，肥胖男子明顯有些吃不準該不該把人再抓回來，覥著笑臉對旁邊的獨臂男子道：「鄭公子，要不要小弟把那人——」

「不用！」獨臂男子撇了撇嘴，自己方才聽得清楚，那老小子是想派人去尋了他的閨女、兒子回來，人回來了最好，自己倒要瞧瞧，這陸家的姑娘生得什麼樣子，竟能入得了爹爹的眼；不回來也沒差，看人都沒了，爹還怎麼逼著自己娶一個泥腿回去。

「繼續砸！」

陸家和紅著眼睛瞧了一眼被人摁著的爹娘，一狠心扭頭繼續往外跑，剛跑了幾步，又覺得不對，忙往左邊瞧去，正好看見董朝山正想要往門洞後邊縮，頓時明白這些人，九成九又是董朝山帶來的。

「董朝山，你——」

「我什麼我？」知道陸家和看到自己了，董朝山索性不再躲，竟是大搖大擺地進了陸家院子。「兔崽子，有種你回來試試！」

陸家和用力地咬了下嘴唇，轉身繼續往大街上跑，幸好沒跑出多遠，迎面就看見一隊巡街的衙役，忙衝過去，再一看領頭的捕頭不是別人，正是自己和妹子打過交道的張彪，忙上前一把拉住。「張捕頭，救命，有壞人闖入我家，還請張捕頭幫我們一把！」

張彪也認出了陸家和，忙換了一副笑臉。「喲，這不是陸家小兄弟嗎？什麼人敢去你們家鬧事，還真是大膽。」

上次的事自己可記得真真的，這陸家和的大哥陸家寶，可是府尹大人親自領著去放出來的，而且瞧尹大人的意思，對這一家子可是客氣得緊。

當下不再推辭，跟著陸家和，氣勢洶洶地就往陸家而去，待來至門前，只往裡看了一眼，卻一下傻了眼。

裡面的鄭康等人明顯也聽到了外面的動靜，那肥胖男子往後瞧了一眼，呵呵一笑。「哎喲，張彪，你也來給爺搭把手了？好，這小子既然回來了，就甭讓他再跑出去了，這門你給爺把好了，敢放進來一隻蒼蠅，爺就要你好看！」

「張捕頭——」陸家和一下懵了，不敢相信地看向張彪。

張彪立馬扭過頭，一副根本不認識陸家和的樣子，自己認識陸家和，可更認識馬上兩人。這兩人不是別人，一個是少府梁志達的兒子梁榮，另一個更了得，卻是京城來的大貴人、當朝貴妃的親侄子，鄭康！別說自己，就是尹大人親至，怕也不敢得罪這位鄭公子。

到了這般時候，陸家和終於明白，來的這幫人，怕非但不是什麼強人，反倒是跟官府有關。

陸清源也想到了這一點，神情頓時絕望至極，自古民不和官鬥，張彪這個捕頭對他們而言，已經是了不得的人物了；可現在就是張彪，見著這群人，也是嚇得不得了的模樣，自己這小老百姓，可怎麼抵抗得了！

陸清源強掙著再次跪倒在地。「官爺，到底小老兒做錯了什麼，還請官爺明示，小老兒改，一定改！」

「現在知道怕了？」梁榮冷笑一聲。「硬要把你家閨女賴到貴人身上時，就應該想到有這麼一天。」

要說梁榮心裡也是糊塗得緊，今天一大早，鄭康就怒氣沖沖地跑過來，說是有一家姓陸的人家竟然癩蛤蟆想吃天鵝肉，想要把閨女嫁到鄭家。梁榮本來還奇怪，什麼時候連州有了這麼牛氣的家族，竟然敢和鄭家叫板，哪知跟著鄭康跑過來一看，竟是一個再寒酸不過的農家！

「真是欺人太甚，我和你們拚了！」聽到梁榮說話間竟然牽扯到妹子清譽，陸家和氣得頭嗡的一下，順手撿起地上一塊石頭，朝著梁榮就擲了過去，梁榮猝不及防，一下被打了個正著，竟是身子一歪，就從馬上栽了下來。

陸家和已經又尋了根棍子，紅著眼睛衝了過來，來至鄭康馬前，舉起棍子，狠狠地朝鄭康砸了過去。

「哎喲——」鄭康忙往旁邊躲，卻忘了自己還騎在馬上，一條胳膊又不好掌握平衡，竟是一個倒栽蔥就從馬上栽了下來，不偏不倚，正好一頭插在旁邊的一堆垃圾裡。

旁邊的梁榮顧不得捂住自己不住冒血的額頭，慌裡慌張地和跑過來的董朝山一起扶起鄭康，回頭衝著家丁大罵。「真是飯桶，快抓住他，打，給我照死裡打！」

梁榮本來想著借此機會巴結上鄭家，要是鄭康真有個什麼，別說升官了，怕是老爹的仕途也會就此終止。

哪知陸家和卻是紅了眼，竟不要命地衝上來，揪住鄭康就是一頓捶。

「快抓住這小子，快——」梁榮嚇得魂兒都飛了，自己可是來給鄭大公子保駕護航的，結果這麼多人瞧著，卻讓鄭康挨了打，要是鄭康不高興了，那鄭大人……

正尋思間，他一抬頭瞧見正從外面大步走過來的幾個人，嚇得「嗷」的一聲，雙腿一軟，就跪倒在地。「鄭大人，尹大人——」又咬牙，惡狠狠地瞧著陸家和道：「混帳王八蛋，連鄭公子都敢揍！」

梁榮說著就要再次撲上去，卻被鄭國棟一下拽住胳膊，怒聲道：「混帳東西，這裡也是你可以撒野的地方嗎？」竟是用力一甩就把梁榮用力推倒在地，然後大踏步上前，先是雙手扶起陸家和，上上下下仔細打量一番。「這位就是陸公子吧？老夫教子無方，慚愧啊！」

鄭國棟此言一出，除了尹平志外，所有人都呆了，梁榮更是嚇得魂兒都飛了——鄭大人腦子有毛病了吧，瞧瞧鄭公子，一張臉被陸家和揍得都腫成豬頭了，怎麼鄭大人反倒向對方賠罪？

尚未反應過來，鄭國棟再反手用力地打了鄭康兩個耳光，又狠狠一推鄭康。

「還不快給陸老哥跪下賠罪。」鄭國棟心裡真是恨不得踢死這個兒子，本以為憑著鄭家的聲望，應該輕而易舉就可以讓陸家父母答應嫁女——鑑於對扶疏會首身分的忌憚，鄭國棟已經想好了只有憑著父母之命、媒妁之言，才能讓那陸扶疏就範。自己只想著防天喬寨、防陸天麟，不料千防萬防卻沒防著自己這個兒子！

鄭國棟眼珠一轉，瞥了眼旁邊嚇得抖若篩糠的梁榮，怒聲質問。「到底是什麼人挑唆得你如此犯渾，竟然跑到陸家來鬧事？」

鄭康也有些懵了，本想著自己的婚事畢竟是大事，爹爹縱然有聯姻的意思，慎重起見，短時間內也不會成行，這才想著自己捷足先登，先跑來恐嚇一番，最好把陸家人嚇跑了，那自己就高枕無憂了，哪想到鄭國棟竟然這麼快就趕了來。

再瞧瞧鄭國棟看著自己時陰沈沈的眼神，鄭康終於意識到事情絕沒有自己想的那樣簡單，竟是順著鄭國棟的話，撲通往地上一跪，又羞又愧地衝著陸清源道：「老伯，方才，是鄭康錯了，主要是我和令嬡間有些誤會，又聽了奸人挑唆……」

一直老實跪著的梁榮，只覺得頭「嗡」地一下，驚嚇過度之餘，竟是一下昏了過去。

家和再一次攥緊了拳頭，就要衝過來——眼見得四面牆上全是鄰里，這小子安的什麼心，竟是一而再、再而三地往妹子身上潑髒水，卻被旁邊的張彪攔住。

聽鄭康如此說，鄭國棟暗暗點了下頭——這樣也不錯，陸扶疏真是壞了閨譽，陸清源也就只有把女兒許給康兒這一條路了，看了一眼旁邊的尹平志。

尹平志會意，忙上前一步，衝著陸清源一笑道：「這位就是陸清源老先生吧，本官連州府尹尹平志，給你介紹一下，這位是當朝國舅爺，鄭國棟鄭大人——」

府尹大人，還有國舅爺？周圍的人全都傻了，甚至有個才剛攀上牆頭的鄰人驚嚇太過，竟是直接從牆上栽了下去。

陸清源腳下也是一軟，若不是陸家和扶著，差點就坐倒地上。

第五十八章 意料之外

「府尹大人，國、國舅爺？」陸清源怔愣地重複著尹平志的話，腦子裡卻是一片空白。反倒是家和還鎮定些，戒備地瞧著鄭國棟兩人問道：「你們想幹什麼？」

尹平志眼裡閃過一絲不悅，卻又強壓下來，形勢比人強，方才鄭大人可是說得明白，要為鄭康求娶陸家女，也不知這家人走了什麼狗屎運，竟然能攀上皇親國戚！

尹平志擠出一絲笑容道：「陸公子、陸老先生怕是誤會了，本官這次前來，是要給你們道喜啊！」

「道喜？」陸清源和家和對視一眼，神情明顯迷茫得緊。

「是啊。」旁邊的人終於有了插嘴的機會，忙上前一步笑呵呵道：「恭喜陸老爺，賀喜陸老爺，你們家今天啊，可真是大喜臨門了。」

「劉、劉媒婆？」陸清源終於認出了來人，這不是劉媒婆嗎？不久前自己還特意送了禮錢，想求這媒婆幫著家寶尋一門好親事。

「是我。」劉媒婆捂著嘴嘻嘻一笑。「哎喲，你們陸家可是要時來運轉了。我今兒個來，就是要送你們一樁大福報的！」說著一指鄭國棟道：「咱們國舅爺啊，想要替兒子聘了你家閨女為妻，可是正妻啊，陸老爺，這可真是一門打著燈籠都找不到的好親事啊！」

此言一出，陸家小院裡再次陷入了死一般的寂靜，片刻後，又是一陣撲撲通通彷彿下餃子的聲音在牆外響起——門庭顯赫的鄭家竟然要聘陸家女兒為妻，這世界也太玄幻了吧！

好不容易甦醒過來的梁榮正好聽見媒人的這句話，兩眼一翻，竟是再次昏死了過去——完了，原本還以為定然是陸家人不知用了什麼法子才會賴定鄭家，卻無論如何也沒料到，竟然是鄭家主動想要求娶陸家女。

陸清源夫婦也嚇呆了，甚至無法相信自己的耳朵，這些人不是神農山莊派來滅了自家的，反而是來求親的；更不可思議的是，想要求娶女兒的人還是當朝國舅爺家的公子?!

「哎喲，還愣著幹什麼，快讓幾位大人進屋坐啊。」里正也聽說了消息，慌裡慌張地尋了陸丙辰倉皇趕來，看向陸清源時，臉上幾乎能笑出一朵花來，心裡卻是納罕不已；陸家這是變得什麼戲法，不是說得罪了神農山莊的貴人嗎？倒好，今天又跑來個國舅爺給他家撐腰，這門親事要真是成了，那陸家怕是會馬上躋身連州一流豪門。

明明今天早上，自己上門借把掃帚，里正還是避之唯恐不及，連門都不肯開，現在卻忽然用這樣一種討好的語氣和自己說話，陸清源夫婦頓時面面相覷。

家和卻是反應快些，瞧著旁邊灰頭土臉跪在地上的獨臂男子，臉色越發不好看地問：「這位就是鄭家的公子嗎？」

陸清源愣了下，終於回過神來，待瞧見鄭康明顯少了一條的胳膊，似乎明白些什麼，又回想起這人方才的霸道，心裡更平添了幾分厭惡。

鄭國棟是個聰明人，知道當下必須先要解開陸家父子的心結，忙給鄭康遞了個眼色，舉起手裡的鞭子衝著鄭康怒聲道：「逆子，真是枉讀聖賢書！你到底緣何跑到這裡來，還不快跟陸老爺子解釋清楚。」

鄭康神情變換了幾下，終於衝著陸清源重重地磕了一下頭，說道：「罷了，都是小子交友不慎，誤信小人之言，才有今日之事。小子不敢為自己辯解，只有一句話說與老爺子聽——鄭康誠心求娶令嬡，若得蒙老爺子青眼，有幸訂下這門親事，此生此世絕不納妾！」說完又磕了三個頭，便老老實實地跪在一邊。

畢竟鄭家的來頭太大，這樣幾個頭磕下去，也算是給足了陸家面子，再聽鄭康口中「絕不納妾」之言，別說其他人目瞪口呆，便是陸清源也有些動容。回想鄭康話裡的「小人」一詞，父子兩個同時想到了一個人——董朝山，這個老混蛋，還真是陰魂不散！

只是這會兒，也不好意思詳加詢問。

「都是老夫教子無方。」鄭國棟也是滿面愧色，把手裡的鞭子硬塞到陸清源手裡。「這孩子自來忠厚，眼裡揉不得半點沙子，今日受小人蠱惑，來家裡攪鬧，老夫真是慚愧無地。這鞭子老哥拿著，儘管抽，什麼時候消氣了，咱們什麼時候坐下說話。」

話說到這分上，陸清源也不好再追究，忙要把鄭國棟等人往房間裡讓——院子裡被鄭康、梁榮砸得一片狼藉，幾乎沒有落腳的地方，倒是房間裡，早有里正老婆及其他有眼色的鄰人幫著甯氏收拾得整整齊齊。

鄭康本想也跟著起身，被鄭國棟一瞪，只得又老老實實跪下。

剛一落坐，那媒人就又捂著嘴嘻嘻一笑。「陸大官人，我方才說的事，你考慮得怎麼樣了？照我說啊，這門婚事，可真是打著燈籠也找不著啊。」又瞥一眼旁邊臉色始終不太好看的家和道：「這是你們家二公子吧，這一看就是個讀書人的料，現在結了國舅爺家這門親事，將來二公子再考個狀元，哎呦嘿，你們陸家可就是咱們連州頭一號嘍！」

劉媒婆見的人多了，從方才就注意到甯氏瞧著陸家和時分外心疼的眼神，立馬意識到要想讓陸家人同意這門親事，這陸家和無疑是個很好的突破點。閨女嘛，嫁出去的女兒潑出去的水，兒子有出息了那才是正經。別看鄭公子身有殘疾，可人家好歹是公侯之後，陸扶疏真嫁過去，拉拔下娘家哥哥那還不是簡單的事。

其他人也都會意，房間裡的里正老婆更是無比羨慕地對甯氏道：「哎喲，嫂子哎，妳可真是養了個好女兒啊，真是答應了這門親事，甭管得罪什麼人，也沒人敢動妳家一根手指頭，就是家寶和家和，這輩子要想不出息都難！」

話清清楚楚地傳到陸清源耳朵裡，別說甯氏，就是陸清源也頓時有些遲疑——

眼下陸家確然到了怎麼也邁不過去的一道坎上了，瞧瞧今天早上自家的境遇，神農山莊的人還沒找上門呢，所有人都恨不得立馬和自家劃清界線；再看看現在，大家爭相巴結的樣子——倒不是圖著這分巴結，實在是那神農山莊太可怕了，若真找不到什麼靠山的話，說不好啥時候一家人都得丟腦袋；自己老倆口也就罷了，都算是黃土埋到脖子的人了，孩子要是真有個意外……

看出陸清源猶豫的神情，陸家和騰地一下站了起來。「爹，您不是從小教導我，要憑自己本事吃飯？人家有錢有權，誰想巴結就去巴結，人家的東西，我才不稀罕；還有，您忘了當初您是怎麼答應大娘的！」

自己那麼好的一個妹子，就是拚了這條命，無論如何都不能嫁給鄭康那樣一個紈袴子弟！雖然不知道鄭國棟打的什麼主意，為什麼就非要求娶自己妹子，陸家和卻直覺，對方肯定沒安什麼好心。

別人家賣女求榮是別人家的事，就是全家人窮得都去要飯，也不能幹出賣妹求榮的事。

家和此言一出，不只劉媒婆，便是鄭國棟和尹平志臉色也有些不好看。

尤其是尹平志，本來一聽鄭國棟說讓自己陪著到陸家求親，就覺得有些小題大作——自己堂堂府尹之尊，卻要去一個小老百姓家做說客，真是成何體統，偏又不敢拒絕，只得跟著鄭國棟一起來了；那料想來了之後就沒得到過什麼好氣，現在陸家和說話又夾槍帶棒的，尹平志臉色一下沈了下來。

「家和，你胡說什麼——」裡間的甯氏嚇了一跳，也顧不得什麼，上前狠狠地捶了家和一下。「不說話，沒人當你是啞巴，快去院子裡待著去。」

「令公子果然有個性。」尹平志轉向陸清源淡淡道：「鄭大人的誠意，本官可以擔保，就在方才，鄭大人還囑咐本官，多往你們這兒派些衙差，以防有什麼差池。鄭公子也是一時才俊，倒不算辱沒了令嫒，到底這件事如何，還要老爺子拿主意才是。」語氣裡隱然有威脅之意。

甯氏禁不得嚇，轉頭看向陸清源，帶著哭腔道：「當家的，你看這事——」

陸清源嘆了口氣，許是家和的話觸動了內心的思緒，竟是久久不能回神，再抬起頭時，神情已是堅定無比，竟是對著鄭國棟和尹平志告了一聲罪。「兩位老爺的好意，小老兒心領了，只是我們陸家小門小戶，怕是高攀不上國舅爺家的公子啊！」

青娘當初離世時，一再囑咐自己，絕不可虧待了扶疏；可女兒長這麼大了，自己卻沒讓她過過一天好日子，反而對這個孩子多有拖累。那要是自己親生女兒也就罷了，該著她為這個家做犧牲，可青娘當初說得清楚，扶疏是恩人之後，若非扶疏的老娘，青娘和家寶說不好早就遭遇不測了……

沒想到陸清源思來想去，竟是說了這麼一句話，鄭國棟臉色一下難看至極。

尹平志手裡的茶杯重重地往桌子上一磕。「陸清源，兒女婚姻乃是大事，你還是再好好想一想，鄭大人不急。」

方才還滿臉恭敬的一眾衙差，也都沈下臉來，瞧著陸清源的神情就有些不善。

里正嚇得騰地一下就站了起來，不住給尹平志和鄭國棟作揖。

「兩位大人稍候片刻，清源他一定是高興糊塗了，等他想清楚了，一定會給兩位大人一個滿意答覆——」

話音未落，卻被一個男子的聲音打斷——

「滿意答覆？但不知，什麼樣的答覆能讓兩位大人滿意呢？」

里正愣了下，抬頭向門外瞧去，卻是扶疏和家寶，和他們並肩站著的，是一個身材魁梧的藍袍男子，正冷冷地瞧著自己。

里正的笑一下僵在了臉上，又一想這人氣勢雖是有些嚇人，只是既和扶疏兄妹一道，顯見得也不會是什麼了不得的，當下強撐著道：「這位老哥可是有些眼生啊，婚姻大事，也算是別人家的私事，咱們這些外人就不要攙和了。」

「是啊。」鄭國棟哂笑一聲。「倒不知道每天日理萬機的陸大元帥還有這分閒情逸致，若是你陸家孩兒也就罷了，竟是連別人的家務事也要管上一管。」

旁邊的尹平志一聽忽然劇烈地咳嗽起來，口裡的水竟是嗆得一桌子都是，甚至帶得身下的凳子都翻了，重重地砸在腳面上，卻是不敢喊疼，反而對著男子一稽首。「下官見過大帥——」心裡頓時驚慌失措，他本來就對陸天麟畏懼至極，而方才鄭國棟竟又提到陸天麟的孩兒！聽說當初，妹妹去世時可是身懷六甲，尹平志真怕陸天麟受了刺激之下，會當場發難。

「大帥？」所有人再次傻了。

這連州地面能被府尹大人如此恭敬地稱作大帥的，也就陸天麟陸大將軍一個人罷了！國舅爺來陸家求親已經是匪夷所思了，現在連有戰神之稱的陸大元帥，竟也和陸家人很是交好的樣子，這也太過駭人聽聞了吧？

旁邊已經甦醒了一會兒的梁榮，再次閉上眼睛——老天爺，這刺激也太大了，自己還是繼續昏著更保險啊！

「鄭大人消息倒是靈通。」陸天麟卻是正眼都沒有瞧尹平志，四平八穩地在扶疏拿過來的凳子上坐下，涼涼地衝著鄭國棟一笑，抬手一指扶疏。「就在前幾日，賢王爺親自見證，本帥已然認了扶疏為義女。」

說著陸天麟又衝陸清源一拱手。「陸老哥，當日未徵得你同意，實在有些唐突，天麟今日前來，就是特意來向老哥告罪的。」說著一揮手。「把禮物呈上來。」

這女孩就是陸扶疏？正跪在外面的鄭康聞言一下抬起頭，正瞧見扶疏的側臉，頓時就有些失神——倒沒想到竟還是個小美人兒。這般容貌，假以時日，怕是在京城中也是數一數二的，方才還有些不願意，這會兒竟是有些心猿意馬。

正自胡思亂想，卻見扶疏倏地回頭，鄭康本想露出一個討好的笑容，卻在接觸到扶疏劍一樣的冰冷眼神時，竟是無論如何也笑不出來了。

至於院子裡其他人，卻是完全被陸天麟的大手筆給驚呆了——這麼不一會兒工夫，陸天麟手下抬進來的禮物就幾乎堆滿了整個院子，饒是如此，後面還有更多的東西正源源不斷地抬進來……

尹平志這會兒忽然了悟，怪不得鄭國棟一門心思地想求娶陸家女，原來早就知道陸天麟認了這女子為義女了！只是看自己前妹夫對自己等人不待見的樣子，這門婚事怕是結不成了。

鄭國棟臉色也是一陣青、一陣白，終於站起身來，一拂衣袖，轉身朝院外而去。

尹平志忙小心地給陸天麟告了聲罪，小跑著就跟了上去。

憶起對方剛才氣勢洶洶的樣子，再對比現在的狼狽，家和真心覺得分外解氣，揚聲道：「幾位大人，慢走啊！」邊說邊去搜索董朝山的行跡，半晌卻沒有找著，氣得狠狠一跺腳。「這個老東西，倒便宜他了！」

扶疏正好聽見，就笑著問道：「二哥要找哪個？」

「董朝山那個老混蛋！」家和猶自氣呼呼道。「妳不知道，這老東西有多可惡！」

「董朝山——」正靜坐一旁的陸天麟一下站了起來，太過緊張了，竟是大氣都不敢出。

「你方才說董朝山，他在哪裡？」聲音竟是嚴厲至極，卻不知陸天麟這會兒心裡早已是翻江倒海一般，真是踏破鐵鞋無覓處，再不料，竟會在這裡聽到董朝山這個名字！

只要找到董朝山，說不好，就可以找到女兒的下落了。

家和有點被陸天麟凌厲的樣子嚇到了，下意識地一指院門。「之前看見他在外邊——」

陸天麟身形一閃，就往院外疾掠而去。

扶疏忙追出去，哪還有陸天麟的影子？

正自奇怪，也不知乾爹找董朝山什麼事？還這麼急！忽然覺得有些不對，忙抬頭看去，不由一愣，下意識道：「商大哥——」

卻是商嵐，正站在前面路口處，神情溫和地瞧著自己。

第五十九章　陰謀

「爹，難道咱們就這麼算了？」鄭康回頭，恰好看見扶疏和商嵐相對而立的情形，頓時一陣氣悶。今天真是太過晦氣，竟是平白挨了一頓揍，甚至最後還被人趕了出來，從小到大，鄭康哪受過這樣的窩囊氣?!

「還不都是你——」一聽鄭康說這話，鄭國棟恨不得一腳踹死這個成事不足、敗事有餘的兒子，本以為自己棋高一著，只要說動了陸清源，先把婚事給訂下來，即便那陸扶疏有天喬寨撐腰，也定然無可奈何；不料好好的一盤棋，卻叫這群人給攪鬧了去。

只是天喬寨實在關係重大，這陸天麟當真狡詐，竟然搶在自己前面和陸扶疏搭上了關係。眼見得之前幾件事已經把陸大麟得罪得狠了，這人無論如何不可能站在自己這邊了，樹立這麼一個強大的敵人，不管對外甥也好，還是對鄭家也罷，怕都是無法善了。

即便不能把天喬寨納入自己囊中，最起碼也不能讓它成為陸天麟的助力！

而陸天麟和天喬寨之間唯一的關聯，也就是陸扶疏那個小丫頭罷了……

鄭國棟神情陰鬱地瞟了一眼扶疏，想要收回眼神時卻是一愣——那站在陸扶疏對面的男子瞧著好像有些眼熟啊！下意識地瞧向旁邊的尹平志，問道：「那人是？」

尹平志順著鄭國棟示意的方向看了過去，略略思考了下。「下官瞧著那位好像是神農山莊一個叫商嵐的。」姬青崖剛到連州時，尹平志曾經設宴款待，印象裡這個男子好像隨侍左右。

「神農山莊的？」鄭國棟就有些奇怪。

姬青崖的被抓，可是和陸扶疏有著直接的關係，甚至可以說已經意味著陸家也就完全站在了神農山莊的對立面，怎麼這個商嵐竟會突然來至陸家？

特別是陸扶疏的態度——

鄭國棟自詡最能看透人心，方才雖不過是略瞥去一眼，卻是一下瞧出，兩人情形委實古怪得緊，非但完全不是仇人相見的模樣，相反，還有著一種說不出、道不明的東西……

許是注意到身後鄭國棟等人不懷好意的眼神，商嵐下意識地上前一步，擋住了身後的視線。「扶疏，妳好嗎？」他溫潤如水的眸子裡全是關切，甚至還有隱藏很好的，思念。

扶疏心裡一熱，眼睛裡迅即泛起些水霧來——即便之前曾一再給自己做心理建設，甚至一遍遍提醒自己，神農山莊已經不是從前的神農山莊了，甚至大師兄，也可能完全不是從前的大師兄了；可面對這樣一雙暖暖的、絲毫不會作偽的眼眸，扶疏還是無論如何也無法硬起心腸。

只是再不捨又怎樣？自己如今可不是從前的那個神農山莊少主！稍有不慎，連累的也不是一、兩個人，在無法確定大師兄到底還是不是從前的大師兄之前，便是內心再如何苦痛，也絕不能再和商嵐交好。

扶疏終於還是稍稍後退一步，垂下眼說道：「我很好，有勞商公子掛念了。」

「商公子？」商嵐身形巨震，痛苦和難以置信的情緒在眼中不住翻湧，終至一片死寂。

「很好，就好……」商嵐怔怔地瞧著扶疏，神情一片木然，半晌從懷裡摸出幾張銀票。「這些銀子，妳拿著。」

銀子？扶疏一愣，下意識地往後又退了一步。「無功不受祿，商公子的銀兩，恕扶疏不能接受。」

「無功不受祿？」商嵐臉色更加慘白，半天抖著手拍了下自己的衣衫。「扶疏、扶疏忘了，這衣服、這衣服，還是扶疏，妳送我的，就當是、就當是我的衣服錢。」說完抓過扶疏的手，把銀票塞過去，竟是轉身踉踉蹌蹌而去。

扶疏愣了一下，這才注意到商嵐身上那襲袍子果然是自己硬拉著他做的，只是當初離去時袍子還是嶄新的，這會兒許是因為長途跋涉的緣故，竟是遍布灰塵，饒是如此，主人卻仍不願脫下，可見必是極為喜愛……

扶疏心裡一痛，卻仍趕上前一步，想要把銀票重新塞回商嵐手裡，邊悶聲道：「一件衣服罷了，也用不了這麼多，你真想給的話，就換成散碎銀子……」

商嵐霍地回頭，死死盯著扶疏一開一合的嘴巴，似是無法相信，那張小嘴裡竟會說出這般絕情的話。

扶疏的聲音終於越來越小，到最後，低著頭，終於說不出一個字來。

良久，商嵐終於艱難道：「扶疏，是不是我做錯了什麼？」卻是身子一歪，差點摔倒。

旁邊本就對扶疏怒目而視的隨從忙上前一把扶住，神情裡全是隱忍的憤怒，說道：「妳這小丫頭怎麼如此不知好歹！公子什麼人，也是妳這樣的人可以埋汰的，他會來此——」

「住口！」卻被商嵐打斷，慘笑著接過扶疏塞過來的銀票。「扶疏，妳要保重，我走了。」卻是一腳踩在一個土坑裡，撲通一聲摔倒在地。

「商大哥——」扶疏情急，忙要伸手去扶，商嵐已經翻身爬了起來，跌跌撞撞地往遠處而去。

商嵐走了不遠，心潮起伏之下，卻再次跌倒。

「公子，您來此可是忤逆了神農山莊副莊主的意志，而她竟還如此不知好歹……」那隨從明顯憤怒至極，狠狠地瞪了扶疏一眼，扶起商嵐又低聲道：「那姬木枋管事他們……」

姬木枋等人下獄，要想救他們出來，陸扶疏這裡是最好的突破口，怎麼陸扶疏輕描淡寫幾句話，公子竟是如此大受打擊的樣子，連替姬木枋等人說情都給忘了？要知道，姬木枋可是公子跟前第一得用之人啊……

扶疏怔怔地瞧著商嵐漸漸遠去的瘦弱背影，忽然捂著臉蹲在地上。

「會首，要不要我跟過去瞧一下？」木烈還從未見過扶疏這麼痛苦的樣子，忙上前一步扶起扶疏。

「瞧一下？」扶疏愣了半晌，才明白木烈的意思，先是搖了下頭，終於還是抵不過心裡的擔憂。

「你去瞧一下也好，有什麼消息，就回來說給我聽。」

哪知木烈這一去，竟是直到午時都沒有回轉。

扶疏心裡忽然隱隱有些不安，總覺得好像有什麼不好的事要發生。

除了留下兩個人跟在自己身邊外，其餘的索性全派了出去，囑咐他們一旦覓到木烈的蹤跡，便和他一起回返，莫要繼續在外面逗留。

想想還是不放心，索性帶了兩人往大營而去，本想要尋楚雁南的，卻不料到了之後才聽說，剛才大帥匆匆回返，離開時還帶了楚雁南一起。

扶疏在營門外呆立半晌，心裡更加狐疑——從聽到二哥說起董朝山這個人，義父就很不對勁，現在又十萬火急地帶了楚雁南離開，難道是有什麼事發生了？

想了一會兒，卻是百思不得其解，只得怏怏地轉身回去。

剛走到一個岔路口，迎面正好撞上一輛獨輪車。道路狹窄，路中間那處因為之前下了雨積了不少污水，那車伕又拉著車子跑得飛快，竟是差點撞到扶疏身上，虧得兩個侍衛扶住。饒是如此，那坑裡的水卻還是四濺開來，雖是護衛忙側身去擋，扶疏肩上仍是濕了一片。

天喬寨人本就是從不肯吃虧的，這會兒見扶疏這一身泥水的樣子，早氣得七竅生煙，怒喝一聲。

「王八蛋，給我站住——」

那埋頭疾走的車伕明顯嚇了一跳，腳下一趔趄，車子猛一震，車上本來看不清面目的人腦袋猛地一晃，依稀顯出一個側面來。

「莫要惹——呀！」扶疏「事」字尚未出口，神情忽然大變——車上的人，怎麼瞧著和大師兄如此相像？

隨著獨輪車上蒙著的氈布滑落，那人身上的血跡斑斑更是一下映入扶疏的眼簾。

「什麼？」兩個侍衛也愣了一下，忙回身去護扶疏，卻被扶疏用力推開。

扶疏臉色蒼白地指著已經跑遠了的小車道：「快，攔住他！」自己一提衣服下襬，當先就衝了出去。

看扶疏的樣子，明顯是發生了什麼了不得的大事，兩個侍衛不敢怠慢，縱身躍起，一路追著那獨輪車而去。

扶疏也咬著牙從後面跟上，恍惚間憶起方才大師兄離去時，那隨從曾說，大師兄此來根本就是忤逆了神農山莊副莊主的意志──從青岩的身上，扶疏已經無比真切地領教到姬微瀾帶領的坤方一族有多殘忍，難道大師兄也……竟是越想越怕，再顧不得原先對商嵐的猜忌，只一門心思地想著，無論如何也要把人找到才是！

本以為對方拉著車，無論如何不會跑得太快，卻不料那獨輪車車伕許是意識到後面有人追趕，竟是一掉頭，往前面一片茂密的林子衝了過去。

等扶疏氣喘吁吁地追至林子邊時，哪還有車伕的影子？便是兩個侍衛也不知被引得去了那裡。

「阿標，汪愷──」扶疏試著叫兩人的名字，哪有人應聲？

一陣重重的腳步聲忽然在身後響起，緊接著一個輕佻的男子聲音道：「扶疏小姐，還真是巧啊，妳是要找哪個啊？本公子可有榮幸，給美人兒效勞？」

扶疏倏地回頭，一下睜大雙眸──

竟然是，那個少了一條胳膊的，鄭康?!

「進去！」楚雁南揪著董朝山的衣領，狠狠地往裡面一推。

董朝山一個趔趄就摔倒在地板上，頭也不知道撞到什麼，實在疼得厲害，卻是硬生生地把到了嘴邊的「救命」又咽了回去，倒不是董朝山忽然不怕死了，實在是魂兒都嚇飛了！

幾個時辰以前，引著那兩位少爺跑到陸家攪鬧，本以為那兩人出身富貴，真要抄了陸家還不是輕而易舉，卻沒料到，最後竟連府尹大人和國舅爺都到了，而來的目的更是匪夷所思，竟是為了求娶陸家女！

陸家那個小丫頭有什麼好的，到現在，自己甚至還不能完全想起小丫頭的容貌，哪裡比得上自己閨女好看！可老天就是這麼不長眼，竟然就讓陸家丫頭入了國舅爺的青眼。

董朝山是個有眼色的，當下不敢再留，找個機會就溜了出去。

這次惹的禍事大了，陸家真和國舅爺家結親，想要自己的小命，還不是和捏死隻螞蟻一樣。

他慌裡慌張地跑到家，簡單收拾了一包衣物就準備逃跑。

哪知才剛出城門沒多遠，就被人給追上了；更要老命的是，來的還是一群殺氣騰騰的軍將！特別是那領頭的，自己也見過，前兒個還威風凜凜地跨馬遊街呢，正是戰神楚無傷的兒子楚雁南。

聽說這次和摩羅族打仗，他一個人就殺了數不清多少人，我的爺爺哎，那可不就是貨真價實的殺神轉世嘛。

從被楚雁南橫在馬上帶回來，董朝山就整個因為驚嚇過度，處於崩潰的邊緣了。

這會兒好不容易踏著了平地，反而略略清醒了些，董朝山一翻身趴跪在地上，不住磕頭。「官爺饒命，官爺饒命！」自己知道錯了啊，從今以後，就是打死自己，也再不敢招惹陸家了！卻聽上座的人道——

「你就是董朝山？原先住在，清河鎮，對也不對？」

沒想到上座還有人，董朝山嚇得一屁股跌坐在地上，下意識地抬頭看去，身體卻是抖得更厲害了。

哎呀、我的娘呀，上面這人自己也認識，可不就是自己作夢也想不到的連州大帥他老人家，難道說竟然連大帥也要給陸家撐腰嗎？

眼看著董朝山不斷翻白眼，一副隨時隨地都會昏過去的模樣，楚雁南上前一步，用力掐了一下董朝山的人中，說道：「大帥問你話呢，還不快回答！」聲音裡卻是有隱隱的緊張和期待。

就在方才，二叔忽然騎馬回了軍營，楚雁南還是第一次見到自家二叔這般失魂落魄而又驚慌失措的模樣，甚至連讓自己帶人跟他出去時，差點連馬都爬不上。

自己問了好幾遍，二叔才勉強地說明了情況，聽了二叔的話，自己也嚇得差點從馬上摔下來。

二叔說，他還有一個女兒，從前他一直以為不在了的，可實際上還活著，前段時間得知消息後就一直在找，雖然還沒找著，卻也打聽出來些關鍵線索，那就是一個叫董朝山的人。

許是太過激動，二叔說得顛三倒四，饒是如此，楚雁南也不由為之動容——

沒有人比自己更瞭解，當初二叔剛找到自己時整個人有多頹廢和絕望，明明記憶裡二叔性格最是爽朗，後來卻變成了一個沈默寡言的人。每日裡除了撫養自己、督促自己習武外，剩下的時間就一個人呆呆坐著；甚至很多次，自己午夜醒來，都會被依舊呆坐在床上靜靜瞧著夜空發呆的二叔給嚇著。

還是後來見到陳乾，楚雁南才明白當時發生過什麼，只是曾經的往事太過慘烈，已經成了二叔心中一個永遠無法癒合的傷口。當時陳乾還說，若非因為想著要撫養楚雁南這個楚帥幼子，說不好陸天麟當時就會尋了短見。

楚雁南除了默默關心，從不敢輕易觸碰那血淋淋的過往，心裡卻也曾默默渴望，要是二嬸和那個孩子還活著該多好，自己就又多了兩個親人；還有二叔的小孩，自己也一定會盡全力去愛她、呵護她，絕不讓任何一個人欺負她——

卻最終只能嘆息，可惜一切全是奢望，只能想想罷了！

而現在，二叔說，他的女兒還活著，而且只要能找到一個叫董朝山的人，就能知道女兒在哪裡！

也就是說，自己終於有了一個可以全心疼愛的妹妹嗎？

心潮澎湃之下，當即就率領了一隊人馬四處尋訪，別說有名有姓，就是隻老鼠，自己也要把牠從地下挖出來！

被人掐著人中，董朝山自然想昏也昏不成了，雖然大腦仍處於停滯狀態，卻好歹抓住了「清河鎮」這個重點，有氣無力地點頭道：「小人、小人以前，是生活在清河鎮，後來，才跟著陸、陸清源，一塊到的連州……」

陸清源？那不就是扶疏的爹嗎？陸天麟騰地一下就站了起來，又重重坐下，長長地出了口氣。「你的意思是說，陸家、陸家也是從清河鎮搬過來的？」

楚雁南有些發呆，不大明白二叔為什麼如此糾結清河鎮這個地方，難道是小妹當初就生活在那裡嗎？只是這和陸家有什麼關係？楚雁南還是有印象的，陸清源和扶疏正是父女，不會是……

「是、是……」董朝山頭像小雞啄米般不停點著。

「那你說——」陸天麟再也忍不住，上前一把拽住董朝山的衣襟，終於用盡全身的力氣道：「陸扶疏，到底，是不是、是不是陸清源的親生女兒？」

「我、我不知道啊！」董朝山明顯被陸天麟身上的殺氣給嚇到了，慌亂得不住搖頭，在對上陸天麟懾人的眼眸時，渾身一個激靈，好險沒哭出來。「好像聽人說，陸扶疏是她娘和別人偷情——」說著忙又頓住，瞧見陸天麟沒有過激的舉動才囁嚅著繼續道：「我也不大清楚，只是、只是當時陸家娘子，確然，一個人獨居在村外，不知怎麼的，又突然傳出來生了個女娃的消息……」

可是後來陸清源毫不猶豫地大張旗鼓、登門負荊請罪，還不止一次向人哭訴，是自己對不起髮妻……若真是被人戴了綠帽子，又怎麼可能會有那麼痛心後悔的表情？也因此，鎮上人後來倒是都信了陸清源的話，認為那女娃鐵定是陸家的種。

「我們去陸家！」明顯看出來從董朝山身上問不出個所以然了，陸天麟扔下董朝山，疾步往外而去。

第六十章　得來全不費工夫

陸天麟的速度很快，不一會兒，就再次出現在陸家小院外的胡同口——

之所以說是胡同口，是因為整個胡同裡這會兒都擠滿了人，陸清源家還從沒有這麼熱鬧過。

從陸天麟等人離開後，小院裡就沒斷過人；別說陸家宗族，便是當地一些威望頗著的頭面人物，也都紛紛提了禮物登門拜訪。

陸家女兒飛上枝頭變鳳凰的事情，已經在整個連州城都傳了開來。聽說國舅爺親自來求娶，府尹都被拉了差跑過來作媒；更不可思議的是，後來連大帥陸天麟都跑了來，說是已經認了陸家女為螟蛉義女。

國舅爺或者府尹大人親赴陸家已經夠讓人震驚了，更不要說還有陸天麟！說句不好聽的，陸天麟在連州城的名氣可是比皇上都大，連州幾十萬軍民可全得仰仗陸帥，才能闔家平安；也不知那陸家走了什麼狗屎運，竟是養出了這麼個不得了的女兒。

不管是真心還是假意，連州地面上但凡說得上名號的，全都一窩蜂到了陸家拜望——將來真有個什麼，說不好還得靠陸清源幫襯呢！

「哎喲，大帥來了！」不知誰先開口，人們往胡同口一瞧，果然看見陸天麟正威風凜凜地騎在馬上，後面還帶了一大隊人馬，忙呼喝一下讓開一條路來，讓陸天麟通過。

倒是陸天麟，卻不知為何，始終靜立馬上，兩手更是緊緊地攥著馬轠繩，直直地瞧著陸家院門，好像在渴望著什麼，又好像在恐懼著什麼。

「二叔——」楚雁南能理解陸天麟的心情，別說思女成疾的陸天麟，就是自己，這會兒手心也不住冒汗——難道說，扶疏，會是二叔的女兒……

只是這樣站著也不是個事啊，實在是前面的人群明顯有些被嚇著了。

「大帥——」陸清源也聽說了消息，慌忙從院子裡迎出來——直到現在，陸清源覺得自己好像還是在作夢——怎麼可能，大帥就認了扶疏當乾閨女呢！

看到陸清源，陸天麟強忍著內心的激動，緩緩點了下頭，看了一眼楚雁南，交代道：「不要讓人進去，我和陸老哥進去說話。」

楚雁南點頭，安排好手下軍士守在外面，並囑咐不許放任何一個人進，便也跟著陸天麟進了房間。

陸清源就有些發愣，看大帥的樣子，明顯是發生了什麼，扶疏又不在家，雖是害怕，也只能惴惴不安地跟了進去。

到了房間裡，甯氏已經躲到了裡間，家和跟家寶忙上前拜見。

陸天麟擺擺手，卻是直接從懷裡掏出那枚用繩子穿著的玉珮托在手裡，直直地瞧著陸清源的眼睛，顫聲道：「陸老哥，這塊玉珮你——」話音未落，卻被家寶打斷。

「這是我妹子的，怎麼在大帥手裡？」這塊玉珮很小的時候就繫在扶疏脖子上，是娘親留下來的，怎麼會在大帥手裡？

陸天麟只覺瞬間被狂喜席捲，一把攥住家寶的手腕，問道：「你見扶疏戴過？」

家寶痛得一咧嘴，卻仍是點了點頭道：「我自然見過，這本就是娘留給扶疏的。」

「你娘、你娘她——」陸天麟眼神更加灼熱。

陸清源畢竟年紀大些，瞧見陸天麟對著這塊普通的玉珮，神情這般激動，頓時想到一個可能，趕緊問道：「難道說，大帥，您、您認識這枚玉珮？」

「爹——」家寶愣了一下，忙開口制止，爹爹這是什麼話，玉珮是妹子的貼身之物，大帥怎麼會認得，目前最要緊的，不是要搞明白妹子的東西怎麼會在大帥手裡嗎？

陸天麟卻是不理家寶，只是用力攥住玉珮，已是虎目含淚。「這玉珮，本就是、本就是我陸家之物，我又怎麼會不認得？扶、扶疏呢？扶疏在哪裡？」

到這個時候，已經絲毫不用懷疑，扶疏，就是自己和甯兒的女兒，怪不得自己每次見到扶疏，都覺得那般說不出的心疼……

「扶疏是……大帥的女兒？」陸清源也傻了。

當初娘子倒是告訴過自己，說扶疏是恩人之後，許是不相信自己，其他的就再不願多說。自己又旁敲側擊過多次，也就能隱隱約約明白，扶疏的爹娘應該是獲罪於朝廷，而看那玉珮的模樣，家境也明顯甚是貧寒，怎麼會到頭來，卻是連州大帥陸天麟的千金？

「當初家寶娘一個人獨居在鎮外，等我知道消息趕去後，就只看到多了個小嬰兒，那個小嬰兒就是扶疏。家寶的娘告訴我說是恩人之後，其他的就再不肯多說一個字……」

陸清源把事情的來龍去脈說了一遍，還不時小心翼翼地覷一眼陸天麟的神情，心裡更是五味雜陳——一開始接受扶疏，完全是因為對髮妻有愧，那丫頭又是個聰明的，日常裡雖是盡了為人女兒的本分，卻並沒有和自己多親近；這段時日以來，經歷了那麼多波折，若非扶疏，這個家怕是早就散了！

夜半靜思之時，和妻子相對，兩人都深感虧欠扶疏太多，也下定決心，以後一定要把扶疏當成親生女兒一般看待；卻哪裡料到，竟是再沒有機會了，扶疏的親爹竟然是連州大帥陸天麟！

「嫂夫人何在？」陸天麟微微定了定神，恍惚間憶起，好像甯兒和自己在邊關一帶四處流亡時，是曾經說過，這邊關她曾經來過，而救助陸清源的髮妻八成也就是在那時候——看來，當初甯兒把扶疏託付給陸清源的髮妻後，便孤身一人出外尋找自己，卻最後被叛賊發現，逼至絕境……

聽陸天麟詢問自己，甯氏慌忙從房間裡出來，卻是過度驚嚇之下，畏畏怯怯地站在陸清源身側。

陸天麟肅容起身，對著陸清源夫婦深深一揖到地，楚雁南跟著撩起袍子，撲通一聲跪倒在陸家人面前。

「大帥，小將軍——」陸清源夫婦猝不及防，慌忙往一旁躲，帶得旁邊的板凳都倒了。

「大恩不言謝——」陸天麟強忍著不落下淚來，這麼多年了，自己日裡夜裡，無時無刻不在想著甯兒和孩子，還以為要想和她們團圓，也只能等自己閉了眼睛到地下才能相見了，卻再沒料到，還有活著見到孩兒的一天。

原來那麼漂亮可人、招人疼的扶疏，就是自己的女兒啊！

「扶疏、扶疏呢？」陸清源抹了一把臉上的淚，慌裡慌張地對家寶道：「快去找了她來。」

「我正要和爹說這件事呢——」家寶終於有了開口的機會。「大帥剛走，扶疏就出去了，到現在還沒回來。」頓了頓接著道：「我打聽了一下，說是神農山莊的商嵐來看她，扶疏就有些不大高興，等商嵐離開，扶疏也出去了，說是去一趟軍營。」

「去軍營？」陸天麟皺了下眉頭，自己和雁南一早出來尋訪董朝山的下落，根本就不在營中，都這般時候了，扶疏再怎麼著也該回來了。

「扶疏、扶疏不會有什麼事吧？」陸清源也覺出有些不對，神情頓時慌張不已。

「老哥放心，一切有我。」陸天麟拍了拍陸清源的肩膀，轉身帶著楚雁南出了院門。

等來至院外，神情卻是冷厲至極，從自己離開到現在這會兒，少說也有兩個時辰了，扶疏去軍營裡找不著人，怎麼著也該回來了！

「二叔——」楚雁南不自覺攥緊馬鞍旁的金槍，眼中一片嗜殺之色，不管對方是什麼人，又抱著什麼居心，若然膽敢動扶疏一根寒毛，自己就一定讓他拿命來償！

陸天麟剛要答言，神情忽然一肅，一催馬兒，朝著一個跌跌撞撞衝過來的男子迎了過去。

楚雁南看清楚來人是誰，不由倒抽了口冷氣——

卻是木烈，左胸處還有一個碗大的傷口，一身團花袍子早被鮮血給浸透！

「木寨主——」陸天麟只覺腦袋「嗡」地一下，從馬上疾掠而下，一把扶住木烈，急問：「誰傷了你？扶疏呢？」

木烈神智明顯有些恍惚，只在聽到「扶疏」這個名字時，眼睛才亮了一下，吃力地攤開手掌，掌心裡正躺著一隻小小的蜂鳥。

木烈抖著手，指尖朝著蜂鳥的尾部摁了一下，那蜂鳥彷彿一下被驚醒，忽地一下懸空飛起。

「跟上牠，找，會首……」話音一落，木烈便仰面朝天栽倒在地。

「二叔，咱們快跟上——」把木烈交給陸家人，楚雁南縱身一躍，跟著蜂鳥就追蹤而去。

天喬寨最多能人異士，木烈既然說蜂鳥可以指路，就必然是真的可以指路。

那蜂鳥雖是瞧著體形不大，飛的速度倒是不慢，引領著陸天麟兩人很快來至軍營門口，稍停了下，又一轉頭往天碭山的方向而去。

兩人跟著繼續向前飛奔，很快到了一處山林，蜂鳥再次停住。

楚雁南和陸天麟注目蜂鳥停的位置，身體同時一震——幾莖枯草上，正有幾大滴已然乾涸的血跡！

蜂鳥圍著草兒轉了幾圈，忽然掉頭，又拐上了另一條路，竟是再次朝著連州城的方向飛了過去。

陸天麟和楚雁南也跟著轉身，剛走出一段路程，迎面正碰見李春成帶了人過來接應。

陸天麟卻是停都沒停，只厲聲吩咐道：「李春成，你帶人牢牢守住連州城四門，沒有我的命令，不許任何人離開連州！再點齊一萬人馬，去連州城內待命！」

自己好不容易才找回的女兒，就是老天，自己也絕不許奪走！

連州府衙。

「到底是怎麼回事？不是讓你悄悄帶著人離開，怎麼又回來了？」鄭國棟瞧著被丟在軟榻上的扶疏，和神情慌張不住原地轉圈的鄭康，簡直不敢相信自己的眼睛——

這個兒子怎麼這麼蠢，即使不能把人帶出去，也不能再弄回來呀！

「我也想出去啊！」聽鄭國棟責罵，鄭康哭喪著臉道：「爹您不知道啊，連州城四門全被陸天麟的兵死死守著，根本就出不去，而且現在大街上也到處都是官兵，我們根本毫無容身之地。」

還要再說，卻忽然頓住，卻是軟榻上的扶疏正緩緩睜開眼睛，瞧著鄭康父子的眼睛滿是譏笑之意。

「妳笑什麼笑？」鄭康頓時惱羞成怒，抬手照著扶疏就是狠狠地一巴掌打過去。「真以為自己還有什麼倚仗嗎？也不怕老實告訴妳，妳那幫手下，已經全都死絕了。至於說陸天麟，妳以為他真的會為了妳這個義女和我們鄭家撕破臉皮？別作夢了！老老實實地待著，等著做我的女人吧！」

這冰魄之毒果然霸道，竟然不過一個多時辰，就讓陸扶疏完全失去了行動能力，等到再過兩個時辰，藥效完全發揮出來，陸扶疏的魂魄便會完全被冰凍住，看著和常人無異，其實卻已經成了完全沒思維能力的傀儡。

到時候，自己要讓這丫頭當著所有人的面哀求自己娶她！

「好了——」看鄭康還要動手，鄭國棟不耐煩地揮揮手，剛要說什麼，外面卻傳來尹平志的聲音——

「鄭大人在嗎？下官尹平志求見。」

「平志啊。」鄭國棟衝鄭康做了個手勢，卻並不開門，只悶聲道：「老夫今日略感不適，平志有什麼事，改日再說吧。」

「啊？」尹平志愣了一下。

因著白日之事，尹平志一直有些提心弔膽，好不容易處理完府衙事務，晚飯都沒吃，就跑來拜見鄭國棟；哪知過來之後卻實打實地吃了個閉門羹，別說見著人了，人家竟是連門都不給自己開。

尹平志就有些鬱悶——作媒不成，能怪自己嗎？不是鄭康自己蠢，好好的一門婚事會弄砸?!許是心裡念叨得太投入了，竟是差點和一個人撞上。

以為是哪個衙差走路不看人，又正在氣頭上，尹平志竟是破口大罵。「混蛋，沒長眼睛——」

卻在看清來人是誰後，咕嚕一聲咽了一口大大的唾沫，臉色也隨之發白。「陸、陸、陸帥，不知道陸帥大駕——」話音未落，卻被陸天麟劈手揪住胸前衣襟。

「哪一間是鄭康的房間？」陸天麟厲聲問道。

尹平志立馬乖乖站好，毫不遲疑地往剛離開的那間房間一指。「那間就是，大帥要見鄭公子——」

剛要說「我領您去」，就被陸天麟抬手扔到一邊，徑直上前，一腳踹開了鄭康的房門，身後一大群官兵跟著湧入，直把尹平志擠得差點成了張紙片。

「陸天麟，誰許你進來的？」鄭國棟沒想到陸天麟竟敢這麼大搖大擺地就闖了進來，頓時很是惱火，猛一拍桌子怒聲道：「你雖是連州大帥，可論職位的話也在老夫之下，再不退出去，小心老夫告你一個忤逆上級的罪名！」

「老匹夫，扶疏在哪裡？」陸天麟卻是停都沒停，大踏步上前，盯著鄭國棟的眼睛幾乎能噴出火來。

鄭國棟身子不自覺抖了一下，慌忙道：「快來人——」哪知叫了半晌，竟是沒一個人出來。

「你是找他們嗎？」一個森冷的聲音在門外響起，然後一個沒紮口的布袋朝著鄭國棟就砸了過來。

鄭國棟一愣神間，那布袋已經來至身前，忙往旁邊閃躲，布袋雖然砸空了，卻嘩啦一下散落開來，裡面骨碌碌幾十個人頭一下滾到鄭國棟腳邊。

「啊！」鄭國棟嚇得一屁股跌坐在地上，正好和一顆血淋淋人頭對了個正著，這顆人頭自己可是再熟悉不過，可不正是大管家鄭良；至於其他人，也全是自己之前精挑細選的精幹侍衛……

眼看著陸天麟步步逼近，鄭國棟嚇得不住後退。「陸天麟，你想做什麼？老夫可是當朝國舅──」又轉頭向同樣被嚇傻了的尹平志道：「平志、平志，快救我──」

哪知鄭國棟不喊還好，這一喊，尹平志似是終於回過神來，一轉頭，一溜煙跑走了，這個前妹夫可不是自己惹得起的，自己又不是腦子壞了，怎麼會主動同前妹夫作對？

陸天麟已經伸手揪住鄭國棟的髮髻，狠狠地往地上一摜。「即便掘地三尺，也要把扶疏找出來──鄭國棟，你最好祈禱我女兒沒事，不然定讓你死無全屍！」話音剛落，就聽見裡面傳來一陣呼聲──

「大帥，找到了、找到了！」

隨即一個氣急敗壞的男子聲音傳來──

「你們知道我是誰嗎？膽敢動我，信不信我讓皇上誅你們──」

陸天麟上前一步，拽住鄭康的領口往自己面前一帶。「鄭康，扶疏在──」聲音卻瞬間止住，卻是正好瞧見鄭康身後的床下，隱隱能看見一隻繡花鞋露了出來。

「扶疏──」陸天麟隨手把鄭康甩了出去，一下掀開床幃，臉腫脹不堪、緊閉雙眸的扶疏一下完全顯露出來。

「扶疏──」陸天麟俯身把扶疏抱到懷裡，再轉回頭時，臉上全是可怖的戾氣。「鄭國棟，你父子竟敢如此糟蹋我女兒──」口中說著，忽然抽出旁邊侍衛的腰刀，朝著鄭國棟就擲了過去。

「啊——」鄭國棟驚恐欲絕，順手拽住旁邊事物往前一推，卻又旋即臉色大變，被他親手推出去擋刀的不是別人，正是自己兒子鄭康。「康兒——」

話音未落，鄭康已經朝著那把刀就撞了過去，耳聽「噗哧」一聲響，鄭康叫都沒叫一聲，就被扎了個透心涼！鮮血一下濺出老高，噴得鄭國棟一身都是。

「康兒——」鄭國棟身子一軟，就昏了過去。

第六十一章　囂張遭遇囂張

三年後——

正是芳菲三月天。

宣華城本就以四季如春聞名大齊，這樣的暖春天氣，一樹樹桃花彷彿一夜間盡皆綻放，舉目望去，全是火紅欲燃的花瓣，真是美不勝收。

宣華城為人所稱道的不只是美景，還以溫泉豐富聞名於世。聽說本朝開國皇帝當初差一點就建都宣華，只是考量到軍事、政治、人事等諸多原因，才不得不捨棄美景繁多的宣華城；卻是為了補償自己，命人在宣華城外幾個最大的溫泉處建了一座輝赫壯麗的行宮，無論朝政如何繁忙，每年總要擠出時間去一趟宣華，也使得宣華「陪都」的美譽聞名天下。

這樣絕佳的天氣，又正是最好的季節，宣華城外說是遊客如織一點也不為過；特別是佑華湖畔，那裡本就是花兒最為繁盛之處，更兼碧波如鏡、煙柳畫舫穿梭不斷，端的是一幅盛世景象。

無邊的花海中，一個窈窕的倩影一閃而過，卻是一個十三、四歲的少女，正穿梭在花叢中，身著杏黃衫子的輕盈身影，如同掛在柳梢頭最清爽不過的一抹新綠，讓人止不住怦然心動。

「小姐，您慢著些。」又一個穿著桃紅衫子、年齡略大些的女子從後面趕了過來，神情裡全是緊張和惶急，張開兩手，好像隨時防備少女會摔著。此處臨近佑華湖正是遊客如織之處，女子老母雞護雛一般的誇張舉動，無疑有些太引人注目了。

少女無奈，只得停下。「阿扇，我不過是走幾步路，瞧把妳嚇得——這麼點路，還累不著妳家小姐我！」

披拂的柳枝下，女孩的容貌若隱若現，巴掌大的小臉，濃淡合宜的眉，偏是眸光比鏡山湖水還要澄澈瀲灩，再配上挺翹的鼻子，殷紅的小嘴，頗有一種讓人驚心動魄的美。只除了臉色，不若一般少女的紅潤，略略有些蒼白。

旁邊本有些怨怪兩人打擾了自己雅興的遊人便閉了嘴——

大齊男女大防並不甚嚴，特別是皇上最倚重的神農山莊好幾任當家人都是女子，切實體現了「女子也頂半邊天」的至理名言，使得女子的地位也頗有改觀，拋頭露面這樣的事倒也常見。

只是那麼多或穿戴華麗、或衣著樸素的女孩子，卻都明顯比不上眼前少女的美麗。人們對美人總是格外寬容些，何況還確然是個有些病態的美人兒。

「怎麼會累不著——」叫阿扇的女子卻是不依，四處看了一下，揀了臨近湖畔不管遠觀還是近瞧都能把湖邊美景盡收眼底的一處石凳，自顧自地拉了自家小姐坐下——

只是還未落坐，便有一雙手極快地抖開一塊厚厚的毯子，甚至抹平毯子上的褶縐，都是在一瞬間完成。

「謝謝阿寬。」少女笑著衝已然安安靜靜杵在一邊的男子道謝，叫阿寬的男子似是有些忸怩，眼神便有些游移——

小姐可是主子的命根子，主子臨走時說得明白，再怎麼小心都不為過！退一萬步說，對這樣好、還精細得和個瓷人兒一樣的小主子，自己總覺得怎麼伺候周到都不夠。

他旁邊的另一名青衫男子神情就有些糾結——這是自家老大啊，這人這麼拚命護著算怎麼回事，硬是顯得自己多餘得不得了！卻又不得不服氣，真論起揍人來，自己一個人能打他這樣的八個，可說起伺候人時的細心來，對方卻能賽得過自己這樣的八個。

只是這小子甭看這會兒挺得意的，真要是老大的爹和那個大殺星回來了，方才做的就一點都不夠看了。

你說明明一回到戰場上就是兩個名副其實的絕頂大殺器，偏是一見到小姐，那兩人立馬智商下降。

比方說老大的爹，也算是人人稱頌、名聲如雷貫耳的當世豪傑，偏是一回家就會化身大廚，不都說君子遠庖廚嗎？誰知道這句話在人家那裡完全不對；更離譜的是，就不能聽見小姐叫「爹」，叫一次他就樂一次！明明自己聽著一點都不搞笑的，怎麼那麼冷酷的人就會樂成那般樣子。

甚至於自己覺得被那麼一個爹帶累，老大的英明神武程度都有些下降了。

至於說那位大殺星，比起老大的爹來，甚至有過之而無不及——老大之前因為身中奇毒幾乎有一年時間躺在床上無法起身，大殺星生怕老大會悶著，每天得空就抱著老大四處閒逛；曾有一次，大殺星聽說佑華山的日出最是好看，天濛濛亮就揹著老大上了山，下山時自己見山路奇陡，就好心好意說不然讓自己揹著，到現在自己還能回憶起對方一瞬間殺氣騰騰的眼神。不是自己膽小，實在是那殺星近年來威勢愈重，就是比起老大的爹來也不遑多讓，別說自己，就是寨主他老人家也每每心有餘悸地囑咐自己，要避其鋒芒。

對了，怪不得自己總覺得阿寬的動作有些違和，這會兒才突然想起，可不就是模仿那殺星伺候老大時的模樣；而且要是那殺星做起這一套動作來，可是比阿寬還要行雲流水。

正沈思間眉頭忽然微微一蹙，悄悄換了個方位站著，又衝其他幾人做了個手勢——看似平淡無奇，卻是四面八方毫無死角地把少女護了個結結實實。

此時旁邊花叢一動，四男兩女幾個華服年輕人正帶了一大群僕役分花拂柳而來，目標正是少女坐的涼亭。

幾人似是沒料到涼亭內已經有人坐了，眾人看清那少女的長相後神情各異——有驚喜的，有仰慕的，有嫉妒的，倒是被簇擁在中間的兩個男子在看清扶疏的長相時眼睛頓時一亮，本有些不耐煩的臉色瞬間一緩。

右邊身材嬌小的漂亮女孩子看清楚少女的長相，明顯就有些不高興，用挑剔的眼神上上下下打量片刻，戒備的神色明顯緩和了些，蹙了下眉頭，對著旁邊頭戴金冠的男子道：「表哥，你方才不是說不會讓閒雜人等擾了我們的雅興嗎？怎麼突然冒出來這麼多人？」

來之前爹娘有囑咐，言說宣華城外佑華湖畔，多的是貴人出沒；可自己方才卻是瞧得清楚，那女孩除了一張臉生得狐媚外，通身上下連一件像樣的首飾都沒有，便是身邊的僕人也是沒什麼特色的樣子——但凡是身分高一些的貴人，家裡的僕人都是有模有樣、訓練有素的，哪像這女孩身邊的人，整個就是一雜牌軍。

因此只看了一眼，嬌小女子便篤定，對方定然是鄉下來的土財主家的女兒。

金冠男子名叫王嘉元，正是宣華太守王通之子，聽了表妹的話便有些赧然——自己老爹是宣華太守，按理說這是在自己地盤上，說出方才那樣的大話倒也在情理之中，卻不料剛走沒幾步，就碰見了那麼了不得的兩位大人物，他們不發話，自己自然不敢擅作主張；而且宣華城人但凡有點常識的都知道，這一塊區域本就是達官貴人雲集之地，若是本地人，唯恐會衝撞了貴人，要賞景也是去別處，斷然不會跑到這裡來，誰想竟還是有不懂規矩的會跑過來呢。

還有自己這個表妹，明明是女孩子，怎麼也染上了常年守衛南疆的姨丈身上的潑悍之氣，竟然就這麼直不愣登地給撂出來了！

雖是有些怨尤，卻也無可奈何——姨丈龔西楠可是南疆大帥手下的愛將，論品秩已是二品大員，便是旁邊這兩位真正的王孫貴族，都得給幾分臉面的。說起來也全是托了表妹龔慈芳的福，若非慈芳的緣故，自己根本連認識都不認識，更不要說能有幸結識這兩位大人物並與之同遊了。

不怪王嘉元膽戰心驚，實在是這兩人可都是了不得的大人物，便是自己老爹見了，也是一邊乖乖伺候的分——

一個是當今皇上的表弟、大齊迄今為止最為年輕的公爺，秦家家主秦箏；另一個則是淮安王世子齊鳴——淮安王年事已高，說不好頂多過個三、五年就會襲了王爵，而且聽說這位世子比起乃父來還要長袖善舞，還和京中風頭正勁、有望競爭太子之位的三皇子齊昱關係最好。

因為摸不著兩位貴人這會兒是怎麼想的，王嘉元並不敢輕易開口趕人。

「有什麼大不了的！」又一個神情倨傲的男子從旁邊的花徑鑽了出來，瞪了一眼依舊端坐在石凳上的少女幾人，一揮手道：「看風景去別處，快走——」話說到一半卻又頓住，卻是方才不覺，這會兒轉到跟前，才發現對方竟是一個不可多得的美人兒，登時便住了嘴，霎時換上一副笑嘻嘻的樣子道：「啊呀，相逢就是有緣啊，這位姑娘只管坐著就好。」

又回頭衝秦箏和齊鳴道：「這兒瞧著風景這般好看，公爺，世子，咱們就在此小憩片刻未嘗不可啊！」

那龔慈芳本來有些不高興，不知想到了什麼，臉色轉又緩和下來，嗤了一聲道：「哥，你可是大家公子，別隨便什麼人都招惹。」

瞧著這兄妹倆一個比一個顯擺，那張揚的樣子，委實有失大家風範，王嘉元頓時有些頭疼——與龔家一貫剽悍、以武傳家的模式不同，王家倒是正經的書香門第，雖是已然相處多日，卻還是對這對表兄妹隨時隨地都會表現出來的潑悍不太習慣，只是卻也不好說些什麼；那位秦公爺倒是不顯，可那世子的模樣，明顯對這兄妹倆客氣得緊。

王嘉元雖是未入仕途，倒也明白幾分——聽說二皇子齊昭近年來和已然封侯、有大齊戰神之稱的陸天麟頗為友好，相應的，三皇子齊昱的得力憑借便是鎮守南疆的大帥薛明安，而姨丈身為薛帥手下第一愛將，自然也備受倚重。雖然，薛明安的實力比起名震大齊的陸天麟來，實在是相差太遠，卻也並不妨礙他成為三皇子面前得用的紅人。

本來瞧見石凳上女子的容貌，自來憐香惜玉的王嘉元便頗有些憐惜之意，現在被龔慈芳兄妹一攪和，竟是不好再說什麼，有些尷尬地側過頭，不提防正對上女子身旁隨從冷冷的雙眼，頓時打了個哆嗦。

石凳上少女施施然起身，看也不看齊鳴等人，只淡然道：「太聒噪了，咱們走吧。」

話音一落，又從角落裡走出幾個人來，冰冷的眼神一一在齊鳴等人身上掃過，除怔怔瞧著少女背影發呆的秦箏外，幾人不自覺同時後退一步，等回過神來，少女早不見了蹤影。

「這人竟然敢在咱們面前擺架子！」龔慈芳最先反應過來，頓時有些惱火，跺著腳衝王嘉元嬌嗔道：「表哥，趕明兒你一定要跟姨丈說一下，這裡可是佑華湖畔，可不能隨便什麼阿物都能跑到這來溜一圈！」可惜直到說完，都沒人應和。

不是大家不捧場，實在是方才那些隨從的氣場太過強大，竟是一時半刻沒辦法把情緒調整回來。

「秦公。」齊鳴低頭沈吟。「你有沒有看出來，方才那女子到底是什麼來路？」

不是他多心，實在是這會兒才後知後覺地發現，明明那少女並沒有多凌厲的表情，卻偏是能把那些隨從給壓得死死的——

還是第一次見到這般囂張的隨從，可面對那個少女時，卻又一個賽一個的乖巧！

這些人情形委實有些詭異，要麼確然就是一無所知、從沒見過什麼大世面，所以才無知者無畏的山野村夫，要麼對方就是有更大的倚仗，而那個倚仗足以讓他們不把世間太多人放在眼裡。

哪知問了半晌，卻是沒有人答話，齊鳴有些奇怪，扭頭看去，卻發現方才還飄逸瀟灑、孤高傲岸，好似世間任何人和事都進不了他的眼的那位秦公爺，這會兒卻是和著了魔一般，竟是死死盯著少女消失的方向。

「秦公，秦公——」齊鳴又叫了兩聲。

「啊？」秦箏明顯還是不在狀態，竟是敷衍一般地對齊鳴點頭。「你們若是累了，就歇息片刻，我自己隨意逛逛。」一言甫畢，竟是拔腿朝著少女消失的方向追了過去。

「秦公爺——」龔慈芳愣了一下，神情明顯極為惱火，卻又不好馬上追上去，只得勉強對齊鳴道：「世子，咱們也去前面看看吧——」

秦箏可是薛帥女兒薛瑤相中的，自己這次來，薛瑤千叮嚀萬囑咐，讓自己幫著打探有關秦箏的消息，若真是在自己眼皮底下，讓別的女人和秦箏勾搭上了，怕是爹爹少不了要受連累。

龔慈芳往前一追，其他人少不了也只能跟了上來。

只是傻子也能瞧出，秦箏哪裡是賞景，分明是追人，旁邊多豔的桃花，都沒見他停下來過，只管往前疾走。

其他人還好些，龔慈芳和王嘉元的妹子王嘉芳畢竟都是女子，很快便有些喘息。

好在秦箏終於在桃花林將到盡頭時，瞧見了那少女一行人；只是很不巧，少女帶著一眾手下，正準備登上一艘碩大無比偏又漂亮得驚人的畫舫。

「小姐，請留步——」秦箏急道。

龔慈芳越發惱火，戳了哥哥龔明亮一下。

龔明亮會意，當即小跑著上前，厲聲衝正幫少女幾人搭上踏板的船伕大聲道：「喂，那船伕，我們是宣華太守府的，你那畫舫我們包了，要多少銀子都隨你，只一點，不許再搭載旁人！」說完就扠腰站在岸邊，一門心思地等著看好戲——這世上哪有人不愛錢的？更何況自己還明明白白告訴他了，自己可是太守府的貴客，就是借船伕十個膽子，也不敢不聽話，待會兒一定能看到這少女被趕下船……

船伕果然往這邊看了一眼，龔明亮臉上的笑容更大，卻在下一刻險些把鼻子給氣歪了。

「這年頭，真是什麼阿物都有，什麼骯髒玩意兒，豬鼻子裡插蔥，他娘的淨裝相！真是晦氣，咱們這艘船才剛造好，這一被狗惦記上，是怎麼也不能留了，回去就交給伙房燒了算了，也算去去晦氣！」

這麼精美的畫舫，少說也得幾千兩銀子，竟是少女家的？還有那船伕說的話，怎麼越回想就越堵得慌呢！

「秦公，時間尚早，咱們去尋處酒樓——」龔明亮悻悻轉回頭，卻瞧見秦箏臉色似是有些不好看，恍然憶起自己方才所為不但沒有攔下那女子，反而壞了秦箏的好事，頓時有些訕訕然。

「我還有事，你們去吧，世了，少陪！」秦箏明顯惱火至極，竟是絲毫不假辭色，沈著臉一撣衣袖，大步離開。

龔明亮被噎得臉色通紅，雖是不住咬牙，卻終不敢輕犯虎威，在原地站了半晌，一跺腳道：「秦公怎麼如此小氣，不過一個玩物罷了。」

齊鳴沒接話，旁邊的王嘉元卻是嚇了一跳，忙喝道：「明亮慎言。」即便有姨丈在那兒站著，龔明亮也不過是個連仕途都沒有的白丁罷了；說句不好聽的話，秦箏眼裡，龔明亮充其量也就是個上不得檯面的紈袴公子，真是翻臉的話，就是姨丈也得受著，偏是這個表弟不知眉高眼低，什麼話都說得出口。

好好的一次遊玩，竟然因為一個不明來歷的少女不歡而散，齊鳴也很有些意興闌珊，只說有些累了，想要回去歇著，王嘉元等人無奈，只得跟著往回走。

其他人尚不顯，唯獨龔慈芳心裡卻是不住發狠，方才那死丫頭，最好別讓自己再碰上，不然，定要她好看。

淮安王在宣華城外有自己的一處莊園，待出得這片桃花林，齊鳴便徑直往自家莊子而去，路過一處清幽的所在時，略停了下，這裡正是秦家的莊園，心裡猶豫到底應不應該再進去拜訪——

按說兩人本來是一個戰壕裡的朋友，輔佐的都是三皇子齊昱，只是這秦箏也不知道怎麼回事，自從三年前從邊關回返，就漸漸和三皇子疏遠，一直到了現在，竟是要完完全全脫離三皇子陣營的模樣。

秦家現在雖然有些式微，影響力遠不如其父祖在時，可其門生故舊在朝中為官的並不少，再加上許是皇上年紀漸大，近年來竟是越發念舊，連帶著對秦箏這個表弟也越發親近，經常宣進宮中伴駕。三皇子雖是鬧不懂讓秦箏逐漸疏遠自己的原因是什麼，卻是並不願這麼一個還算得力的臂膀和自己漸行漸遠。

這次齊鳴正好和秦箏一道奉旨伴著皇駕到宣華城小住，齊昱便囑咐齊鳴，務必在陪王伴駕期間多多拉攏秦箏，能讓他回心轉意自是最好不過……

第六十二章 緣起緣散

齊鳴前腳離開，秦箏後腳就帶著幾名隨從回來了。

「咦，那不是淮安王世子嗎？」管家愣了一下，小心地看向主子。「要不要請世子到咱們莊子裡小坐片刻？」

秦箏搖頭，剛一拐上這條路，秦箏就認出遠遠佇立在自家莊門外的齊鳴了，卻根本不願和他牽扯太多，別說自己還沒回山莊，就是回去了也是不會見他的。

從扶疏走後，自己本以為足夠大的權力可以讓自己寂寥的人生充實些，又因扶疏的關係及曾經在神農山莊生活了那麼久的淵源，才會和姬微瀾聯起手來，一力輔佐齊昱。

雖然是有些大逆不道，可誰不想謀個從龍之功？當時只想著，自己這一生是絕不會和神農山莊斷了關係的，真等齊昱登了大寶，自己重新振興秦家，等到了地下，那些秦家先人自己倒不在乎，起碼能讓扶疏為自己驕傲吧？

可所有的這些自以為是的認知，卻是被另一個扶疏給生生打破。

那個女孩子叫陸扶疏，明明長相、年齡等等所有方面都和扶疏完全不同，偏是自己就不由得受蠱惑，總會不自覺地就把她和另一個鐫刻在自己靈魂裡的女子混到一起；更奇怪的是，雖然素未謀面，可陸扶疏一開始待自己是極溫柔的——

明明是個比自己還要小那麼多的小不點兒，可不知為什麼，自己就是能從她身上感受到一種久違的溫柔。

從前自己還有些糊塗，可當再也沒見過陸扶疏那個小丫頭後，忽然就無比清晰地想起來，陸扶疏對自己從溫柔到冰冷的轉變，完全就是在和青岩的衝突上，看到自己毫無原則地庇護神農山莊人之後。

在自己心目中，一直把青岩定位為扶疏的僕人，把其他姬氏族人定位為扶疏的親人，也因此，在兩方發生衝突時，自己自然毫不猶豫地站到了姬氏族人的一方。

可現在想想，以扶疏護短的性子，鐵定會把青岩當成自己人，至於那些從未相處過的族人，倒極有可能被扶疏排除在外。正如同自己當初再是世人心目中看不上眼的庶子，再不受其他人待見，扶疏卻完全不受影響，依舊把自己護得極緊；反而是那些聲名烜赫的王孫公子，卻是絲毫不放在眼裡。

而且那之後還有更詭異的事情出現，一向桀驁難馴、眼裡只有扶疏一人的青岩，竟然會在陸扶疏面前那般俯首帖耳，甚至陸扶疏還能燒出和扶疏一樣味道的粥……

自己越來越迷惑，也越來越忍不住想要靠近她，可就在自己百般糾結的時候，卻傳出陸扶疏身中劇毒、性命垂危的消息。

沒有人知道自己那一刻如墮冰窟的絕望！

扶疏已經走了，難道就連一個有些像扶疏的影子，都要從世上消失嗎？

等自己趕過去，剛好看到天喬寨的那位長老正割開鄭國棟的皮膚，把一大把蟲蟲全都塞了進去，然後又如法炮製，同樣弄了一大堆蟲蟲塞到了渾身是血的鄭康的身體裡。那般猙獰的模樣，真是和魔鬼一般無二。

明明之前自己和鄭國棟也算是同一陣營的，那一刻卻絲毫不願伸出援手；相反，看著鄭國棟父子鮮血淋漓的模樣，甚至想到他們以後生不如死的情形，自己竟是覺得無比解氣……

然後聽說陸扶疏被陸帥帶走了，自己又忙忙趕到軍營，等到了後來才知道，陸帥已經親自帶著陸扶疏趕去了天喬寨。

直到後來自己回轉京城，竟是再也沒見到陸扶疏了。

那之後自己一次次派人打探，得到的消息卻是陸家人全都不見了……

轉眼間又過去了三年有餘，這三年來，便再也沒有聽說陸扶疏的消息；自己本以為，那個有著扶疏影子的女孩子，怕是真的「走」了，一如扶疏，在自己不知道的時候，那麼突然地就從人世間離開……

卻再不料，就在方才，自己竟然見到了一個和陸扶疏如此神似的少女。

一開始自己並沒有認出來——畢竟已經過去了三年多的時間，而當初，和陸扶疏也不過數面之緣，甚至這麼長時間以來，連那時的陸扶疏的模樣自己都有些忘了。

卻在接觸到少女淡然的眼神時，所有的記憶瞬時回想起來。

而陸扶疏的形象也一瞬間鮮活無比，竟是越瞧越覺得和眼前少女相像。

所以才會不顧一切地追出去，卻沒料到，還是跟丟了！

秦箏沒有想到的是，在他佇立在自家院門前出神的時候，少女也正站在一樹桃花後，神情複雜地瞧著他。

若是秦箏看見的話，必然會大吃一驚，因為少女的背後正站著一個他再熟悉不過的人，青岩。

「阿箏……」少女微微嘆了口氣，眼神有些憂傷。

人與人的緣分果然太過玄妙，上一世，自己無論如何也不會料到，竟會有和阿箏漸行漸遠，直到現在宛若陌路人的一天。

少女正是陸扶疏。

「小姐，咱們回去吧。」阿扇順著扶疏的視線望過去，神情間有些疑惑，方才可是聽得清楚，對方好像是什麼公爺。

為了徹底清除小姐身上的冰寒餘毒，一年多前老爺親自帶著小姐到這裡買了處莊子，這麼長時間以來，可沒見小姐和外人打過交道，怎麼會瞧著和這公爺認識的樣子？可既然認識，為什麼又要裝作不認識呢？算了，想不通就不想，只要小姐好好的就成。

看秦箏帶著手下進了院子，扶疏神情慢慢恢復平靜，閃身從樹後繞了出來，說道：「青岩，阿扇，咱們回去吧。」

以陸天麟的品秩，要在貴人雲集的宣華城外謀處莊子可以說是再容易不過，只是陸天麟一直孤身一人，又最不喜歡權貴之間的虛偽客套，也就沒動過這個心思；現在為了女兒的身體，自然要揀處最好的。只是說起來容易，宣華城內外早已是寸土寸金，而且但凡好些的，都被人買走了，陸天麟甚至已經做好了以勢壓人的準備——

卻被寶貝女兒給攔住，閒閒地在外走了一圈，隨手指了稍遠些的一處小山——那裡風景倒還好，卻是因風水大師斷言不會有溫泉而被所有人輕視。

陸天麟本也不準備買的，扶疏卻表示還是買下來吧。

以陸天麟愛女之心切，不怕閨女不要什麼，但凡閨女要的，就是天上的星星也得搬個梯子搆下來，更何況還是個價錢不高的小山？

只是還沒等他掏錢，天喬寨的人便屁顛屁顛地把小山的地契送上來了——天喬寨這麼多錢，早巴巴等著會首拿去「揮霍」呢！好不容易能有個給會首花錢的機會，怎麼也要好好把握不是！不只買下小山，竟是還很快大興土木，建了一座再漂亮不過的莊子送上。

陸天麟仍照舊四處尋覓有現成溫泉的莊子，消息很快傳到皇上的耳朵裡，竟是二話不說，立馬賞了一處大莊子下來。

誰承想這邊顛顛地要讓女兒搬過去，那邊就傳來消息，女兒已經讓人在莊園裡打了好大一眼溫泉水出來。

陸天麟便有些半信半疑，待回去後才發現，果然是上好的溫泉水，甚至比皇上賞的那處莊子裡的溫泉水還要絲滑。

據女兒說，這小山上溫泉眼雖不如其他地方豐富，卻勝在只要打出一眼來，那就是上佳的所在。

聽說這裡隨便一處有溫泉的小莊子可都要千兩黃金不止，那這麼大一處小山——還說想多花些錢給女兒呢，倒好，女兒卻給圈了個金山回來。

眼看著前面就幾乎完全是自家的領地了，阿扇的腳步明顯歡快許多——說幾乎，是因為半山腰那一塊最是清幽的所在，之前已經被一家人買走了，那家瞧著也是有錢人，甚至天喬寨人願意拿出數倍於整座山的價錢，人家主人卻是連見都不願見。

阿扇忽然站住腳，指著半山腰那處莊子道：「咦，那家莊子裡好像來人了！」

扶疏也有些好奇，在這裡住了一年多了，隔三差五倒也能見到有僕人到這裡打理，卻沒見有人在這裡住過，今兒個卻忽然出現這麼多車馬儀仗，明顯是主人來了。

而且瞧這麼大排場的樣子，八成還是權貴人家，怪不得人家對奉送過去的真金白銀絲毫不放在眼裡。

只是再如何富貴，別說扶疏，便是阿扇等人也不甚放在眼裡。放眼朝廷，無論官職還是品階，抑或在皇上面前受倚重的程度，怕是沒幾個人可以和陸天麟相比肩。

畢竟是山路，天喬寨雖是拿出了很多錢財重新修整，山徑又都是因地制宜，瞧著真是漂亮得緊，可比起山下的通衢大道而言，還是差了些。

對方車馬又多，扶疏等人明顯無法過去，只得遠遠停下來。

那群人也看到了扶疏幾人，只見被簇擁在中間的轎子的轎簾微微動了下，轎子裡的主人似是說了句什麼，然後那個經常來打理莊子的僕人就陪了一個大丫鬟疾步走了過來，待來到近前，丫鬟福了一福，奉上手裡捧著的禮盒道：「香紋見過小姐，誤了小姐出行，主人深感抱歉，小小禮物不成敬意。」

說著，叫香紋的丫鬟主動打開來，卻是一盒子各式各樣的點心，不得不佩服做點心的人蕙質蘭心，實在是那些點心不但聞起來香氣撲鼻，更兼樣式精巧得緊，小兔子、小鴿子，每一個都栩栩如生，簡直和真的一樣。

扶疏本待要拒絕，待看清盒子裡東西，眼睛裡頓時閃出些雀躍來，欣喜道：「這麼可愛的點心，實在太有趣了！多謝貴主人！」

「小姐——」阿扇神情卻是有些緊張，小姐這樣矜貴的人，怎麼能隨隨便便吃陌生人的吃食？

扶疏卻已伸手親自接了，笑吟吟道：「等我回家，再著人把盒子還回去。」盒子是上好的黃梨木所製，甚至盒子上還嵌有一樣大小的六顆珍珠，一看就是價值不菲的樣子。

「無妨。」香紋明顯受了囑咐，恭恭敬敬道：「小姐喜歡的話，一併收下就是。」卻是偷眼瞧了下扶疏，心裡更是不住揣測——這小丫頭倒是長得挺美的，只是長得美的多了去了，卻也沒有哪個能入得了主人的眼；還有這點心，可是主子親手所做，平日裡，也就小主子能有口福嚐一下，現在倒好，竟是送了這麼多給一個初見面的妙齡少女。

說話工夫，那邊人已經全都進了莊子。

扶疏把盒子交給阿扇抱著，然後開開心心地往莊裡而去，方才還擔心會有個惡鄰呢，倒沒料到竟是個如此清雅絕塵的。

回去後把點心一個個拿出來放到晶瑩剔透的碟子裡，扶疏看看這個又瞧瞧那個，竟是一個也不捨得吃。

又想到盒子也不能空著還回去，就親自採了些又大又厚，瞧著就鮮美無比的蘑菇，連帶著後面園子裡餵的雞捉了一對——

因扶疏中了冰毒的緣故，身體最是體虛畏寒，趙老喬特意開出了這道雞膳補湯；這裡面的雞不比別處，全是按照趙老喬定出的法子餵養，隔三差五，還會餵些對女子體質最是有益的天地珍寶，光每隻雞吃下去的好東西，真去買的話，怕是幾十兩金子都搞不定。

好在想要什麼樣的藥物，木開鴻的園子裡都齊全得緊，就是萬一有哪個欠缺的，還有扶疏兜著呢。

因此說是雞，倒不如說是一隻金子鑄成的十全大補丸！

負責送回禮的是阿扇，雖是有些心疼那些雞，可主子的話卻不敢違拗，阿扇只得一併帶了去半山腰的那處莊子。

聽說是另一處山莊的主人送來的回禮，還是那個叫香紋的大丫鬟，忙忙地接了出來，待看到阿扇手裡的東西，明顯有些錯愕，又很快緩過神來，忙命人接了過去，又說了些主人體弱，不便見客之類的話，末了又摸出一錠銀子塞到阿扇手裡，說是主子的賞。

本以為對方所說主子體弱之語不過是推託的話罷了，十成十是並沒有把自己這個丫鬟看在眼裡，阿扇便也不願多留，很快就告辭，哪知沒走幾步，迎面就見一個男子伴著一位大夫模樣的人匆匆而至。

原來主子是真有病，並非作假嗎？

阿扇忙避至路邊，男子已來至近前，她只瞧了一眼，就趕忙低頭——竟然是一個如斯俊秀的男子！只是那冰冷的眼神，還有懾人的氣勢竟是和楚將軍都有得比。

男子掃了阿扇一眼，並未停留，依舊引著大夫往正房而去。一直等男子身影完全消失，阿扇才抹了把頭上的冷汗，轉身快步往自己莊子而去。

「方才那女子是做什麼的？」送走大夫，男子似是想到什麼，轉頭問香紋。

「是旁邊莊子上的人。」香紋忙小心回道，又指了指旁邊還沒來得及讓人拿下去的雞和蘑菇。

「王妃送了些點心給她們主子，對方許是過意不去，就送了這些回禮來。」

「娘親手做的點心？」男子神情明顯有些不悅，蹙眉道：「妳們是怎麼做事的，明知道娘親體弱，也不多看顧點兒。」

心裡卻更是吃味不已，自己已經好長時間沒吃過娘親親手做的東西了，倒好，竟是白白便宜了旁人。

香紋嚇了一跳，忙撲通一聲跪倒，連連請罪。

小王爺近年來威勢日重，府裡老人都說，怕是比起當年的老王爺還要盛上幾分。

「灝兒，你莫怪香紋她們，她們倒是不讓我做，只是攔不住我罷了。」房間裡一個溫婉的女子聲音響起。

齊灝忙住了口，衝香紋打了個手勢，自己則放輕步子往房間裡而去。

早有丫鬟上前幫著打開簾櫳，一個斜倚在繡著精美花紋靠背枕上的女子笑著衝齊灝招手。「過來吧，吃些點心，我讓人一直放在蒸籠裡的，這會兒還熱呼著呢！」

許是常年臥床的緣故，女子的臉色有些不正常的白，卻無論如何難掩其秀美的風姿。

齊灝忙快走幾步，伸手按住女子想要坐起的身子。

「娘親還是躺著吧，我自己來。」說著自顧自伸手掀開蒸籠，捏了一塊點心。「嗷唔」一聲就塞到嘴裡，只咬了一口，就香得瞇起了眼睛，邊嚼著嘴裡點心邊含含糊糊道：「娘親做得真好吃。」等到咽下去又嘟囔道：「這麼好吃的東西，可不能隨便便宜了別人。」

「好了，這麼大個人了，怎麼吃起東西來還跟個小孩子相仿。」王妃拈起手帕，愛憐地幫齊灝擦去嘴邊的點心沫子，又解釋了句。

「那個丫頭，我瞧著倒是挺有眼緣的，就送了些予她。我瞧著呀，那丫頭年齡雖小，倒是個識情識意的。對了，人家既然回送了禮物來，可不許你隨隨便便把東西扔了，我方才好像聽著是雞仔和蘑菇？不然，待會兒就燉上，咱們也好嚐嚐鮮。」

說著就叫來香紋，讓她交代廚房，現在就把雞和蘑菇燉上。

齊灝滿口應了。看娘親露出疲累的樣子，忙幫著掖好被子道：「娘親先睡會兒，待飯好了我再來叫醒娘。」

等到出得房間，臉色一下愈加難看——娘親的身體明顯一日不如一日，不過和自己說幾句話，就累成這般樣子。

本來不想收陌生人的東西，只是娘既然交代了，不如就做了吧。倒是那鄰近莊子裡的主人，自己要好好調查一下，這麼多年了，娘親還是第一次對自己之外的人如此青眼有加，並不是怕別人對自己有何圖謀，卻不能讓任何人傷了娘親的心。

齊灝轉頭對外面輕聲吩咐道：「莫平，你親自去調查一下。」

話音一落，便聽見房間裡面傳來王妃輕輕翻身的聲音。

齊灝的拳頭輕輕攥緊——竟是連上好的安魂香都沒辦法讓娘親安眠嗎？

好在廚房裡很快來人回稟說，晚飯已經做好了，要不要端上來？

齊灝揉了揉臉，又恢復了一貫在王妃眼前的輕鬆模樣，親自去房間裡扶了王妃出來，還未走到客廳，便聞見一陣濃香撲鼻的味道，讓人止不住地就食指大動。

外面香紋的神情也同樣有些驚詫——原想說那山莊的主子竟然送了兩隻活雞做回禮，未免有些散漫和粗俗，卻再沒料到，對方的雞竟然如此與眾不同！

聽廚房的人講，便是雞血竟也不是尋常的紅色，而是亮眼的紫色；更神奇的是，因為怕有毒，就特意把內臟扔給了旁邊一隻狗，那狗兒本有些毛病，一整天都是無精打采地趴在地上，哪知吃了扔給牠的雞內臟後，竟是立馬生龍活虎一般。

自己起初還不信，這會兒聞著這麼濃郁的香味，倒是不得不相信了幾分。

齊灝剛扶了王妃到上首坐了，莫方的聲音卻在外面響起——

「王爺，宮裡來人了，說是請您馬上跟著去一趟行宮。」

齊灝無奈，只得囑咐香紋等人一定要好好伺候娘親，自己則快步往外而去。

待來到外面才發現，竟是太監總管王福在外面候著，不由驚了一下，忙問道：「王福，皇伯父那裡出什麼事了？」

看到齊灝出來，王福神情卻是絲毫不敢放鬆。「王爺，快隨咱家去行宮裡走一遭吧。」

今兒個行宮裡有著最大溫泉水的那個綠冉苑裡，但凡帶點綠的東西竟然盡皆萎落，如今正是盛春天氣，突然出現這等古怪情形，皇上若然知曉，必然會龍顏大怒！

第六十三章　鄰居太神秘

一直到將近戌時，神情疲憊的齊灝才從行宮中回返。

一同陪王伴駕的還有幾位皇子和一些朝中重臣，齊灝和他們商量後統一了意見，決定派人快馬加鞭前往神農山莊尋人來破解這一難題。

這樣的萬物復甦季節，行宮內卻出現這等異象，這樣的事可大可小，就怕被有心人拿來作文章。皇伯父今年龍體屢屢抱恙，便是脾氣比起往常來也是躁怒了不少，到時候怪罪臣下還是小事，若使得皇伯父因此事病情加重，怕是所有人都不能承受的……

「王爺，香紋來了，就在外面候著呢。」莫方的聲音在外面響起。

齊灝恍然睜開眼來，才意識到自己方才竟是睡著了，站起身來伸了個懶腰，吩咐香紋進來。

待看清香紋的神情不由一愣——今天帶來的那位，可是太醫院最有名的醫官，只說娘親沈痾已久，言談間是不甚樂觀的樣子。

至於香紋，可是娘最看重的丫頭，怎麼這會兒瞧著不只沒有憂色倒反而是喜氣洋洋的模樣呢？

「奴婢見過王爺。」香紋俐落地行了禮，眼睛裡是無論如何也掩不住的喜色，看齊灝疑惑，迫不及待道：「王爺，主子今兒個就著雞湯用了一碗碧玉粳，還吃了兩塊雞肉，啃了一隻雞翅膀。」

「此言可真？」齊灝神情錯愕無比。

香紋抿嘴一笑，晚上瞧著主子用得那樣香甜，若非親眼所見，自己也不敢相信自己的眼睛！當下重重點頭道：「奴婢不敢欺瞞王爺，原先還覺著那雞也不知乾淨不乾淨，倒沒有想到會這般好使！簡直比太醫院的太醫開的藥還要強上千百倍。」

本來還以為對方是大大地占了便宜——尋常人等，可沒有這個福氣能嚐到賢王府最尊貴的女主人親手做的點心，換句話說那不是糕點，那是身分的象徵！

還覺得對方送過來兩隻雞太輕慢了——當是農家人「你給我整隻雞、我給你弄隻鴨」一物物交換呢，卻不料這雞竟是大有玄機！

齊灝越想越不可思議，當下對香紋道：「那雞湯可還有剩的？妳幫我熱一些來。」

香紋領命，很快端了一小碗過來。不一會兒，便有濃郁的香味兒撲鼻而來，竟是比起晚飯時分剛上桌時還要更加誘人，饒是齊灝這般嚐遍了天下美食的人，這會兒也有些急不可耐。

其實臨離開行宮時已經用過飯了，齊灝這會兒卻忽然覺得自己餓得不得了，又吩咐香紋去熱了幾個精巧的象牙小饅頭送過來，竟是一口氣吃光不說，又要了一碟還意猶未盡！雞湯也就罷了，熬得狠了自然比白日還要濃香些，偏是連帶著那雞肉，也絲毫沒因為煮的時間長而變柴，竟是無比鮮美。

連帶著一旁服侍的莫方，都不由得咽了好幾口口水。

齊灝享受難得的美味的同時，卻是陷入了沈思之中——難道說對方其實知道自己的身分，所以用了這種方式來巴結自己？

如果說之前還是猜想的話，等第二天特意拿了一盅雞湯去太醫院讓人品鑑後，齊灝就真的坐不住了！

「百香、蓮須草、紫車……」

到最後，連太醫都目瞪口呆——

到底是什麼人家這麼大手筆，頭先還以為是賢王爺太過大驚小怪了，一盅雞湯有什麼好賞鑑的，誰承想卻是有這麼多靈丹妙藥！

說句不好聽的，隨便哪一種藥材拿出來，都能買幾百隻雞！就是太醫院，號稱集中了全天下最全藥材的聖地，怕是也沒有這麼齊全；若不是親眼所見，自己怎麼也不相信，竟然有人為了享受，敗家到拿這麼多好東西去餵雞！

太醫實在控制不住內心的急切，半晌還是鼓起勇氣試探道：「王爺這東西是不是從神農山莊得來的？」放眼世上，也只有神農山莊才可能有如此豐富的藥材吧？甚至那裡面有些藥物，便是太醫院也經常有所短缺，除了神農山莊，實在想不出還有哪家有這般鬼神莫測的能力。

「不是。」齊灝搖頭，卻是再不願多談。「有勞醫正了，本王還有事務在身，告辭。」

那太醫頓時傻眼，又有些不甘心，想也不想就要去追，卻被旁人拉住。

醫正大人果然被刺激得狠了，怎麼忘了賢王和神農山莊不但關係不好，甚至還有些仇怨；三年前姬家被皇上發作，甚至多名子弟被發配邊疆，聽說就是賢王的手筆——

神農山莊建莊幾百年了，歷朝歷代算起來，從沒有任何一個皇上敢這樣對待他們，這樣聲譽掃地被打臉的事還是破天荒第一次！

齊灝卻是完全沒工夫搭理後面心有不甘的太醫，竟是越發煩躁——要是自己告訴太醫，對方隨隨便便就拿了兩隻這樣「價值連城」的雞送人，還不得把他給嚇死！

這都是什麼人啊，竟敢享受著比皇上還要奢華的生活！

這般一想，齊灝竟是越來越坐不住——不怪齊灝多疑，實在是無法想像對方到底是什麼來頭，又該是怎樣的家財萬貫，才會奢侈無度到這般地步；更重要的是也不知對方這般，是衝著自己還是衝著娘親。

好在，之前已經囑咐莫平去探查對方的底細，這一、兩天內，應該就會有回音了。

果然第二天一早，就看到日前被派出去的莫平，正垂著手恭恭敬敬地站在房間外——

齊灝心裡就咯噔一下，自己的手下自己瞭解，莫平什麼時候這麼「乖」過？

「王爺，屬下無能——」似是意識到齊灝看出來了什麼，莫平再也撐不住，撲通一下跪倒。自己昨日聽了王爺囑咐，本以為那是再簡單不過的事，甚至還有些殺雞用了牛刀的不爽；自己怎麼說也算是王爺身邊第一人，竟然要負責去探查一個據說應該是土財主的家。

正是這種心理，差點讓莫平吃了大虧！

「屬下只剛進了那家園子，就被人發現——」想著一個土財主家的護衛充其量也就是打手級別的，莫平根本懶得費事，也沒勘測地形，直接飛上院牆，又跳進院裡——

就憑自己的功夫，怕是在這兒橫著走都行，別說大晚上的，就是青天白日，那些人也甭想見著自己的影子；甚至莫平已經準備好，若是實在找不出有用的線索，不然就直接綁了莊子的主人，不怕他不把祖宗八代給交代個清清楚楚。

誰承想腳剛沾上地，馬上就意識到不對，幸虧見機得早，不然說不好就會被對方留下！直到現在，莫平甚至還是心有餘悸——雖然並沒有直接對上，可那般強大的威懾力，絕不是自己所能對抗的，甚至總覺得對方怕是已然手下留情，不然自己也不會那麼容易逃脫。

「怎麼會?!」聽完莫平的話，齊灝也是神情震驚。

之前買這處莊子，主要是因為娘親覺得自家那處莊子太過奢華，又總是有官場中人來往，娘親不耐煩應酬，偶然經過這裡，倒覺得此處風景看了很是舒心；齊灝自來孝順，便立馬拍板買了這處地方，又按照娘親的喜好建了莊子。

一年多前聽說有人想要買下整座山時，齊灝倒也沒有在意，娘親近年來越發倦怠外出，更不要說跟著離開京城到宣華去，雖是也派人去打理，潛意識裡卻覺得那處莊子說不好就要荒廢了；萬沒料到第二年時手下回稟，有人買了自家莊子所在的那處小山，不只如此，對方還想要買走自己手裡的莊子。

當時聽了只覺可笑至極，自己堂堂賢王之威，只有買莊子的，絕沒有賣莊子的道理，也不知哪兒冒出來的粗鄙之人，竟是這般不知天高地厚。

稍微著人打探了一下，便了然，對方十有八九就是錢多得沒地方放的土財主，為了買下小山，竟然願意向山民出兩倍於小山本身價值的錢。

反正自己也沒準備再去那處莊子，也不好擋了當地居民的財路，齊灝也就沒有再管，卻是已經打心眼裡認定對方定然是滿身銅臭味的大商人。

而現在，莫平卻說，自己之前連正眼都不願瞧的土財主家，竟有著一支比自己手下還強悍的護衛隊。

放眼整個宣華城，比莫方、莫平他們還厲害的護衛，也就只有在皇上的行宮才有了。

前一刻還以為是想要投機鑽營的村夫，一日間就華麗麗轉身變成了富奢強悍堪比王侯的神秘可怕人物！

暗的不行，那就來明的，娘親住的地方，必然要保證百分百的安全。

齊灝很快有了決斷。「明日拿我的拜帖去隔壁山莊，本王倒要親自見識一下，對方到底是什麼來歷！」

以自己親王之威，甭管是誰，又有什麼目的，都絕不敢輕舉妄動。自己倒要看看，對方到底是什麼來頭，但凡有一點不對，有的是成千上萬種法子，可以讓對方徹底從這個世上消失。

這日——

齊灝背著手站在莊門之外，莫平、莫方隨侍兩側。

本來兩人堅決不同意主子的做法——一個照面都沒打就能驚得莫平落荒而逃，對方功夫簡直已是深不可測！所謂君子不立於危牆之下，王爺這般隻身探險，那不是開玩笑嗎？

奈何齊灝堅持，還特意說明只帶他們兩個，以自己賢王的貴重身分，欺負人也要欺負得有格調，什麼都不清楚就帶一大群人打上門來，怎麼想就怎麼覺得有失身分。

倒也不是齊灝托大，實在是以他現在這般貴重的身分，別說只帶了兩個手下，就是隻身一人，這大齊怕也沒有哪個人敢對他下黑手。

只是齊灝卻是無論如何也沒有想到，沒有人對自己下黑手，卻是結結實實地吃了個閉門羹——

「沒想到竟是王爺大駕光臨，若有疏忽之處，還請王爺恕罪。」說話的是一個五十許的胖墩墩老者，神情謙和而有禮。「實在是敝主人今兒個一早就外出了，並不在莊裡，不然王爺先去莊內小坐片刻，我這就著人去尋主子。」

嘴裡雖是這般說，身子卻沒有讓開，明顯是一副送客的模樣。

莫平、莫方心頭一陣火氣，卻又挑不出對方的錯處來。

齊灝瞇了下眼，一撩袍子抬腿就進了莊子。「前面帶路。」

管家怔了下，神情就有些古怪——明明小楚將軍交代過，賢王這個人性情高傲得緊，表現得稍微傲慢些，人便會轉頭就走，怎麼和將軍說得完全不一樣？

只是人既然已經進來了，自然不好再攆出去，反正當時小楚將軍好像最後還說了句「估計你也攔不住他」……

齊灝跟著管家往莊內而去，一路上只見小徑通幽、翠色欲滴，說不出的舒心雅致；更妙的是莊內景物全是依山勢而建，或於斜逸的崖石上建一座八角涼亭，或在清澈的溪水上築一紅色小橋，行走在此間宛若在一幅婉約靜默的山水畫中徜徉，讓人身心都愉悅至極。

而且明明這麼大個莊園，一路走來，卻根本見不到閒雜人等。

齊灝只覺緊繃了多日的心緒，這會兒一下放鬆了下來，甚至連院門外管家想要阻攔自己的不快，也一下消散開來；心裡暗忖，能布置出這般高雅構局的人豈是一般凡夫俗子？難道說自己之前猜錯了，主人並非什麼上不得檯面的暴發戶，而是什麼高人隱士？又思及日前也聽香紋說過，對方的小姐也是個極雅致的人物……

管家禮貌地把齊灝三人讓進客廳，很快便有僕人來上香茗。

雖然較之一般人家的茶碗應該更精緻些，可也就是普普通通的白瓷茶碗罷了，偏是那茶葉不知什麼種類的，綠瑩瑩的，襯著茶碗瞧著顏色更是可喜至極。

齊灝本來並不甚口渴，這會兒瞧著也忍不住端了起來，輕輕啜了一口，一股淡雅的清香頓時沁入口鼻，連帶著整個胸腔都有一種溫溫的暖意。

「好茶。」

之後更有一種飄渺的茶香在室內久久的飄蕩……

「當不得王爺誇讚。」管家笑呵呵道。「就是我家莊子裡隨便種了幾棵茶樹。」嘴裡雖是這般說，神情卻是說不出的得意。

管家倒也不是故意這樣顯擺的，實在是越相處越覺得自家小主子的能力深不可測。

管家也是跟著陸天麟的老人了，本來都要愁死了，主子一大把年紀了也不成親，好不容易打拚出偌大一份家業，怎麼也要有人承襲衣缽不是？

誰知道就忽然領了小主子回來，自己當時慶幸之餘，還有些許失落——怪不得主子一直不提成親的事，原來是早年有傷心事啊；好在上天垂憐，終於把流落在外的小主子給找回來了。

只是可惜是個女孩子，另外畢竟是這麼長時間都流落民間，主子又常年身在邊關，少不得要煩請主子請個嬤嬤回來嚴加教養……

哪裡料到主子卻是把自己的建議統統駁回，還得意洋洋地說：「我閨女本就是天下最好的，根本不需要任何人教養……」

自己當時哭笑不得，總以為主子是因為終於找回失散的親人，高興得有點過頭了才會這麼說的；哪料想到，完全是自己看走了眼——

大到山莊的設計，小到房間的布置，甚至隨手一指，乖乖，一座溫泉就出來了！還有山莊裡的每一樣吃食，每一棵果樹，明明瞧著和外面相似得緊，偏是吃到嘴裡，那叫一個好吃；甚至原本有些是自家搬來時已然掛果的，自己剛到時就嚐過，那叫一個酸澀，可小主子也不知怎麼三下、兩下一擺弄，今年再一吃，我的娘哎，怎麼就和仙果一般了？

這還不算，就在年前，寒冬臘月的，小主子還是有法子讓那些果樹繼續掛果！

就比方這茶葉，原來也是這山上到處生長的、當地人都不屑要、連個名號都沒有的野茶，到了小主子手裡，就馬上化腐朽為神奇。

主子本來最愛喝的是酒，那趙老喬來了之後幫忙檢查了一下，說是臟腑已然受損，若不節制，怕會壽元有損……

主子生怕小主子知道，會逼著他戒酒——用主子的話說，喝了一輩子，早就上癮了，真是戒了，怕是做不到啊！又怕小主子擔心，索性勒令大家幫著一起瞞著小主子。

小主子倒也從沒有說過啥，就是每日裡一天三遍地給主子泡茶喝。主子一開始許是不好拒絕，就勉為其難地喝了——自己到現在還記得主子喝第一口茶時，滿足得不得了、又享受得不得了的神情。

竟是不過三個月，主子的酒癮就徹徹底底戒掉了！

所以說小主子根本不是人，是天上的仙童下凡了吧？

瞧著說起茶葉是自家主子的手筆時，管家挺著胸脯得意洋洋的模樣，齊灝雖有些好笑，卻是對那主子更加好奇——倒是個不顯山、不露水的厲害人物！

只是那茶葉委實好喝，一小口、一小口地把茶水喝完，齊灝站起身。「管家不用陪我，這麼好的景致，本王還想好好欣賞一番。對了，你們家的雞養得倒是很有特色，方不方便讓本王一觀？」

「全依王爺。」管家忙點頭稱是。

第六十四章 拿喬

雞舍倒也不遠，正在一處向陽的斜坡上。

齊灝本以為那雞雖是吃著好吃，怕是真見了那養雞的所在，也是一樣的髒污不堪；只是娘親既然愛用，自己以後少不了打交道，先看一下也無妨。

待真見了後，卻再一次傻眼——竟根本不是自己以為的滿地雞糞，只見到處紅花碧草，綠草如茵，看了就讓人心曠神怡；而在碧草上漫步的幾十隻雞雖是大小不一，卻個個毛光水滑，全不似一般人家的雞那般呆滯笨拙……

「這是……」一直沈默的莫方忽然開口，指著腳下的草目瞪口呆——自己怎麼瞧著像瑞茗草，可那種藥草在藥店裡怎麼也得十多兩銀子一兩吧，這家竟種了這麼多，還讓雞在這兒糟蹋，也太暴殄天物了吧？

「您說這瑞茗草啊……」管家終於又找到一個顯擺的理由，早笑得見牙不見眼，又指指那紅花。「還有焦蓼花，我們小主子說雞吃了可以殺滅身上的有害之物，便是肉味也格外鮮美……」

「焦蓼花？」莫方神情呆滯，果然是瑞茗草不說，竟還有焦蓼花?!焦蓼花可是比瑞茗草嬌貴得多，關鍵是最難將養，所以價錢自然也就高得多。可這管家竟然說，眼前這一大片開得無比絢爛、被這些雞隻們踩來踩去的花兒，竟然就是焦蓼花？

所以那斷言這小山根本就是座打不出溫泉水的廢山的風水大師，絕對是胡謅的吧？

莫平看向繞著山坡的一道小溪流，不由驚「咦」出聲。「王爺，您瞧——」

齊灝順著莫平手指的方向看過去，也是一愣，現在才剛是三月天氣，雖是四季如春的宣華城，也並未完全回暖，怎麼那小溪上卻是熱氣氤氳的模樣？

管家似是很享受齊灝等人受驚嚇的模樣，再次一挺胸脯得意洋洋道：「啊，你們說那裡呀，那是我們山莊裡的溫泉，再轉過一個山坡就是，至於這條小溪中的水，是特意引來給雞用的……」

一直到離開那座莊子，這主僕三人都沒再說過一句話。

「你們，怎麼看？」雖是主人一直沒回來，齊灝竟是難得地沒有發脾氣。

卻發現自己問出口後，莫平、莫方卻是半天沒有開口。

「嗯？」

「主子。」莫平、莫方終於回神，卻是齊齊擦了一把冷汗，明顯心有餘悸。「這山莊的主子，怕是……不好惹。」

兩人對視一眼，雖然不過在山莊裡走一圈，可武人的直覺告訴他們，莊園裡那看似美麗的景致下分明暗藏殺機，每一處都有極高明、極厲害的陣法，怪不得主子好幾次都說不必相陪，管家卻是一直跟著；自己瞧著，若非有管家引路，他們三人根本就是寸步難行。

齊灝眼神頓了一下——若是這莊園的主人真想要引起自己的注意，那他做到了。

莫平抬手指著不遠處正小跑著趕過來的人道：「主子，王總管又來了——」

說話間那人已經來至跟前，明顯跑得急了，有些喘不過氣的模樣。
「王、王爺，可找到您老了！」
「又發生什麼事了？」齊灝蹙眉。
王福覷了眼齊灝，更加小心道：「是神農山莊的姬青雨公子到了。」
神農山莊的人磨磨蹭蹭，今兒個終於來了，可來的這位卻是有些不巧，正是三年前在賢王爺的一力堅持下，被發配南疆苦力營，終生不得踏返中原一步的姬青崖的親弟弟！
「姬青雨？」看出王福的神情似是有些不妥，齊灝皺了下眉頭。
「他是，姬青崖的胞弟。」王福尷尬地一笑。
「姬青崖？」齊灝嗤了一聲，自己堂堂賢王，什麼時候，連個庶民，還是個空有長相、繡花枕頭一般的庶民也需要忌憚了？當初姬青崖膽敢誣陷扶疏，若非有神農山莊保著，又不想皇伯父太為難，自己殺了他的心都有！
當初自己因為娘親的病匆忙離開邊關，還以為很快就可以在京城為扶疏接風——帶領天喬寨人攔截摩羅賊子，可是一件天大的功勞，再沒料到，卻是聽說了扶疏身中奇毒的消息！後來只知道被天喬寨人給帶走了，至於最後如何，怕是凶多吉少……
本來這件事最需要懲治的是鄭家父子，偏是陸天麟不知發了什麼暈，竟然不讓自己建議皇上處鄭康父子以死刑。
當然，自己後來也明白了，讓那兩人變成人不人、鬼不鬼的模樣，確然是比讓他們死去更好的懲罰；聽說兩人一年四季皮膚都是渾身潰爛，而鄭康不知怎麼回事，還每天拿了把刀追著鄭國棟，說什麼當初鄭國棟捅了他一刀，他要捅回來——

自己初時還不懂鄭康此言何意，後來聽皇伯父偶然間說起才知道，鄭康被帶回來時胸口處被捅了一刀，鄭國棟本來一口咬定是陸天麟捅的，誰知道鄭康清醒後竟是一頭把正打同情牌苦苦哀求的老爹給撞翻，然後撲過去就掐脖子，說是鄭國棟太心狠手辣，連兒子也要殺……

一句話出口，使得皇伯父徹底厭了鄭家，連帶著對宮裡的鄭妃也越發不喜……

自己後來就明白，能使出這般鬼神莫測的手法，逼得堂堂數代公侯的鄭家黯然退出大齊朝堂，還使得鄭家被所有權貴拒之門外的，絕不是陸天麟一人之力可以做到的，定然還有天喬寨的手筆！

如此自然是大快人心，可也正因為這樣，自己才會越來越擔心，扶疏怕是傷得不一般重，甚至有可能已然不在人間，不然，天喬寨怎麼會這般不依不饒……

心裡鬱結又憤怒之下，一腔怨氣自然全發在了姬青崖等人身上。

直到現在，齊灝也不後悔——若然扶疏還在，自己還用得著為行宮中那點小事弄得焦頭爛額？

來到荒涼寥落的那處行宮裡，齊灝轉頭瞧著王福，眼神犀利至極地問道：「人呢？」

之前王福可是說得清楚，說是姬青雨已經到了，正和三皇子幾個在此處查看，就等著自己到了一起商量處置之法。幾人快馬加鞭一路疾行，竟是連個鬼影都沒瞧見。

「啊？」王福嚇得臉一白，撲通一聲就跪倒在地。

老天爺，自己簡直要冤死了！明明之前是三皇子說姬公子到了，要怎麼做好歹也得齊灝這個負責皇上所有行程事宜的人過來拿個主意才是。自己唯恐耽誤了差事，才緊趕慢趕地趕過去，誰承想三皇子他們根本就不在這裡。

這放的可是皇上面前第一大紅人賢王殿下的鴿子，自己不過是一個小小的太監罷了，有幾個腦袋也不夠賢王砍啊！

王福趴在地上磕頭如搗蒜地道：「殿下開恩，殿下開恩！許是老奴糊塗，錯聽了三皇子和姬公子的話也是有的。」

錯聽？齊灝臉上現出一絲冷意。

王福乃是皇伯父身邊最得用的，用腳趾頭想也知道，以王福的謹小慎微，怎麼可能出現聽錯這回事？明顯是有人故意想要下自己的面子；不用想，那些人必是齊昱和姬青雨！

「起來吧——」齊灝沈著臉道，轉身往行宮外而去。

那些人的目的恐怕不只是下自己的面子，自己料得不錯的話，怕是還有後招。

果然，剛出得門來，就看見一匹快馬疾馳而來，馬上人正是齊昱府裡的總管太監鄭祿，看到齊灝後忙翻身下馬。

「王爺，三皇子和姬公子已經在報恩寺等著了，說是請王爺前往共商大事。」鄭祿說著拿眼睛瞧著後面灰頭土臉的王福，一副幸災樂禍的模樣。

「王公公怎麼把王爺領到這裡來了？姬公子那兒已經有了應對之策，就等著王爺拍板呢！」

「王福，你回去吧，把這兒荒蕪的各色植物都採集一些，待會兒交給我。」齊灝自顧自吩咐道。

「啊？哎——」王福應了一聲，抬起袖子照眼睛上抹了一把，早已是涕淚交流——報恩寺和這座行宮方向正好相反，一個在最南邊，另一個在最北邊，自己和王爺明顯被人當猴耍了！只是自己也就罷了，賢王爺那般尊貴的人，那些人怎麼也敢糟蹋？饒是如此，賢王爺還想著為自己開脫，怪不得皇上總是念叨，說賢王爺是個長情的……

那鄭祿也沒想到齊灝會有此說，愣了一下，正對上齊灝黑沈沈的眸光，神情頓時有些訕訕。

齊灝也不理他，翻身上了馬，調轉馬頭，往報恩寺的方向而去。

鄭祿不敢怠慢，忙也跟著往馬背上爬，哪知剛坐上，馬卻猛地一尥蹶子（注），一下把鄭祿狠狠地掀翻在地，緊接著莫方、莫平的馬如同旋風一般衝了出去，揚起的煙塵嗆得鄭祿咳嗽不止……

「主子，前面就是報恩寺了。」莫方當先勒住馬頭。「主子先在外面等著，屬下進去通報。」好歹要進去查驗一番不是？要是王爺再被耍一次，那些人怕是不定要怎樣編排呢！

「無妨。」齊灝冷哼一聲，隨手把馬韁繩扔給莫方，大踏步往寺內而去。

剛轉過前面廂房，就聽見三皇子齊昱正笑著對一個男子道：「賢王最是能以大局為重，這麼點小事又怎麼會拒絕。」說著臉上露出欣慰之色，指著正往這邊而來的齊灝道：「瞧瞧，賢王這不是已經來了嗎？姬公子有什麼要求但說無妨，只要能讓那處宮苑所在重新恢復翠碧之色，本王等必會全力配合。」

果然是同胞兄弟，姬青雨和姬青崖長相倒有七分相似，也是斯文俊秀型的，只是看到齊灝進來時，臉上的笑容迅即消去，眼角下垂，頓時多了幾分嘲諷之意，說道：「賢王身分尊貴，更兼公務繁忙，只有青雨配合王爺，哪敢讓王爺配合青雨？只是青雨一路行來勞乏至極，在行苑中沒有等到王爺，又在這裡等候多時，早已是渾身痠軟，這會兒怕是沒有辦法繼續伺候殿下了。行苑異象之事倒也不難，兩位王爺再斟酌一下我方才提議，有了答案後，即可喚青雨前來，青雨告退。」說完也不管齊灝什麼反應，竟是轉身就走。

陪在近旁的知客僧，忙上前引路。

這報恩寺本是一座小寺廟，能成為現在這般香火鼎盛、聞名大齊的寺廟，聽說全賴神農山莊之力，如今姬青雨到了，寺廟自然打疊起所有精神伺候。

倒是對齊灝，只讓小沙彌捧來一盞茶，便再也沒人上前招呼。

莫方和莫平氣得臉色通紅，這可是賢王殿下啊，這些奴才怎麼敢一而再、再而三地捉弄！

瞧瞧姬青雨那副嘴臉，竟然敢指斥王爺不是；還有這報恩寺的人，態度也敢如此傲慢，竟是看得神農山莊人比王爺還要尊貴！

齊灝也是怒極，只是此種情形之下，行苑之事還必須仰賴對方之力。而且神農山莊人歷

注：尥蹶子，即牲口後腿向後踢。

來身分特殊，雖是無官無職，卻是自有其超然地位，不管到哪裡去，都是見官加一級，即使對上他們這些王爺，也是可以平起平坐的；別說對方只是故意給自己難堪，即便再過激些，自己也沒辦法拿他怎麼樣。

至於這報恩寺——許是早年見到的宮中殺戮太多，皇伯父現在益發篤信佛家之說，甚至之前，還特意選了明遠大師做自己的替身法師，以致佛門地位日益高漲。自己若是因為些許小事發作這些禿驢，不只傳出去對名聲有礙，怕是皇伯父也會不喜。

到了這會兒，齊灝益發認定，姬青雨的所謂提議，怕是也不簡單。

果然，聽了齊昱轉述姬青雨的話後，齊灝臉沈得幾乎能擰出水來。

齊昱卻是懵然未覺，只低著頭專心撥著漂在茶杯上面的茶葉，說道：「神農山莊也是無法，實在是大齊今歲真是多事之秋，發生災情不是一處、兩處，莊中人早已是分身乏術；青雨的意思是，行苑萬物問題出現在哪裡他倒是能瞧破，可真是要徹底整治好，那就必須由原先發配到南疆的胞兄姬青崖和管事姬木枋從旁協助。」

一旁聽著的莫方和莫平氣得頭上的青筋都要迸出來了——這姬青雨真是蹬鼻子上臉兒啊，天下誰人不知，當初堅決要發配姬青崖等人到南疆的，就是自己主子，這會兒再去把人請回來，不是明擺著要自搧嘴巴嗎？

齊灝把手中的杯子重重地放下，強壓著怒火道：「姬青雨，是想要脅迫朝廷嗎？」

「賢王多慮了。」齊昱依舊雲淡風輕。「大家都是為了朝廷著想，哪來什麼脅迫不脅迫，若賢王有更好的解決辦法，那我就洗耳恭聽。」

看齊昱這個態度，齊灝就知道自己多說也是無益，當下站起身來，轉身就走。

看到齊灝背影消失，齊昱有滋有味地繼續喝杯中的茶，心裡卻是痛快至極——若是問齊昱心裡最恨的人是誰，除了自己這叔伯兄弟，再不做他想！若非齊灝從中搗亂，自己好好一盤棋怎麼會成為現在這般七零八落的樣子！連自己最大的倚仗——鄭家，也被齊灝和陸天麟聯手逐出朝廷……

用完茶，齊昱衝著旁邊伺候的人道：「拿筆墨來。」

今次打齊灝的臉是打定了，而且還要狠狠地打，諒齊灝也沒什麼辦法扭轉乾坤！

寫完後交給一旁的侍衛。「把這封信送去給南安郡王齊淵，讓他帶著姬青崖等人速到宣華。」

出了報恩寺，莫平憋了半天道：「主子，咱們就這麼算了？」

「多派些人下去，看能不能找到一些能人異士……」齊灝神情冷凝。

「是。」兩人齊聲道，心裡卻是暗自發狠，這幾日就是不眠不休，也要找出能人來，只要有其他人可以處置得了行苑之事，就不怕姬青雨和齊昱刁難。

「對了，王爺，請報恩寺的和尚到府中做法事——」莫方忽然想到一事——那報恩寺的和尚這般無禮，還要不要請他們到府中去？

齊灝揉了揉眉心道：「照舊吧。」

雖是對報恩寺的人不滿至極，只是娘親既然指定讓報恩寺的和尚來，便是無論如何不喜寺中人，齊灝也不願違拗的。

「你派人回莊裡一趟，告訴娘親，報恩寺的和尚明日就會到了，另外跟娘親說一下，我這幾日事務繁忙，怕是沒法再回莊裡了。」

這幾日無論如何要處置好行苑之事，只能等事情解決後，再回去陪娘親了。

第六十五章 和尚

扶疏一回到莊裡，就聽管家說有人來訪，待聽說來的人是齊灝，頓時大為驚詫——還真是巧啊，竟然和齊灝做了鄰居。

她下意識地看向青岩等人，發現所有人都是一副平靜無波的樣子，頓時明白，怕是除了自己，其他人都知道，鄰近山莊的主人就是齊灝！

跟在另一側的木七嘴角抽了抽，事關會首的安危，大家自然會小心再小心——當初想把這整座山都買下，就是怕有任何一點會影響到會首的不利因素出現，哪想到無論自己開出多高價錢，對方就是一口咬定不賣。

再一調查，那座莊子的主人竟然是齊灝。

雖然奇怪齊灝明明在靠近行宮的地方，就有一處再烜赫不過的大莊子，為什麼還要跑到這樣一個小山上再弄這麼一處莊子，可也算鬆了口氣——不說主子同齊灝早就相識，而且瞧著，對方也不會到這裡住，只不過派幾個僕人來打理，以莊子防守的嚴密程度，對方根本不可能靠近分毫。

至於說把鄰居是舊識這件事告訴扶疏，即便楚雁南沒吩咐過，他們也不會主動去做；而青岩和陸天麟留下的舊人，更是眼裡只有扶疏一個，王爺什麼的，根本就不重要好不好？

因此有的是刻意不提，有的是忘了提，在這裡住了這麼久，若非齊灝突然來訪，而且看架勢還有再來一次的可能，怕是扶疏仍然不會知道這件事情。

又聽管家說對方特意去參觀了養雞場，扶疏立馬想明白了其中關竅——定然是齊母用了自己送過去的雞，八成還吃得挺香的，齊灝可是個孝子，如此才會紆尊降貴到莊裡來。

「再準備六隻雞，對了，把咱們的茶葉也包上一包，再準備些藥材……」扶疏隨口說了些藥物的名字，正是當年齊灝託自己尋訪的。「等明日裡咱們去他的莊裡時帶上。」

別人也就罷了，齊灝這個人嘛，倒還不錯——當初齊灝為了自己和神農山莊槓上的事扶疏也聽說過，明明自己可能已經「不在了」，齊灝還要樹立這樣一個強敵，無疑有些愚蠢；可也正因為如此，讓扶疏倒是認可了齊灝這個朋友。當然，扶疏可不會承認，齊母做的點心實在是太好吃了，這次去，說不定還可以再帶回來些。

第二天，春陽正好。

扶疏依著阿扇的意思，換上了一襲桃粉色的裙子，越發襯得人可愛，只是那些釵環首飾，扶疏就敬謝不敏了，上一世經常要到田間勞作，戴這些什物委實太過麻煩。

阿扇卻是不依，只說初次登門，可不要被人看輕了才好，好歹幫扶疏在頭上戴了根金步搖，脖子上掛了個瓔珞項圈，又套上一對紅瑪瑙的鐲子——扶疏於首飾並不在意，陸天麟和楚雁南是大男人又常年征戰邊疆，更是對此不甚了解；不過兩人都認準了一件事，那就是貴的就是好的，只要是見著覺得好看的，甭管多少錢，兩人都無比起勁地往扶疏面前送。

扶疏雖是對有些什麼樣的首飾不放在心上，可一想到爹爹和雁南兩個大男人，到底要拿出怎樣的勇氣，才能在專賣女子首飾的店裡挑來揀去，心裡就溫暖得一塌糊塗。

好像無論上一輩子還是這一輩子，娘親這個位置都有些空缺——上一世是娘親體弱，根本沒精力照料自己，這一世的娘親竟然早已故去；只是從爹爹的話語裡還是能大致勾勒出娘親的模樣——美麗、聰慧、手巧得不得了……

聽爹爹說，娘親做的點心可好吃了，懷著自己的時候，還特意做出各種動物模樣的點心，說是等自己出生了就讓自己吃……

這也是為何扶疏拿到齊家送來的點心時，特別愛不釋手的一個原因——要是娘親在的話，也一定可以做出這麼可愛的點心吧？

特別是爹爹，上一世的娘雖然體弱，好歹可以一直陪在爹爹身旁；這一世的爹一樣癡情，卻和娘在一起不過短短一年，然後便天人永隔……

正自胡思亂想，轎子外面卻響起了一陣高宣佛號的聲音——

「阿彌陀佛！」

扶疏頓時一陣頭疼，這個老禿驢，怎麼又來了？

只是聽聲音，扶疏就知道來人是誰——

上一世這老傢伙就沒少跑自己莊裡去，若非神農山莊實在不適合建寺廟，這人一定會在莊裡就蓋一座出來。饒是如此，他還是無比厚臉皮地占了一處院子，說是只要一心向佛，無論哪裡都可以修行，這處精舍，以後就是自己誦經打坐的所在了。

以為自己不知道嗎？不過是貪戀莊子裡享用不盡的美食罷了——畢竟是神農山莊，凡是土地裡長出來的，無一不是上品。

偏是這麼貪吃的一個人，世人還交口稱讚是什麼得道高僧！

甚至皇上還特意跑過來三催四請，讓這人做了自己的替身法師，因此名號也就益發響徹大齊。

只是別人如何扶疏不知道，自己對這明遠法師卻是十分有芥蒂——有哪個人會喜歡自己喜歡的果子還沒吃，等跑過去後才發現全進了老和尚的嘴裡？自己愛的花兒剛開，想著跑過去看一下，好吧，已經被老和尚全摘了布施出去了……

卻哪裡想到，緣分這樣的事還真是說不清，也不知這老和尚怎麼就又盯上自己了；先前還好些，自打見著青岩也緊跟在自己身旁伺候後，就益發不可收拾，進不了山莊就在路上堵截，理由無非就是一個——

「女施主菩薩心腸，讓老衲化塊地建座寺廟吧！」

給塊地無所謂，甚至幫著重塑金身都行，可你幹麼一定要把廟建在我這小山上啊？

果然外面又想起明遠喋喋不休的聲音——

「我佛慈悲，只渡有緣人，女施主……」

扶疏隨手扯了兩團布條，塞到了耳朵裡。

手下這幫人倒是問過自己，要不要讓老和尚消失，卻被扶疏否決了。老和尚除了和自己爭吃爭喝、經常跑自己面前囉哩囉嗦，其他倒是沒什麼；還喜歡到富貴人家化緣，得的錢全都用來救濟百姓，甚至在民間落了個活佛的名聲，要是真打殺，自己可真是不忍。

只是上一世被纏著，要是這一世還得忍受好東西都被老和尚搶走的生活，就實在太悲催了些。

只吩咐木七他們，任老和尚嘮叨，大家就當沒聽見罷了。

雖然看出了扶疏一行的冷淡，明遠只作未覺，只管屁顛屁顛地跟在青岩身側，對著轎子喋喋不休——

相較於其他凶神惡煞一般的存在，好歹青岩還算熟人……

扶疏耳中塞著布條，山路雖是有些陡，抬轎人的水平卻高，簡直和在平地上沒什麼兩樣，一會兒就有些昏昏欲睡，正自朦朦朧朧，忽聽外面響起一聲呼喝——

「什麼人，讓開！」

扶疏激靈了一下，立馬睜開眼睛坐直身體，下意識掀開轎簾，卻是已經到了齊灝莊子外，而幾個身著光鮮袈裟的和尚，正從幾匹高頭大馬上下來，他們身後還有捧著各種法器的小沙彌，看模樣也是要往齊家去。

明明已經看見了扶疏等人，卻只如同沒看見一般，就要大搖大擺地搶在前頭過去，青岩等人哪裡肯放他們靠近扶疏的小轎，當下就上前攔住。

扶疏探頭去看時，正看到一個小沙彌氣咻咻地蹦出來，想要推開青岩，不但沒有推動分毫，自己卻反而用力過猛跌坐在地，讓人瞧了簡直哭笑不得。

出家人不是都應該與人為善的嗎？這麼一撥眼睛都長到頭頂上的人，真的是跳出三界外、不在五行中的和尚？就是賴皮得不得了的明遠老和尚，身上也是有著那麼一股仙氣的，哪像眼前這些人……

扶疏真是覺得自己長了見識了，還是第一次見到高傲得不得了，眼睛都長到頭頂上的和尚！

齊家的門房也是目瞪口呆——

王妃每到一處，都要舉行一場招魂法事的事，他們都是知道的，可賢王府請的，哪次不是得道高僧？而且知道要進的是大齊第一鐵帽子王賢王的府邸，即便是那些化外之人也都是恭恭敬敬的樣子，還是第一次見到這般耀武揚威的。

又看一眼扶疏轎旁的明遠，咂摸了會兒，覺著這個老和尚才應該符合要求吧……

齊家的門房當下上前一步，一下攔住幾個和尚及那一群小沙彌，呵斥道：「哪裡來的野和尚，我們這裡可不是你們能撒野的地方，還不快走！再敢攪鬧，小心把你們扭送官府！」

為首的和尚名叫覺非，正是報恩寺的，聽門房呵斥，覺非簡直肺都氣炸了。

這些年因為和神農山莊關係交好，使得報恩寺也成了天下一等一的寺廟，香火真不是一般的鼎盛，連帶著寺院裡和尚的地位也是水漲船高。那些富貴人家，無一不以能請到報恩寺的和尚做法事為榮，甚至一些人家想要和官場上的人拉上關係，不得門路之下，找一找報恩寺，香火錢足了，十有八九就能成。

是人就必然有貪慾，報恩寺也不例外。隨著打交道的人身分日益高貴，連帶著寺中和尚也大多自視甚高，尋常人家根本請不到他們。

只是因著和神農山莊的關係，卻是不想和齊灝打交道；哪知齊灝的手下卻過來傳話，說是請寺中高僧做一場法事，本還以為是去賢王府，到了之後才發現，哪裡是賢王府，分明是一個再偏僻不過的地方。

想報恩寺平日裡非達官貴人家的法事都是不會做的，齊灝這般，八成是受了姬青雨公子的氣，特地想要折辱他們罷了。

也因此人雖然來了，卻是帶了一肚子氣來的，雖然看扶疏等人的樣子，應是和莊子主人熟識，他們卻也不想給半點臉面——所謂物以類聚，上不得檯面的人的朋友，自然也是上不得檯面的。

哪料想這邊剛呵斥過別人，就被自己本來看不上的人家輕賤了！剛想發作，香紋正好出來，本是奉了主母之命來迎接扶疏的，卻在看到覺非一行人後不由一愣，待想明白後卻是微微皺了下眉，心裡也是同扶疏一般的想法。

主子於法事一途最是虔誠，之所以點明要報恩寺的法師來，倒是自己的主意——實在是主子雖貴為王妃之尊，可性子卻是素淡得緊，從不願和任何一家權貴交好，除非宮裡娘娘宣召，否則其他王公大臣家是不會去的。還是自己日常去過一些貴族家，聽他們對這報恩寺的和尚交口稱讚，只說都是得道高僧，自己這才和主子提了，主子又交代給小王爺，可這會兒親眼見著了，怎麼竟有些不著調的感覺？

當下先禮讓了扶疏等人進去，也看到了跟在扶疏轎旁的明遠和尚，還以為是扶疏的人呢，也就一併放了進去，又一眼瞧見身後人提的幾隻雞，頓時喜笑顏開——

已經從王爺那裡曉得，這些雞可了不得，全是用靈丹妙藥餵大的，原先已經得了兩隻了，沒想到人家竟這般大方，又拿了六隻來。

忙忙地命人接過來，寶貝一樣地提到府裡。

卻不知被覺非等人看在眼裡，益發認為這莊園主人不定怎樣窮酸呢，竟是連幾隻雞都稀罕成這樣；倒是明遠大和尚，眼睛眨也不眨地盯著扶疏手裡裝茶葉的盒子，那心急火燎的模樣，看得扶疏一陣好笑，卻只作不知，徑直跟著香紋往府內而去。

「府內是不是要舉行什麼法事？」扶疏斜了一眼明顯越發不忿的覺非等人，便有些猶疑——雖然不喜那些和尚，可若真是主家請來做法事的，自己還是早些回去得好。

「無妨。」香紋笑著道：「時辰還早，主子說要親口謝謝您。咦，主子——」卻是抬眼間，就看到瘦弱的主子正扶著秀紋的手站在小徑的盡頭，笑咪咪地往這邊瞧著。

扶疏瞧香紋神色不對，忙也順著看過去，卻是一個秀美無雙的柔弱女子，正無比溫柔地瞧著自己，那雙眼睛不住在自己身上上下打量著，眸中竟然漸漸盈出些淚光來。

扶疏被瞧得鼻子酸酸的，忙快步上前，就要行禮。「扶疏見過夫人。」

「扶疏？」王妃的身形就是一僵——不只生得和那人像極，竟然連名字，也叫做扶疏?!

「這是莊裡自己產的茶葉，王妃品一下味道如何，還有這些藥物……」扶疏把帶來的東西一樣樣指給王妃看，最後又從懷裡摸出一張紙遞給香紋收著。「這上面寫的是餵雞的法子，香紋先收著。」

「這可怎麼好？」王妃終於回過神來，忙擺手，昨兒個也聽灝兒回來言明，說是那家人餵的雞確實有門道，收了人家的雞也就罷了，要是連帶著人家的秘方都奪過來，就太不像話了；還有那些藥物，單聽藥名也知道，委實太過珍貴些了吧？

「無礙的。」扶疏笑著搖頭。「不過一個方子罷了，算得了什麼？便是方子上需用的藥物，你們這兒若是用完了，也只管去我莊子裡取便是，我們莊子裡別的不多，這些可盡有。」說著皺了皺小鼻子，露出一個狡黠的神情，扯了扯王妃的衣袖小聲道：「可不是白給王妃的……」

瞧著扶疏一臉「求撫摸」的小模樣，王妃簡直覺得心都要酥了，連連點頭道：「好好，妳只管說，想要什麼，但凡是我有的，都給妳也未嘗不可。」

都給？旁邊的香紋心下愕然——這麼多年了，王妃的好東西到底有多少，連自己都說不清，往常裡倒是嘮叨過，說是好東西要留給兒媳婦，怎麼這會兒又說要給這位扶疏小姐了？莫不是……

正自愣神，王妃已然回身拿了個精美的匣子出來，從裡面取出兩只通體溫潤發出瑩瑩綠光的鐲子，抬手就幫扶疏戴上，後退一步認真看了下，滿意道：「嗯，昨兒個見到這鐲子，我就覺得妳戴著好，現在瞧著果然好看呢！」

香紋看得嘴巴圓張，那是昨兒個王爺才拿回來的，說是別國剛剛進貢來，總共也就六對這樣的鐲子，想著主子體弱，這玉又是最有名的護體靈玉，才特意幫主子巴巴地求了一對。自己之前還奇怪呢，怎麼主子自個兒不戴，又不讓收起來，那麼貴重的東西，可不要丟了才好；現在才明白，主子許是見到的那一刻，就想給這丫頭留著了！

看向扶疏的眼神不由更加納罕——難道美人兒果然吃香嗎？竟是連一向心如古井的主子，見了也是喜歡得什麼似的，竟然一而再、再而三地送好東西給她！

「那怎麼好？」甫一套上玉鐲，便有一股溫潤的感覺沁入肌膚，扶疏倏地一下站了起來，竟是無論如何也不肯要。「這鐲子太過貴重，扶疏不能要。」

耳聽得「扶疏」這個名字，王妃只覺心口一痛，緊緊握住扶疏的手道：「好孩子，給了妳，就拿著，不許褪下。」自己庫房裡堆了很多好東西，要是自己的扶疏還在該多好，就可以攢著給她做嫁妝了……

「王妃——」扶疏動作一下停住了。

香紋忙把手絹塞到扶疏手裡。「我家主子身體弱，最是禁不得哭，小姐還是快收下吧——」

扶疏手忙腳亂地接過來，一手笨拙地幫王妃拭淚，另一手則勉力摟著王妃，輕輕拍著後背，安撫地說道：「王妃切莫難過，扶疏收下就是。」

轉思自己家裡也有不下於此物價值的好東西，回去也讓人送相應的回來便是。

抱著瘦弱的王妃，心裡的暖意竟是更甚，便岔開了話題道：「就是王妃的小點心太好吃了，扶疏可是怕得了鐲子，就沒點心吃了。」又指指自己帶來的茶葉，神情嚮往不已。「配上我家的茶葉，哇，真的很好吃啊！」

王妃果然轉了注意力，又瞧著扶疏一副小饞貓的模樣，再一次笑了開來。

「小姐，我家主子做的點心正好還有——」自家王妃一年笑的都沒有這一會兒多呢，香紋又是感動又是感慨。

之前王爺也請了好些這般大的女孩子來府裡陪王妃，王妃卻是連見都不願見的；倒是這叫扶疏的女孩子，也不知怎麼就投了王妃的緣，兩人在一處的情景，瞧著就和親母女一般呢。

看王妃果然止了淚，還一副喜歡得不得了的模樣，這丫頭的造化可真要來了。

因著這點，待扶疏也就更加殷勤。

不一會兒，便有丫鬟托了幾碟子鬆軟的小點心過來，香紋又特地讓人把扶疏拿來的茶葉泡了一壺端過來，待倒出一盅來，茶水的清香頓時溢滿房間。

「阿彌陀佛，阿彌陀佛——」

廳外一聲高高的佛號聲傳來，扶疏扶額——不用想也知道，定是明遠大和尚被點心和茶香把饞蟲勾出來了。這人的性子自己瞭解，平日裡看著莊嚴，一瞧見好吃的，馬上就化身潑皮無賴！

方才聽香紋說起王妃最是一心向佛，這明遠大和尚也是有些道行的，便是幫王妃結個善緣罷了。

扶疏便笑著對香紋道：「外面的大和尚許是餓了，香紋姊姊不如把他讓到偏廳去，把這些點心及茶水，也給他送去些。」

扶疏話音甫落，又是幾聲「阿彌陀佛」傳來，聽聲音明顯歡喜至極。

扶疏簡直想像得到老和尚兩眼發光的模樣，不由摀了嘴悶笑不已。

王妃拈了塊點心遞到扶疏手裡，愛憐道：「瞧妳這丫頭瘦的，妳若是愛吃，我以後會經常做了讓人給妳送去。」

手裡是熱熱的點心，還被人用這樣溫柔的語氣呵護著，扶疏只覺心裡的暖意似乎要溢出來，便是眼睛也有些發酸，剛要說什麼，外面忽然傳來一陣匆匆的腳步聲，管家的聲音在外面響起——

「主子，報恩寺的和尚說，法事怕是無法進行了——」

報恩寺的和尚，就是門口那些凶巴巴的人嗎？扶疏放下手裡的茶杯，忽然覺得有些不對——

既是主人家請來的，自然按主子吩咐的去做便可，什麼叫「無法進行了」？

扶疏忽然想到莊園門口那一幕，旋即了悟，莫不是，這些禿驢想要拿喬？

第六十六章　裁跟頭

不得不說事情讓扶疏猜了個正著，只不過，覺非他們可不單單是要拿喬！

「這樣真的行嗎？佛祖會不會怪罪？」眼看著小路的盡頭，忽然出現黑壓壓的一群人，一個小沙彌明顯有些膽怯。

「有什麼不行的！」他旁邊一個小沙彌斥道：「咱們是佛祖的人，他們得罪咱們，就是得罪佛祖，咱們這也算是替佛祖教訓這些不知天高地厚的凡人！」

從到報恩寺剃度，還是頭一遭被人無視到這種地步——先是被門房訓斥，後來知道自家身分了，竟是僅僅派個管家來迎，至於主人卻是連個影子都不見。

這還不算，聽說那在自己等人面前耍橫的小姑娘，被大張旗鼓地迎進了正廳，他們這些「高人」卻是被晾在了偏廳，就是一般的富貴人家也沒有敢這麼踐的！

覺非卻是冷著臉佇立院中，早打定了主意，這家人不是要招魂嗎？自己偏要讓他們無魂可招！

至於聽說招不來魂後，主人會如何，就不是自己可以管得了的事！

看覺非一時瞧瞧假山，一時瞄瞄池塘，臉色卻是一點點沈下來，旁邊的管家瞧得心驚膽戰，越發覺得怕是有什麼不好的事情要發生，忙陪笑道：「大師，我家主子已經過來了。」

「阿彌陀佛。」覺非死死盯著旁邊已經有花兒搖曳的空地，眼中的駭然彷彿那是什麼十惡不赦的妖魔鬼怪一般，良久瞟了一眼已然來至近前的王妃和扶疏等人，便即垂下眼來雙手合十。「這等福淺壽短的凶地，慢說已是無魂魄可招，便是真招了來，也是魂飛魄散罷了，又何須麻煩？」

福淺壽短的凶地？還魂飛魄散?!所有人臉色都是一白。

「大師，什麼叫無魂魄可招？」王妃幾乎半個身子都靠在香紋身上，饒是如此，身形還在不住搖擺，顯見得是受了極重的打擊。

扶疏驚了一下，忙上前扶住王妃，心裡卻是驚異不已——不過是這和尚故弄玄虛罷了，怎的王妃驚恐到這般地步？而且明顯地對福淺壽短之說根本不在意，而是因無魂魄可招一句深受打擊……

旁邊的香紋卻是臉都白了，不是說報恩寺的和尚都是得道高僧，怎麼如此胡言亂語？這要是王妃有個好歹，忙拚命地向覺非遞眼色，眼中全是哀求之意。

覺非卻似全然未覺，略瞥一眼旁邊的扶疏，神情中得意之色一閃而逝。「阿彌陀佛，施主何必如此執著？前世今生，因果早定，緣來緣去，盡歸寂滅……」

王妃聽了重重地咳了一下，嘴角竟是滲出些血絲來。「緣，散了嗎？大師，能否、能否見告，她……她現在……去了何方？」甫一出生便沒有父母爹娘護佑，自己總想著，有朝一日團聚當還有望，卻再沒料到，連再抱一下那嬌嫩柔弱的孩兒都成泡影。

自己願意用性命去守護的孩兒啊，卻是連牙牙學語、蹣跚學步都不曾，就永遠從世上消失……

無數次噩夢，都是兵火連天、血肉紛飛，孩兒無助地躺在襁褓裡，自己想要撲過去，卻只能眼睜睜地瞧著無數利刃兜頭砍下……

那麼小的娃兒，尚且沒有得到一點父母的愛，便成了孤苦無依的孤魂野鬼……

若是女兒曾投生，那便來娘親身邊吧，即便妳是鬼，也讓娘親愛妳好不好？

可女兒那麼小，又怎麼認得回家的路？

不怕，娘幫妳，娘幫寶貝找到來娘身邊的路……

而現在，這和尚卻說，一切，魂飛魄散，一切全歸於寂滅……

「阿彌陀佛——」覺非又誦了一聲佛號，神情中盡是悲憫之色。「阿彌陀佛，阿彌陀佛，施主還是不知曉得好。」

「主子——」香紋驚喘一聲。

王妃竟是再也忍不住，重重地吐了一口血出來，眼神更是渙散，竟是一副了無生趣的模樣。

扶疏傻傻地瞧著手背上的血，阿扇嚇了一跳，忙要去擦，卻被扶疏一把推開，盯著覺非等人的眼睛似是能噴出火來，罵道：「哪裡來的妖僧，竟敢來這裡胡說八道！」

沒想到方才給了自己下馬威的那女子竟又要橫插一槓子，覺非臉色更加陰沈。「口無遮攔，將來可是要下拔舌地獄——」話未說完，卻被青岩一下扼住喉嚨。「咳、咳，你們這般……這般不知悔改，不怕、不怕佛祖……怪……」卻是彈騰著腿，再說不出一個字。

「放下他！」扶疏氣極，不怒反笑。「好好好，真是不見棺材不掉淚，這裡是什麼地方，也容你撒野！」說著扶住王妃朗聲道：「王妃莫要傷心，這人全是胡言亂語，我有法子，這就讓這妖僧現形！」

這禿驢當真可惡，竟然敢隨隨便便就拿人來誆騙不說，誆的還是自己都心疼得不得了的王妃娘娘！不說來日齊灝會拿他如何，自己這會兒就先要他好看。

覺非也沒想到扶疏竟然如此大膽，竟然眾目睽睽之下，差點讓人把自己給掐死，現在又口口聲聲說什麼自己是妖僧，當即就要還擊回去，卻在聽到扶疏口裡的稱呼時，一下傻在了那裡——王妃？王妃！不會是，自己想的那樣吧?!

扶疏卻不理他，一逕吩咐香紋道：「妳去，把明遠大和尚給我叫來。」看香紋還在發愣，這才想起來，明遠大和尚是誰，香紋八成不認識，又忙補充道：「就是方才妳給他點心和茶的那個。」

香紋不知道扶疏要幹什麼，卻也明白眼下要想解開王妃的心結，也只能把這幾個報恩寺的和尚釘死到「妖僧」的位置上了，抹了一把淚，匆匆忙忙往後面跑去。

覺非卻已經回過神來，暗叫不妙，倒不是怕什麼其他和尚，以報恩寺的名頭，即便有其他修行人在這裡，也定然不敢和自己對上。只是對方方才怎麼口稱王妃，想想卻又覺得不大可能——雖是賢王的人派人吩咐的，可誰人不知，賢王府的位置，卻是在最靠近行宮別苑那裡；這般窮鄉僻壤、連處溫泉都沒有的旮旯裡，裡面的主人，自然和賢王沒什麼關係，十有八九是那些下人的、上不得檯面的親戚，也正是之前存了這個念頭，大家才敢順口開河，亂說一氣……

正自膽戰心驚，一陣腳步聲從後面響起，正是香紋陪了個仙風道骨、相貌莊嚴的大和尚出來。

許是剛吃了好東西，明遠大和尚這會兒精神正足，一眼瞧見滿臉怒容的扶疏及口角還帶有血跡的王妃，神情明顯怔了一下。

扶疏指了莊園道：「還請明遠大師告知，這莊園地貌如何？」

明遠愣了一下，明顯有些摸不著頭腦，卻還是順嘴道：「那還用說，自然是鍾靈毓秀的一塊福地啊！」不然，自己幹麼巴巴地想要求著這小祖宗弄一塊地建座廟啊！

「貧僧報恩寺覺非，和尚又是來自哪裡？」覺非臉色一白，雖然不大相信會有王室中人窩在這裡，可還是小心一點為好，絕不能承認自己方才是信口開河。「你再瞧一瞧，這裡分明是福淺壽短的凶地啊！」

若是對方識相的話，知道自己背後是報恩寺，不再和自己爭持不下，以後就可以徐徐圖之；若真是王室的話，大不了再幫他們做一場法事，只說邪靈已經驅散也就罷了。

都多少年沒聽過這般威脅的語氣了，明遠真不知是該哭還是該笑，當下也不客氣，隨手從懷裡摸出個牌子，一現。「貧僧護國寺明遠——」

護國寺？覺非頭一下暈乎乎的，那可是皇家寺廟！等等，明遠——

方才還耀武揚威的一眾和尚也全都嚇傻了眼，叫明遠不可怕，可護國寺的明遠就太可怕了，那不是皇上都要禮敬的，他們這一行最榮耀的那一個嗎?!

這家人怎麼回事，連明遠和尚都是他們的座上賓，要做法事，幹麼還要捨近求遠讓他們這些人來？

覺非可不相信自己這麼歹命，坑矇拐騙一回不但坑到了王室身上，還被他們方丈見了都得行禮的明遠大師給逮到，當下乍著膽子瞧了一眼明遠手中的牌子，腿一軟，就癱坐在地上——

我的娘哎，竟然真的是那個有民間活佛之稱的明遠！

「覺非、覺非眼拙，不知、不知大師在此——」覺非簡直語無倫次，卻是牢牢記住一條，那就是絕不能承認自己方才是胡說八道，只希望這位能念在大家都是在佛祖前伺候的，好歹也算同門，放自己一馬；要不然，不但自己難辭其咎，就是自己的依仗報恩寺會有什麼結果也不好說，當下含糊道：「只是女施主體弱，與這裡地氣怕是不相宜，還是、還是去靠近皇宮有湯泉的所在……」

「我就說你是妖僧！」扶疏嗤笑一聲，瞥一眼雖是身形仍舊搖搖欲墜，卻明顯不再是死氣沈沈的王妃一眼。「方才明遠大師已然說了，這裡就是一塊鍾靈毓秀的福地，王妃又是有福報的大善之人，她所掛心之人不只福壽綿長，更會時時佑護王妃——便如你方才所說的湯泉，這兒便有，又何必捨近求遠？」說著一指方才覺非信誓旦旦說是極惡之地的所在，傲然一笑道：「這裡就是了。」

扶疏心想，王妃這麼虛弱，怕九成九是心病所致，不如藉由這覺非，徹底治好了王妃的心病才是。

明遠愣了一下，看扶疏的眼神明顯有些驚異——這兒山木繁茂、萬物平和，確然是福地不錯，可溫泉之事，卻是太過玄乎了吧，畢竟之前不是沒有人動過這個念頭，卻是並未挖出一滴水來。

覺非卻是大喜，正愁怎麼脫身呢，就有人自動送上門來——福報一說太過虛幻，可湯泉有沒有卻是可以立馬驗證的！隨便說句謊話，結果天上就劈下個炸雷送來個明遠大師已經夠倒楣了，就不信連一個小丫頭隨手這麼一指，就恰恰好馬上會有一處溫泉來！當即提了些精神道：「好，若妳當真能挖出溫泉來，不用妳說，覺非就自認妖僧，任憑你們處置！」

「那就一言為定。」扶疏冷笑，轉頭吩咐青岩。「看好他們，可不許他們閉一下眼，一定要讓他們親眼瞧著這溫泉水是如何打出來的。」

「扶疏，妳的意思是，這裡的溫泉是、是我那……是她……送與我的？」王妃緊緊握著扶疏的手，聲音都是抖的。

「嗯。」扶疏溫柔地應著，僅是瞧著旁邊叢生的有紅色尖頭的青翠小草，扶疏便確定這下面必有溫泉無疑，或早或晚，一定能打出溫泉來的。

王妃的淚一下子流下來，無論香紋如何苦求，竟是不肯離開這裡一步。

香紋無奈，一面安排人去抬了幾張春椅過來，又拿了些吃的及茶水一類的物事，服侍扶疏、明遠和王妃等人安坐。

這會兒已然知道，那跟在扶疏身側的大和尚，竟然是皇上的替身法師明遠大師，駭然之餘，連帶著對扶疏的身分也不由有些猜疑……

至於覺非等人，卻是沒人理會，不只茶沒混上一口，便是出路也被王府侍衛牢牢堵住，竟是不挖出溫泉，絕不令他們離開的架勢。

一開始還好些，覺非等人也就老實等著，可隨著太陽西下，一眾人終於站不住了，再瞧見對面扶疏等人已經有人服侍著開始吃晚餐了，就更受不了了。

先是有小沙彌受不住，一屁股蹲到地上，到最後，連覺非也沒有辦法再維持高人的風範，也癱坐在地上。

眼看著夜色已深，扶疏等人死勸活勸地把王妃給送進了房裡躺著，覺非等人也有些睏了，看那些地方扔出來的泥土已經堆積得小山相仿，卻是仍沒有挖出一口水來，覺非等人解氣之餘，更覺疲累不堪。

只是春寒料峭，白日還好些，到了晚上就覺得刺骨的冷，實在是睡不著，想著找個機會讓人回去稟告寺裡尋些救兵吧，哪裡想到一回身，就對上一把把明晃晃的利刃，使得所有人再不敢生出逃回去的念頭。

至此，覺非終於不得不承認，這裡八成真是哪家王爺的別業，若是尋常人，買下這樣的地方自是不難，又哪裡能有這樣的如狼似虎又無比排場的大批侍衛？

心裡不住禱告，阿彌陀佛，佛祖保佑，千萬千萬別是賢王的家眷便好——以那位王爺的孝敬程度，敢恐嚇他老娘，怕是小命都有可能保不住……

好不容易撐到後半夜，即便又冷又餓之下渾身發抖，覺非還是耐不住合上了眼——

太睏了啊！哪想到剛閉上眼睛，就突然感到一陣肅殺之氣，嚇得覺非一哆嗦，忙舉目望去，卻是一把匕首正對著自己的眼睛。

「敢睡，就挖了你的眼珠子！」

覺非「啊」地慘叫了一聲，雖是癱在那裡東倒西歪，卻再不敢閉一下眼睛；好不容易挨到凌晨時分，仍是沒有什麼消息，覺非已經完全放下心來，卻是被折騰得痛苦欲死，正自昏昏沈沈，忽聽有人「噭」地一聲。

覺非激靈打了個冷顫，一下睜開眼來，再看向對面，王妃已經披了件斗篷，正站在原處，卻有一個渾身是水的泥人兒連跌帶爬地跑過去，撲通一聲跪倒在王妃面前。

「恭喜主子，賀喜主子，湯泉水，真的，是湯泉水——」太過激動之下，那泥人兒竟是直接哭了出來。

「竟然是……真的嗎？」王妃直愣愣地站著，一時竟是完全沒什麼表情的樣子，已經有人汲了水端過來，王妃木木地把手伸進去，探了一下，下一刻已是淚流滿面，只叫了一聲「我兒——」便身子一軟，昏了過去。

覺非卻是已經完全傻了，拖著兩條腿蹣跚地挪到水池邊，只消看了一眼，便完全呆若木雞。還有些寒意的天氣裡，湯池裡的水周圍是濁黃色的，偏是正冒出澄澈青碧的新水來，水面上更是蒸騰出氤氳的熱氣……

「竟然是真的嗎？」明遠老和尚也聞訊趕來，同樣呆呆地瞧著越來越多湧出的溫熱泉水，神情震驚無比！然後一轉身，拔腿就往扶疏等人離開的方向狂追而去——

又見神農氏啊！怪不得莊裡有那麼多好東西，求勾搭、求巴結、求包養啊！

當天一個消息就傳遍了宣華城——

報恩寺的和尚坑矇拐騙，竟是坑到了賢王齊灝的頭上，現在連方丈在內已經全被解送到官府，報恩寺也被封了！

事情傳出來，輿論譁然，倒是有一些和報恩寺關係好的達官貴人想要替報恩寺出面，可一打聽出來報恩寺惹的竟然是賢王齊灝，便全都偃旗息鼓了——那可是皇上面前第一紅人，而且齊灝有多孝順，那可是眾所周知的！

更不要說當天就得到消息，說是賢王那座被報恩寺人胡謅為凶地的別業裡，已經打出了一口上好的溫泉！可見就是老天爺也幫他啊，那裡可是風水大師鐵口直斷絕不會有溫泉的所在！

「誰許你們這麼做的?!」寺廟都被封了，裡面的香客自然也全被請了出來。眼看著外面全是虎視眈眈的官兵，一副隨時準備衝進來把人拽出去的模樣，姬青雨氣得渾身都是抖的。

這個齊灝，身上哪有一點貴人應有的氣度，分明就是個土匪，竟然想出這種下三濫的招式對付自己。

「姬公子——」莫平笑得解氣無比，手往前一伸，差點把手裡的文書拍到姬青雨臉上。「姬公子不會不識字吧？這可是宣華太守直接簽署的！另外，這不過是個寺廟吧，倒不知燒了什麼高香，竟然能得姬公子如此全力維護，莫不是姬公子……」說到這嘿嘿冷笑數聲。

姬青雨聽得臉色越發難看，更加想不通的是，對方眼下可正是有求於神農山莊，怎麼敢在自己面前如此囂張？

「莫侍衛，息怒。」旁邊的鄭祿戰戰兢兢道，前兒個因為想趕去看王福的笑話，沒想到卻惹怒了齊灝，害得自己從馬上摔下來還不算，更是顛著兩條腿一氣兒從行宮別院跑回報恩寺，那叫一個狼狽。

這報恩寺果然豬油糊了心，也不想想，齊灝這麼個護短的人，連王福那樣的下賤之人和他沾了點邊的都還要護著，更不要說報恩寺要坑的可是賢王的娘啊，要是賢王真發起瘋來，說不好真會連姬公子也給收拾了！

安撫好莫平一行人，鄭祿又忙轉身瞧向姬青雨道：「姬公子，三皇子已經幫您安排好了一處別業，老奴這就陪您過去吧……」邊說邊給姬青雨使眼色。

姬青雨臉色鐵青地跺了下腳，只得跟著鄭祿離開。

只是到了別院不久，便「急火攻心之下，臥床不起」，而皇上也在因緣巧合之下，竟是意外到了那處已是春日卻萬物肅殺、一片荒蕪的別院，看到滿目蕭條之景，太過驚駭之下，竟是昏暈了過去……

「如何？」從接到家僕急報，齊灝就馬不停蹄地趕了回來，伴隨而來的是雷霆震怒。報恩寺的人簡直該死！

虧自己還以為縱使和神農山莊人走得極近，可既是化外之人，又怎麼會過多地摻和凡俗之事？所以聽娘親提到報恩寺後才連打聽都不曾就派人請了來。

卻沒想到什麼得道高僧，分明是心懷鬼胎的妖僧！

也因此，一聽僕人回稟說娘親受驚之下兩次吐血，最後更是昏迷不醒；齊灝當即勃然大怒，一面命莫平等人去鎖拿報恩寺所有人等，一面火速請來一名御醫，卻沒料到這都兩個時辰了，娘親竟然還沒有醒來，若然娘親有個三長兩短，自己一定要他們陪葬！

正自胡思亂想，御醫卻收回手，神情更是茫然無比。

「如何？」齊灝的心一下提了起來。

「啊？」御醫這才回神，臉上終於有了正常人的反應，竟是一拱手，磕磕絆絆道：「恭喜王爺，賀喜王爺，雖不知到底是何緣法，王妃心結已除，雖是身子骨兒仍是極弱，絕沒有性命之憂，小心調養的話，說不好病根也可除去。」

「當真？」齊灝驚得嘴巴都要合不攏了。娘親纏綿病榻十多年，別人不知道，自己卻明白，全是因為當初聽聞她那孩兒夭折所致。十多年來，自己也曾想盡千方百計要解了她的心結，可全不奏效，只有自己明白，娘親有多固執！

怎麼竟會一日之間就自己想通了？又想到另一奇事——莊子閒置了那麼久，竟不知道，有那麼優良的一處溫泉……

知道娘親不但沒事，相反還有痊癒的希望，齊灝只覺壓在心頭這麼多年來的巨石一下落了下來，命人喚來香紋，想要問一下到底是怎麼回事。

卻被香紋一句「多虧了扶疏小姐和明遠國師」，驚得連手裡的茶碗都給打翻了。

明遠國師也就罷了，可扶疏——

「妳剛才說誰？扶疏?!」

「是啊！」香紋嚇了一跳，忽然想起什麼，忙又磕了個頭道：「原來小王爺真的識得她嗎？怪不得扶疏小姐說，跟您也算是故人了。」

「什麼叫『也算是』——」聽這語氣，十有八九，真是扶疏那個丫頭了！也只有那丫頭，才會絲毫不把自己這個天潢貴冑放在眼裡；若是旁人，便是八竿子打不著的，還會巴巴地跑來套近乎，偏是這丫頭，每一回都是自己往她跟前湊。

可相比起這一點點的不滿，齊灝現在卻更想一下就飛過去——

這小丫頭可真是狠心，這麼多年了，連派人給自己送個報平安的消息都不曾！不知道自己擔了多久的心嗎?!聽說當初中毒頗深，已是性命垂危，自己還以為……

虧自己傷心了這許久，還以為這一世再也見不著了，卻沒料到，丫頭不但成功解毒了，還和自己比鄰而居。

重重地喘了口氣，齊灝急不可耐地再次向香紋求證。「她真說自己叫『扶疏』？還說，和我是故人？」

實在是齊灝的神情太鄭重了，香紋心裡也有些害怕，卻是對扶疏的身分更加好奇——即便是對著皇上，也沒見小主子這麼無措過，難道那叫扶疏的女孩子，真是什麼了不得的人物？可主子身分已經這般貴重了，她就是再了不得，也不可能比得過皇室啊！這般想著，竟是越發迷惑，當下只是重重點頭道：「扶疏小姐確是這般說的！還有那溫泉，也是扶疏小姐找出來的……」

「是她說的？那就不會錯了！」齊灝先跑到裡間看了一下，確定娘親真是睡著而不是昏過去了，又探頭往外看了下——已是午飯時分，這時候貿然登門，委實有些莽撞。

坐下來拿起一本書，卻是無論如何都看不進去，索性起身，在房間裡來來回回轉了好幾圈，最後還是一跺腳，吩咐道：「備馬，我要去看看扶疏！」

扶疏？香紋腳一趔趄——聽這語氣，何止是熟悉！

莫方和莫平也一臉興奮地跟了上去——有扶疏小姐在，看那傲得不知道自己是誰了的神農山莊還怎麼拿喬！

哪知還沒出莊門，就見王福帶了群侍衛匆匆而至。

「賢王殿下，宮內有旨意——」

齊灝無法，只得站住，問道：「什麼事？」

「皇上有旨，宣王爺速速進宮。」王福臉色有些白，待齊灝接過旨意，才小聲道：「皇上今兒個不知道怎麼就到了行宮別業，驚怒之下，昏厥過去；三皇子急請那位姬公子，派去之人回來卻說，姬公子因被人羞辱，急火攻心之下，已然臥病在床；還有南安郡王齊淵帶了姬青崖、姬木枋等人回來了。」

「齊昱——」齊灝眼中幾乎要噴出火來。雖然王福只是這般描述，可齊灝卻知道，這三條全是衝著自己來的！

明明之前自己各方面都安排到了，若非有心人指引，皇上根本不可能到那處已然荒蕪的別院去；至於後面兩件，更確定無疑地是要針對自己——所謂姬青雨臥床不起，無疑就是一種變相的威壓；至於沒和自己商量就讓齊淵帶了姬青崖等人回來，更是明白無誤地要打自己的臉！

「莫平、莫方，你們兩個代我去鄰莊拜訪——」想了想又道：「若真是扶疏姑娘，把眼下情形告訴她，記得，還有方才王福的話，也一併說與她聽。去或者不去，全憑她自己決斷。」

之前在連州城，若非幫自己尋藥，她也不會被姬青崖等人給盯上，扶疏本來還應該快快樂樂的，絕不會遭逢那般大難！

現在要對上的仍是神農山莊，除此之外，還有一個皇子，一個南安郡王，若是扶疏不願施以援手，自己也是完全能夠理解的。

旁邊的王福聽得一頭霧水——這山上還住著什麼不得了的大人物不成，怎麼王爺這般小心？卻也不敢相問，趕緊跟上齊灝往行宮方向而去。

莫方、莫平愣怔半晌，齊齊調轉馬頭，繼續上山——

哪知出來的仍是之前的那個管家。

「扶疏小姐不在莊裡？」兩人的神情失望無比。

「是啊。」管家依舊笑呵呵的，探頭看了下兩人來時的方向。「你們是賢王府的？」

「是。」莫平點頭。「我們正是在賢王手下伺候，我叫莫平，他叫莫方，當初多蒙小姐出手搭救，再沒想到這山上新搬來的鄰居就是小姐。敢問管家，能否見告扶疏小姐去了哪裡？或者什麼時候才能回返？」

「原來是兩位大統領。」一向習慣了把小主子當成個「易碎品」護著，突然聽人用這種無比崇拜的語氣說起自家小姐，管家意外之餘，更是無比的驕傲。

算了，之前小姐也交代過，若是賢王府的人來尋，把自己的行蹤告訴他們也無妨，便也就不再隱瞞地道：「小姐是去了宣華城，兩位若是無甚急事，不然先到莊裡小坐片刻，說不好小姐就會回轉。」

「這樣啊——」聽管家這般說，莫平兩人明白，看來方才並非是搪塞之語，扶疏小姐是真不在家，神情不由很是失望。「就不叨擾管家了，我們還有事，告辭。」

兩人離開陸家莊園，卻是並沒有回去，商量了一下，仍是覺得要想解了王爺目前的困局，最好還是請動小姐出馬，眼下雖然不知道去哪裡尋人，也還是去宣華城轉一下的好，說不好能提前遇上呢。

第六十七章　冤家路窄

此時，阿扇正服侍著扶疏要往天清食府而去——

聽說食府裡新到了鱖魚，味道最是鮮美，扶疏早就想要品嚐，因此今兒個一到宣華城，阿扇就忙忙地命人先去訂好了一個雅座。

又伸手拿了頂軟帽，準備等扶疏從車上下來，就幫著戴上；哪知扶疏腳剛沾著地面，便又有兩頂轎子在旁落下，轎後的僕役一窩蜂地湧上前來伺候，阿扇一個不防，登時被撞了一下，連帶著手裡的軟帽也掉落地面。

「喂，你們怎麼回事？」阿扇顧不得拾帽子，忙忙地上前去護住扶疏——小姐體弱，可不要被擠著才好。

本是一句很尋常的抱怨，卻不料恰好被從第一頂轎子裡下來的女子給聽到，那女子臉一下沈了下來，陰沈沈地往扶疏主僕身上瞟了一眼，神情忽然一怔，竟是快走幾步，無比厭惡地盯著扶疏道：「竟然是妳?!」

第二頂轎子裡的人也下來了，竟也是個和之前女子差不多大的女子，看到扶疏也微微有些愣神，然後神情一變，趕緊上前，小聲勸道：「表姊，大庭廣眾之下，還是不要生事的好。」又不住地給扶疏使眼色，示意幾人快些離開。

前頭那位女子瞄到表妹的反應，臉色頓時難看至極，尖聲道：「嘉芳，虧妳還是堂堂宣華太守小姐，怎麼如此膽小怕事？妳怕的話就趕緊走，卻也不要妨礙到我！」

「是妳們——」阿扇頓住話，這會兒已然認出，眼前的人不是旁人，正是前些時日在桃花林裡遇到的那幫公子、小姐。特別是眼前這女子，最是囂張不過，嘴巴又毒，還以為不會再碰見他們了，哪想到竟會在食府門前遇上。

「認出本小姐是誰了？」龔慈芳一抬下巴，神情越發得意而傲慢。那日桃花林裡，這女子竟然比自己還囂張，還敢縱容手下辱罵自己兄妹，從小到大，從沒人敢這麼放肆過。

這還不算，連帶地秦箏也因這女子厭了自己等人，聽兄長說，他去秦箏府上拜訪，卻屢屢吃了閉門羹。中間自己可聽說過，說是秦箏這段時間一直在尋找一個女子，用腳趾頭想也知道，定然就是眼前這個賤人。

果然是天堂有路妳不走，地獄無門自來投，竟然叫自己在這裡給碰上了！敢挑釁自己的威嚴，還想搶薛瑤小姐相中的男人，今兒個，本小姐一定會讓妳死得很難看！

扶疏眉頭微蹙，神情已是有些不悅——不想生事是一回事，可一而再、再而三地被人挑釁又是另一回事，眼睛毫不避讓地看向龔慈芳，淡淡道：「讓開。」聲音並不大，卻自有一種懾人的威嚴。

龔慈芳心裡忽然有些慌張，她旁邊那位叫嘉芳的女子也是一愣，場面頓時靜了一下。

還是龔慈芳旁邊的女子先回過神來，看向扶疏的眼神中滿滿的全是歉意，又忙忙地抱住龔慈芳的胳膊往後拖。

「表姊，妳不是要來嚐天清食府的鱖魚嗎？咱們快進去吧——」聲音裡明顯有著哀求的意味。

話音未落，卻被龔慈芳一下用力甩開，明顯因為方才被扶疏的威勢嚇到而有些惱羞成怒，竟是連女子也一併遷怒。「王嘉芳，我的事，妳少管！」

王嘉芳明顯沒料到龔慈芳竟然會出手推她，身子一趔趄，一下撞在扶疏的車轅上，虧得扶疏一把扶住，才不致摔倒。

到了這般時候，王嘉芳就是個泥性人兒也有些惱火，正色道：「慈芳表姊，這裡可不是南安郡，也不是妳龔家的將軍府——」

看王嘉芳發火，龔慈芳滯了一下，卻明顯更加憤怒，當即打斷王嘉芳的話，陰陽怪氣道：「叫什麼表姊！妳心裡但凡有姨母一分一毫，也不會這麼胳膊肘往外拐！姨母面前一口一個表姊叫得挺親熱，原來全是口是心非！妳放心，似妳這般兩面三刀之人，本小姐才不屑和妳親近，今兒個這人我是一定要帶走的，識相的就閃開，不然，別怪本小姐翻臉不認人！」

扶疏聽得一陣愕然，這龔慈芳腦子有毛病吧？哪有這麼和表妹說話的！怎麼聽怎麼覺得這對表姊妹之間古怪得緊。

「妳——」王嘉芳頓時一陣氣苦。

自己和兄長年幼之時，娘親便撒手塵寰，然後很快，爹爹又續娶新人，娶的就是龔慈芳的姨母。這麼多年來，自己和哥哥一直養在老家，陪伴在祖母身側，還是去年父親到了宣華太守任上，才把自己和兄長接了過來。

許是自己兄妹已然長大，繼母待自己兩人雖是客氣卻並不親近，倒是年前這龔慈芳兄妹來了後，跟繼母更像是一家人，連帶地龔家兄妹在太守府裡，比自己和兄長也更像太守府的公子、小姐。王嘉芳越想越是難過，竟一下紅了眼圈。

「小姐可是撞到了哪裡？」扶疏怔了一下，這會兒也明白，兩人雖是一道的，卻明顯不是同路人，又感念王嘉芳極力維護自己，就想要扶著王嘉芳到自己車上去。「不然看一下，可不要傷著才好。」

龔慈芳卻是越看越礙眼，簡直頭都要氣炸了，更加不忿兩人竟是聯合起來要一起對付自己的情形，冷笑道：「這會兒知道怕了？想要巴結宣華太守的小姐了？晚了！敢惹了本小姐，巴結誰都沒用！來人——」

王嘉芳嚇了一跳，忙忙地推著扶疏離開。「小姐聽我一句勸，趕緊離開這裡——」龔慈芳這樣的刁蠻脾氣，鐵定會把這女子帶走交給她哥哥龔明亮。那日和這女子分別後，龔明亮可是一直對面前女子念念不忘，真落到他手裡，不定會出什麼大事呢！

沒想到王嘉芳竟是如此執迷不悟，到這個時候了還要偏幫外人，龔慈芳一指扶疏。「先捉住這賤人！賤人，敢和本小姐作對，定叫妳這賤人生不如死——」一語未畢，自己兩條胳膊卻一下被人架住，緊接著臉上結結實實地就挨了一耳光。

「妳說，誰是賤人？」扶疏冷聲問道。

「呀，小姐——」阿扇也回過神來，慌忙去看扶疏的手。「要打人奴婢就行，這樣的賤人，怎配得上小姐親自出手！」

「妳——」龔慈芳下意識地想要捂臉，卻後知後覺地發現竟是被人死死扯住胳膊，又聽見阿扇說的那番話，好險沒氣暈過去。「妳、妳們，是哪裡來的匪人！竟然連我也敢打，妳們可知道我是誰——」又回頭衝著身後那幫明顯也嚇傻了的隨從道：「還愣著幹什麼，把這群匪徒全都拿下！」

這些隨從可全是自己將軍府裡的親兵，最是勇武，而對方不過六、七個人罷了，今兒個非得狠狠地教訓這群人不可，不然，就出不了心頭這口惡氣。王嘉芳也沒料到扶疏竟敢先出手打人，嚇得臉都白了，一迭聲埋怨道：「讓妳走怎麼不走，還嫌事情鬧得不夠大嗎？妳知道她是誰嗎？也敢隨便動手打人，現在可怎麼好，我就是想幫妳，怕也——」

王嘉芳正急得原地不住轉圈，卻被扶疏一把抓住手，忍笑道：「嘉芳小姐，妳看——」

王嘉芳被迫站住，順著扶疏手指的方向看去，卻是一下張大了嘴巴——不過一個瞬息間，場上已然恢復了平靜，除了對面女子的隨從和自己外，所有人已經全趴下了！

「耶？」王嘉芳半晌才回過神來，卻是急得連連擺手，簡直有些語無倫次了，半晌一跺腳。「不是！妳這人怎麼不聽勸，怎麼非要把事情鬧大，真是忒也糊塗！這些人有什麼？不過是些下人罷了，關鍵是——」

這宣華城想要護著龔家的人可不只宣華太守府，比方說世子齊鳴，甚至於三皇子齊昱，怕都是會為龔慈芳出頭的！別說對方不過小門小戶的平頭百姓，就是出身仕宦之家，也只有吃癟受屈的分！

「王嘉芳，不要貓哭耗子假慈悲！我這就回去，妳們這些賤人一個——」龔慈芳從小到大哪受過這種委屈，瞧那模樣，明顯是連王嘉芳一塊恨上了。

見她還要再罵，阿扇已經上前，掄起了袖子，朝著龔慈芳臉上左右開弓又是兩個耳光。「再敢胡唚，把妳的舌頭割了！」

沒想到對方竟然比自己還橫，龔慈芳嚇得一下住了口，雖是怨毒至極地盯著扶疏幾個，卻再不敢多說一個字。

「告訴妳一句話，不管妳爹是誰，這世上總有人是妳爹惹不起的，妳覺得妳爹厲害，我覺得我爹也不差啊！」扶疏得意洋洋地一扠腰道，有個強大的爹爹讓自己依靠的滋味果然特別爽啊！

「妳們也趕緊走吧——」看龔慈芳帶著人狼狽無比地逃走，王嘉芳猶豫了下，還是決定跟著離開，龔慈芳的性子自己清楚，絕不會善罷甘休的。

「我不怕她。」扶疏笑得溫和，卻又想到一事。「倒是姑娘妳會不會被連累到？」

「我——」王嘉芳滯了一下，神情明顯有些僵硬——回去少不得挨一頓罵，但自己好歹是女孩子，爹爹應該不至於動家法吧？當下勉強衝扶疏一笑。「我沒事，妳還是快走吧，不用管我。」

扶疏笑著看王嘉芳離開，卻照舊和阿扇往天清食府而去。

已經跑到街口的龔慈芳，餘光正好瞄到了這一情景，撫著腫脹的臉低聲道：「走，去尋我兄長！」又擔心扶疏等人等下溜了自己找不到，轉過拐角處又吩咐兩個親隨守候在食府外。

扶疏已然來到食府前，哪知剛要進店，就被掌櫃的給攔住了，說道：「我們這兒吃食已經賣完了，不然小姐再換個地方吧。」

話音剛落，兩個店小二抬著個筐子吃力地從旁邊經過，裡面恰好是一筐活蹦亂跳的鱖魚。

「什麼賣完了？」阿扇頓時有些生氣，指著魚道：「我們主子就是來嚐這魚的，這不是還多著！」

那掌櫃的一張臉頓時憋得通紅，恨不得上前踹那兩個沒眼色的小二一腳，忙忙地抹了把汗，可憐兮兮道：「哎喲，客人，我們也不是不想做你們的生意，實在是——」扶疏看出了其中的蹊蹺，想了想道：「你認識方才那位小姐？」

「對對對。」掌櫃的忙點頭，明明是初春的天氣，冷汗卻不住往外冒，苦著臉道：「我們做生意的怎麼會怕客人上門，可那位小姐卻是不能惹的啊！」

上次那女子是和她兄長一道來的，當時恰好有一對父女來此賣唱，那兄長就對著人家動手動腳，那歌女也是烈性，就撓了那女子的兄長一下，結果兄妹倆就動手把那對父女一頓好打！這還不算，自己看那父女可憐，不過略幫著說了幾句好話，對方竟是差點把自己酒樓都砸了！後來有巡捕房的經過，進來一看是這兩人，嚇得轉頭就走——過後自己才知道，人家的爹可是二品將軍，還有一個宣華太守的姨丈！

扶疏聽得目瞪口呆——見過囂張的，沒見過囂張成這個模樣的！

雖然方才面對龔慈芳時也曾「炫耀」過自己的爹，可真為了吃頓魚就亮出爹爹名號這樣的事，扶疏還真幹不出來。

看掌櫃的嚇成這樣，扶疏也無可奈何，看來這頓魚今兒個是吃不成了。

剛要轉身走，身後又一陣匆匆的腳步聲，扶疏下意識讓開，來人的腳步聲卻在身後止住，竟是齊齊矮身施禮，瞧著扶疏的模樣又是激動、又是難過、又是開心。

「莫方、莫平，見過小姐——」

和扶疏抽高了的身形不同，莫方、莫平卻是幾乎沒有什麼變化，扶疏一眼就認出兩人，忙擺手道：「莫方、莫平？快起來——」

「哎——」瞧著眼前的美麗少女，莫方、莫平眼睛都有些紅了——兩人初時都蒙受過扶疏的恩德，莫平是扶疏直接救過的不說，莫方也在保護著扶疏去為齊母尋藥的過程中和扶疏兄妹建立了深厚的感情，後來聽說扶疏被鄭家人暗算，兩人都憋了一肚子氣，更是悄悄背著齊灝不止一次去尋過鄭家的晦氣。

可再怎麼著又如何，那個精靈一般的女子卻再也見不著了！

兩人起身卻不忙著和扶疏說話，反而齊齊看向店掌櫃，也不多說，從手裡拿出賢王府的腰牌在掌櫃面前一晃。「你們食府好大的面子啊，竟是連小姐這樣尊貴的人也敢攔？」

那掌櫃的本來剛長出了一口氣，聞言好險沒嚇趴下——

老天爺，方才那個二品將軍之女已經覺得來頭夠大了，卻沒料到這一位更跩，卻是賢王府的人。

那腰牌明顯表明，這兩位可是賢王府的侍衛統領，連尋常官員見了怕也會退避三舍的，卻竟然要給這女子磕頭，豈不是說，這女子的身分怕是更加深不可測?!

怪不得，絲毫不怕剛才那個刁蠻女人！

王嘉芳雖是緊趕慢趕，卻仍是比龔慈芳慢些，剛進了府，就聽見後面一片擾亂聲，心裡頓時就是一沈。

果不其然，剛進了後宅，就看見龔慈芳糾集了一批家丁，忙要上前攔住，卻被龔慈芳用力一把推倒在地。

「好表妹，妳夥同外人把我打成這樣，姨母可是正等著妳去解釋呢！」說完冷笑一聲，連同早已等在外面的龔明亮，朝著食府就打馬而去。

一時大街上的百姓紛紛走避。

那食府掌櫃本就一直提著心，這會兒看到突然衝過來一大群人，又看到衝在最前面的可不就是上次砸了自己食府的那個姓龔的男子，嚇得臉一白，一轉身就往樓上跑，待來到扶疏的雅間外，輕輕敲了下房門，幾乎帶著哭音道：「客人，那個龔小姐，她帶了人，正往食府而來——」

「知道了，你下去吧，保管食府無事就是。」扶疏的聲音在裡面響起。

店掌櫃的略略愣了一下——不知道是不是錯覺，明明方才那位小姐瞧著興致還挺高的，怎麼這會兒聽著似是有些不悅啊？

不得不說生意人察言觀色的本事了得，扶疏這會兒確是不開心，甚至，有一種說不出的心煩意亂和躁怒；無他，只是因為扶疏方才再一次從莫方口中聽到了那個熟悉至極又厭惡至極的名字——

齊淵。

上一次在天喬寨中聽說齊淵竟然利用自己塑造了他「情聖」的形象，不但逃脫了懲罰，甚而現在還成了南安郡王，扶疏就噁心得不得了。哪裡想到現在竟又再一次聽莫方兩人說起這個名字，而且更沒有料到的是，他竟然也到了宣華。

莫方和莫平有些惴惴不安——扶疏小姐方才還是好端端的，怎麼這會兒工夫情緒忽然這麼低落，回想方才言語，好像也沒說什麼呀。

兩人面面相覷之餘，半晌莫平才道：「眼下情形，卻是三皇子齊昱和南安郡王齊淵以及神農山莊勾結到一處在朝中興風作浪……小姐，王爺臨走時吩咐我們說，到底要怎麼做，全賴小姐自己決斷，若覺得為難，便不插手也是使得的。」

畢竟扶疏小姐的身分，也就是一介平民罷了，沒有什麼烜赫的背景，怕是真對上那些王公貴族，少不得要受拿捏……

「我去——」扶疏重重呼出了口濁氣，也是時候和齊淵做個了斷了。「咱們下去吧，我方才可是跟掌櫃的保證過，絕不會連累他這食府的。」自己這會兒心情不好，龔家兄妹還非要上趕著湊上來，也只好自認倒楣了！

店掌櫃這會兒正在食府外不住徘徊，心裡更是急得熱鍋上的螞蟻似的——明明自己方才已經報了信，怎麼樓上的客人還不下來？

眼看著龔家兄妹已經來至店前，難道真要眼睜睜地瞧著他們把自己的店給拆了嗎？正自膽戰心驚，忽聽身後傳來一陣腳步聲，店掌櫃回頭瞧去，頓時長舒了口氣——可不正是樓上雅間的客人。

衝在最前面的龔明亮最先看清扶疏的模樣，先是一愣，繼而大喜——

今日扶疏穿了件淺粉色的春衫，雖是眉眼輕蹙，卻是兩腮殷紅，美麗竟是更勝往昔。此時又不用顧忌外人眼光，龔明亮的眼神瞬間變得色迷迷的，就那樣直勾勾地瞧著扶疏，涎著笑臉道：「美人兒，我姓龔，我爹是二品將軍龔酉楠，不知美人兒貴姓啊？」竟是一副典型的花花公子當街調戲美人兒的調調。

龔慈芳一聽就氣不打一處來，狠狠地瞪了扶疏一眼，然後不耐煩地衝龔明亮道：「大哥，你那是什麼語氣，不相信我的話不成？我不是已經跟你說過了，方才對我動手的就是她和她的手下！」這女人的手下有多剽悍，自己方才已經領教了，大哥竟還想著和人套近乎！

「哪有！」龔明亮忙收起笑臉——今兒個多虧了妹子，才能找到這個心心念念的小美人兒，為了表示對妹子的感謝，怎麼著也得先讓妹子舒服了。只是這麼好看的人兒，滋味一定好得不得了，真是被打得和妹妹一樣成了豬頭，豈不是大殺風景?!

眼珠轉了轉，龔明亮輕咳了聲道：「美人兒妳好大的膽子，竟敢和我妹妹動手！現在，美人兒妳立刻過來，給我妹子磕頭，等我妹子肯原諒妳了，再起來——」冷冷地瞟了一眼扶疏身後的幾人。「至於妳的那些手下，敢對我妹子出手的人，用了哪隻手，就自己砍斷那隻手！」又獰笑著加了一句。「爺要是自己動手了，保管你們所有人都別想囫圇著離開！」

龔明亮嘴裡說著，一揮手，就有兩個如狼似虎一般的家丁撲上來，想要扯扶疏。

沒想到世上還有這般不知死活的人！不只青岩等人，莫平、莫方也差點給氣樂了。

只是對方既然是官宦之後，當然要自己出頭才好。

兩人二話不說，先是上前一步，一腳踹開兩名家丁，然後身形一縱，朝著龔明亮的馬直掠而去。

龔明亮還沒反應過來，就被兩人一左一右箍住胳膊，從馬上狠狠地摜了下來，一下撞在食府門前的臺階上，正好磕著鼻梁，耳聽得哢地一聲響，十有八九鼻梁骨是斷了，更有鼻血嗖地一下就「飆」了出來。

「啊——」龔明亮這才後知後覺地警醒過來，只覺頭部一陣「嗡嗡」作響，下意識地一抹臉，手上滿滿的全是血，嚇得「嗷」地一聲，殺豬般慘叫起來。「快來人啊，有匪人當街殺人了！」

後面的龔慈芳臉一下白了，之前這些人敢對自己動手，龔慈芳還以為是自己沒說清爹爹是誰的緣故——畢竟，再怎麼打宣華太守的旗號，也只是太守府的客人不是？

可當時對方出手實在太快，自己根本就沒來得及報出家門，至於後來被打了後又怕報出家門把仇人給嚇跑了，自己找不到人報仇，才一直沒說；哪裡想到兄長明明已經說清楚了自家來歷，對方竟還敢動手！這麼大膽，難道竟真的是匪人不成？

那些人的手段自己可見識過，這樣一想，龔慈芳嚇得拚命往後縮，指著扶疏等人顫聲道：「快，你們一起上，把這些人全都給我抓住——」

幸好這回帶的人多，足有方才的幾倍，這麼多人，不可能打不過對方區區幾個人吧？只是不過瞬息，便明白自己的想法有多天真，人多又怎樣？明明平日裡個個不可一世得緊，現在倒好，全成上不得檯面的軟泥巴了，竟是不過一會兒工夫就倒下了一半。

龔慈芳嚇得調轉馬頭就趕緊往回跑——匪人這般厲害，只有趕緊回去搬救兵了！

「小姐——」莫平看了看掉頭狂奔的龔慈芳，有些摸不清扶疏的態度。

「讓她去。」扶疏冷笑，想了想隨手指向一個被打得躺倒在地的家丁模樣的人道：「你們家大小姐現在如何了？」

「大小姐？」那人明顯有些被打懵了，一指龔慈芳逃跑的方向。「大小姐在那裡，你們快去抓吧，小人、小人再也不敢——」話音未落，就被扶疏打斷。

「不是她，是太守府的大小姐——」

「啊？」那家丁這才反應過來，突然想到，來時好像聽人說大小姐勾結外人整治表小姐，難道竟然是真的？倒不知道，那麼個嬌嬌弱弱的大小姐，竟還有這麼厲害的朋友。當此情形之下也不敢隱瞞地說道：「聽說、聽說大小姐，被弄到祠堂，受家法了。」扶疏本來已經決定這就要和莫方、莫平去行宮走一趟的，聞言又站住腳，臉色一下更加難看，說道：「咱們且等片刻！」

看莫方、莫平有些摸不著頭腦，阿扇忙上前，把方才發生的事小聲說了一遍，兩人一聽就明白，扶疏這是要給那個王嘉芳出頭了。

莫方當下衝扶疏一拱手道：「小姐放心，事情交給我們便成。」

對付官場上的人，自然還是自己出手更有威懾力；至於扶疏，手下再能打，可這裡畢竟不是天喬寨，為免留下後患，還是以賢王的名義出頭更好。

明白兩人的好意，扶疏也不點破——不管是對於爹爹而言，還是雁南也罷，自己就是把天給捅個窟窿，他們若是知曉了，怕是不但不會埋怨，還會興高采烈地跑來幫著捅得更大些，這樣的小麻煩是根本不會放在眼裡的。

便是自己，也沒把什麼宣華太守當一回事……

正自胡思亂想，長街盡頭又一陣凌亂的馬蹄聲，宣華太守王通正帶了一隊官兵匆匆而來——

午休回家，不過片刻間卻聽說女兒竟然勾結外人暴打了龔慈芳，王通初時不信，奈何下人們異口同聲，更有當時陪著去的人也都站出來作證，說是嘉芳確然同那女匪徒關係甚好的模樣。

王通當時就出了一身的汗，雖是不甚喜歡龔家這對兒女，可好歹對方可是借住在自己家裡，若然出了什麼事，王家便有不可推卸的責任；再說和女兒有關——本著要給龔家一個交代的心理，竟是真的就對王嘉芳行了家法。

哪知女兒那邊還昏倒在祠堂裡呢，龔慈芳這邊竟然又跑了回來，說是那些匪徒竟然連龔明亮也給抓了！

龔明亮可是龔家三代單傳，不然也不會嬌慣成這樣，要真出了什麼事，怕是龔西楠非發瘋不可。

這般一想，王通驚得點了一隊官兵就沒命地跑了來，一路上設想過種種情形，唯一沒想到的是會看到這樣一幅畫面——

那據說是匪首的女子，正四平八穩地在食府門前的一個太師椅上坐著，向來不可一世的龔明亮則老老實實地跪在臺階下，他不老實也不行啊，只要他動一下，立馬就會有大腳丫子踹下來，而他身後，則是東倒西歪躺了一地的龔府親隨和自家家丁。

畢竟見多識廣，王通當時心裡就咯噔一下，明明官兵已經到了，對方怎的如此鎮定？

龔慈芳已經一馬當先衝過來，指著扶疏等人囂叫道：「姨丈，就是他們！快讓人把這些無法無天的匪徒抓起來！」

「慈芳，住口。」王通說道，又轉向扶疏等人，試探著道：「本官乃宣華太守，不知各位是？」

一旁的龔慈芳卻是不幹了。「姨丈，您沒看到我哥被打成什麼樣嗎？我爹可是最疼我哥——」話音未落，卻被莫方打斷——

「這麼一個廢物，會是龔西楠將軍的兒子，妳開玩笑吧？」說著臉一沈。「王大人，他們口口聲聲說是你的外甥和外甥女，此言可真？」

說著和莫平一起摸出腰牌，遞到王通面前。

「便是你宣華太守，如此一而再、再而三地對我賢王府最尊貴的客人不敬，眼裡可還有我家王爺？」

「賢王？開什麼玩笑？」龔慈芳最先叫了開來。「你們要是賢王府的人，那我就是——」

話音未落，卻被王通狠狠地扯了一下，龔慈芳一個站立不穩，「撲通」一聲跪倒在地，連帶著王通自己也跪在地上——

方才就看著眼熟，現在看了那腰牌，立馬明白，面前確是賢王的兩位侍衛統領莫平、莫方兩人，有了這個認識，簡直連看都不敢看扶疏了。

能讓賢王駕前兩大紅人拚命巴結的，身分不定更是如何尊貴呢，說不好，就是未來的賢王妃。自己這外甥倒好，竟是連賢王府未來的主母都敢調戲，明顯是找死啊！而龔慈芳更好，都這般時候了，還敢不要命地往上湊！

幸好龔慈芳身旁跟著的還有健壯僕婦，當即紅著眼睛道：「還不堵上表小姐的嘴，讓她跪在這裡給貴人道歉。」

「倒是不必給我道歉。」扶疏神情卻不見絲毫緩和。「龔小姐真正該道歉的是嘉芳小姐。方才多虧嘉芳小姐仗義出手，不然龔小姐怕不單單是辱罵我就能甘休的！對了，王大人，嘉芳小姐都是為了維護我，才會得罪這位龔小姐，更在當時屢屢被龔小姐推打，還請太守代我轉達謝意，告訴她，改日，我定親自登門拜謝。」說著施施然起身。「莫方、莫平，咱們走吧。」

莫方、莫平等人忙跟了上去，特意揚聲道：「王大人，王爺已然在行宮中久候小姐多時，這邊你處置一下，等王爺明兒問起時，你再把具體情形解釋一下吧。」

說著亦步亦趨地跟上了扶疏，那般畢恭畢敬的樣子，竟是和在賢王面前毫無二致。

王通身子一軟，就癱在了地上，這會兒哪裡不明白莫平話裡的怪罪之意——正是由於自己這不成器的外甥，才使得王爺久候貴人不至！更要命的是先有外甥女辱罵貴人在先，又有外甥攔路生事在後，自己要是處理不好了，就必得承受賢王的雷霆之怒。

相比起賢王來，自己那個便宜的二品將軍連襟算什麼啊！

對了，嘉芳！眼下看來，女兒怕是唯一能救命的稻草了，可恨自己竟然聽信姚氏的話，重責了女兒！

那貴人不可能也沒必要說謊，明顯也是第一次同女兒接觸，姚氏卻胡說什麼兩人早有勾結——女兒要真是勾結上這麼厲害的貴人，那自己也算燒了高香了。

由此看來，必是姚氏騙了自己，既然這次騙了自己，那之前……

王通越想越怒，一跺腳，命人架起龔明亮兄妹，怒氣沖沖地往太守府而去……

第六十八章　聯手舉薦

「那行宮別苑到底因何荒蕪，是否已經有了結論？」皇帝齊珩強撐著歪坐在龍案之後，精神明顯很是不濟，不過說了一句話，喘息就有些粗重。

旁邊兩個一直侍立在旁的御醫嚇得忙上前一步，一副隨時準備衝上來搶救皇上的架勢。

「父皇息怒——」齊昱做出一副憂心不已的模樣，瞟了一眼同樣神情緊張的齊灝，心裡卻是不住竊喜，瞧父皇眼下的情形，明顯氣得不輕，即便是最得父皇寵愛的侄子又如何？竟敢因為一己私怨就抄了報恩寺，鎖拿了那麼多和尚，連帶地更把神農山莊姬青雨公子氣得臥病在床，這一樁樁、一條條，不用自己說什麼，只要稍微暗示一下，那些御史就能把齊灝給奏死！

「神農山莊的姬公子昨兒個已經趕到宣華，據姬公子言講，苑中物事出現異狀，應和地氣有關，雖是處理起來有些麻煩，可也不是全無法子。」

「如此說來，青雨已經有了解決之道？」皇上眼睛頓時一亮，近段時日以來身體日益衰弱，所以才提早從皇城來至宣華，本想將養一下身體，結果卻出了這檔子事。

若是平日裡身體康健也就罷了，偏是體弱病虛時見到這種正值春日卻萬物枯死的妖異之狀，齊珩第一個念頭就是上天對自己的一個警示——怕是自己來日無多了！重重憂思之下，病情竟是有加重之嫌，現在聽齊昱說姬青雨有法子解決，精神頓時好了些。

「是。」齊昱點頭，隨即說道：「只是青雨言講，今年災情頗多，其他神農山莊人分身乏術，需要已經發配到南疆的姬青崖等人從旁協助才好，又有南安郡王齊淵正好來宣華面聖；本來想瞞著父皇解決別苑之事的，兒臣就斗膽作主，讓他帶了姬青崖、姬木枋兩人一道前來，一旦事畢，再著齊淵帶回南疆便是，倒沒想到還是驚動了父皇，兒臣有罪，還請父皇責罰。」說著離座跪倒，一副誠惶誠恐的模樣。

要姬青崖和姬木枋從旁協助？皇上明顯就怔了一下——當初處置姬青崖等人時，自己說得清楚，令人犯此生此世不得回返中原。轉念一想，罷了，齊昱畢竟是自己兒子，擔心自己身體的前提下，有些非常舉措也是不可避免的，只是自己記得不錯的話，姬青雨和姬青崖好像是親兄弟吧？

算了，神農山莊的人才實在太少，若那姬青崖兩人真是有能為的，能協助姬青雨處理好別苑之事，倒也不是不可以寬宥的。

齊珩當下微微點頭。「朕知道了，你起來吧。」環視一圈，卻沒有發現姬青雨的身影，不由詫異。「青雨已然有了解決之法，怎麼這會兒人卻不在這裡？」

齊昱等的就是這一句話，臉上立時浮現出沈痛的神情。「倒不是姬公子不盡心，兒臣也是今兒個才知道，姬公子如今臥病在床，竟是連路都走不成了。」

「病了？怎麼會！」齊珩立時聯想到姬青雨之前去了別苑探查的，難不成——「和別苑有關？」

「倒也不是。」齊昱忙搖頭，卻是招手叫了侍立一旁的一名御醫過來，向齊珩解釋道：

「因事關別苑，兒臣聽說後，就立馬派了御醫前往。李志，你過來跟父皇說一下吧。」

那太醫聽點到自己的名字，忙跪倒。「啟稟皇上，那姬公子的病並非邪祟所致，瞧著倒像是急火攻心、氣怒交加之下，肝肺受損以致虛火上升才會臥病在床。」

「也就是說青雨是受了氣才會病的？誰這麼大膽，敢對神農山莊的人不敬？」齊珩蹙眉打斷太醫的話，明顯就有些不悅。

「這——」齊昱似是有些為難，半晌看一眼仍是面無表情的齊灝。「兒臣也不甚清楚，只聽姬家僕從所言，好像是從報恩寺被趕出來後，到了驛站，就病倒了。」

「又關報恩寺什麼事？還牽連上了姬青雨？」齊珩卻是越發糊塗。

齊昱正要進一步說明，一直在外面伺候的王福卻是小跑著來至殿上跪倒。「皇上，明遠大師到了。」

明遠大師？齊昱頓時心花怒放，報恩寺被抄，竟是連明遠大師也驚動了嗎？用腳趾頭想也知道，都是佛門中人，報恩寺被抄，明遠勢必會有兔死狐悲之感，這次趕來皇宮，定然是為報恩寺鳴不平的，有明遠大師出面，立刻就可以給齊灝弄個灰頭土臉。

「快快有請。」齊珩也精神了些，雖是齊昱方才已然明言，說是別苑妖異之事和地氣有關，可有明遠在身旁護持，齊珩還是覺得安心不少。

很快，明遠就在王福的引領下來至大殿之上，齊灝和齊昱同時起身，兩人都是面露笑容。

齊昱略有些不屑地瞥了齊灝一眼——現在知道怕了？當初抄報恩寺的時候，怎麼就沒想到會有這一刻？

要說自己和姬青雨倒也委實不錯——

本來這件事若是由自己口中說出，明面上勢必會得罪齊灝，現在明遠來了，自然就不需要自己再充當惡人了；而且明遠可是世外之人，本就與世俗無礙，他的話，父皇明顯更會聽得進去。

這樣一想，笑得越發慈和，便是態度也殷勤得緊。

齊灝真是又好氣又好笑，到了這個時候，怎麼會不明白這個好堂哥心裡在想些什麼。只是因事出突然，齊昱得到的消息並不周全，他怕是絕沒有料到，其實報恩寺的和尚胡謅時，這位明遠大師也是在場的吧？

明遠已經來至大殿中央，也不下跪，只衝著齊珩一稽首。「阿彌陀佛，明遠見過皇上陛下。」

齊珩哈哈一笑，說道：「果然是大師到了，朕還以為是聽錯了呢。來人，賜座——」

齊昱起身，親自掇了個繡墩過來，放置明遠身側，說道：「大師請坐。」

明遠誦了聲佛號，毫不客氣地就坐了下來。

齊昱微微一滯，卻仍是微笑著退到一邊。

齊珩急於處理完別苑之事，再讓明遠幫自己做場法事，又轉頭瞧向齊昱問道：「你方才所言，報恩寺被抄之事，到底是怎麼回事？」

齊珩的問話正中齊昱下懷，當下故意有些猶豫，看向明遠。

「大師從宮外而來，應該也聽說報恩寺被抄之事了吧？聽說，有人竟然指斥報恩寺的和尚全是妖僧——」口中說著，特意在「妖僧」兩個字上加重了音量——明遠也是佛門中人，怕是最不愛聽的就是這兩個字了吧？能在精明如父皇面前混得如魚得水，這明遠也必然不是傻子，定然知道，接下去該說什麼了。

果然，明遠聞言點了點頭。「原來皇上想知道報恩寺的事情嗎？老衲還倒真知道一些。」

「你且說給朕聽。」齊珩果然很是在意，便是身子也坐直了些。報恩寺的事情竟是連明遠也驚動了嗎？果然是一件大事。

「阿彌陀佛——」明遠高誦了一聲佛號，似是完全沒注意到齊昱迫切的模樣，照舊慢吞吞道：「那日老衲剛好也在，卻是耳聞目睹了整件事情。」

明遠也在？齊昱一怔，來報信的人，怎麼沒有說到這一茬？又偷眼往齊灝那邊瞧去，心裡不由一沈——齊灝雖是低著頭，臉上卻是不容錯認的笑意。

果然，明遠下一句話使得齊昱恨不得上前一腳踹死這個老東西。

「報恩寺人心術不正，說是妖僧委實一點兒也不為過！」

不怪明遠憤怒，好不容易在扶疏面前添了一點好感度，卻又被報恩寺的雜毛禿驢給連累，那丫頭這幾日見到自己就冷嘲熱諷，說什麼天下和尚一般黑，讓自己還是離她遠些好了。丫頭自己不能得罪，至於那些所謂豬一樣的同行，當然要好好收拾了才能出了心頭這口惡氣，也算是替佛祖祂老人家清理門戶了。

「到底怎麼回事？」齊珩也是大為驚奇，實在是很少看到大師流露出這樣鮮明的厭惡情緒，那報恩寺到底做了什麼天怒人怨的事，使得明遠都如此性情大變？

「說起來，還和賢王有關——」明遠轉頭，無比溫和地朝著齊灝點頭致意——這小子看來同扶疏那丫頭有些交情，自然不能得罪。

後面的齊昱看得吐血，自己方才那般巴結，也沒見這老禿驢給自己一點好臉色！

「灝兒，到底是怎麼回事？」聽說和齊灝有關，齊珩臉色也有些不好看。

齊灝離座跪倒，衝著齊珩磕了個頭。「其實是家母請了報恩寺的和尚到驪山的別苑做一場招魂法事……」當下把覺非等人說的話一一轉述給皇上聽。「家母受刺激之下，當場昏倒——」

話未說完，就被齊珩怒聲打斷，咬牙道：「還把人收什麼監？這樣的妖僧，就合該當場殺了，以儆效尤！」

聽說齊王妃舉行的是招魂法事，齊珩理所當然地認定，要招的自然是自己阿弟的魂，而報恩寺那群混帳竟敢說什麼無魂可招，還暗示自己弟弟合該魂飛魄散，委實不可饒恕！

又轉頭怒氣沖沖地瞪著齊昱道：「你方才說，姬青雨是因為報恩寺被封而急火攻心病倒的，朕瞧著怎麼像是要給報恩寺撐腰啊？先是姬青崖，然後又是報恩寺，這姬青雨，他到底想要做什麼？竟是要拿朕的別苑作為講價的籌碼不成？」

幾句話說得齊昱登時面如土色，本來想找齊灝晦氣的，哪知道事與願違，這把火竟然燒到了自己頭上；好在別苑委實離不開姬青雨，自己小心應對，再派人緊急通知姬青雨，事情應該還有轉圜的餘地。他嚇得撲通一聲跪倒在地，再不敢多說一句話。

「別苑？別苑怎麼了？」明遠蹙了下眉頭，需要神農莊人出面，莫非是和農事有關——扶疏那丫頭也沒什麼背景，現下又因報恩寺得罪了神農山莊，還是找個靠山好。

齊珩並沒有把明遠當外人，當下嘆了口氣。「朕的一處別苑，一夜之間，所有物種盡皆枯萎，所以灝兒才讓人找了那姬青雨來，倒沒料到，會出這檔子事。哎，若是以前的扶疏小姐在世……」神情中竟是無比悵惘。

齊灝愣了下，卻又旋即回神——此扶疏非彼扶疏也，皇上口中的扶疏定然是上一任神農山莊的掌舵人姬扶疏小姐；倒沒料到，時隔這麼多年，竟是仍有這般大的影響力嗎？

明遠蒼老的面容也不由動容，雖是過慣了閒雲野鶴的日子，可仍不得不說，當年在神農山莊的生活卻是自己生命中少有的快樂日子；別看扶疏年齡不大，卻生性坦蕩，又很是睿智，最投自己的脾氣了，卻不料，天妒英才，竟是早早離世。

本以為這一世都再碰不到那麼有意思的人了，卻不料，竟是又遇見了另一個扶疏，還一樣帶著一個叫青岩的僕人……

一番思慮之下，竟是更堅定了無論如何也要保那小丫頭平安的心思，當下微微頷首道：「皇上莫要憂心，老衲之前倒是遇到一位奇人，說不好，可以解了皇上的煩惱。」

「咦？」齊珩方才不過發下牢騷，卻也明白，自己的朝廷是無論如何也離不了神農世家的，現下卻聽明遠這般說，不由大為驚詫——明遠是修行之人，說話從來都是一是一、二是二，方才那番話的意思明顯就是告訴自己，這世上還有技藝堪比神農山莊的奇人存在。可是這可能嗎？千百年來，神農山莊人於農藝上獨領風騷，從來不曾有任何人超過他們！

知道齊珩有些將信將疑，明遠了然一笑，若非親眼見識了小丫頭的非凡才能，自己又何嘗敢相信。抬手一指齊灝道：「賢王當比我感受更深吧？竟是不過在貴莊走了一圈，僅憑眼睛看到的草木種類，便立馬斷言那裡有一處上好的溫泉，這樣的神奇之事，若非親眼瞧見，老衲也定然以為是有人瞎編的！」

「能根據生長植物判斷出地貌？此言當真？」齊珩過於激動之下，一下站了起來——這般神乎其技的能力，自己也就在姬扶疏身上見識過，便是現今的神農莊人，怕是除了莊主之外，都沒有人可以做到。竟是一把抓住齊灝的手，追問：「灝兒，那人是誰？現在何處？」

齊灝頓時有些懊惱，自己可是答應扶疏，一切由她自己決定，可老和尚這一番話，怕是由不得自己了，只得點頭應道：「皇上莫要激動。那人就和灝兒比鄰而居，我也是今日才知曉，原來竟是故人。皇上還記得三年前，臣飛鴿傳書，說是已然把神農令授予一位奇人嗎？」

「記得。」齊珩點頭，好像是有這麼回事，當初齊灝秘摺上說過，只是自己以為灝兒許是因為厭煩神農山莊，說話間怕是有些誇大，後來又不曾再聽灝兒提起過，便也就漸漸拋在了腦後。

現在灝兒又忽然說起這件事，難道是，其實明遠大師舉薦的這人，同灝兒舉薦的竟然是同一人？

「果然是天佑我大齊，有此奇人，朕定要親自見一見。」

旁邊的齊昱臉色卻是一變——三年前就和齊灝走得很近又擅長農藝的人，自己記得不錯的話，好像就是那個累得姬青崖等人發配南疆，連帶地自己外家鄭家也一日之間傾覆的陸扶疏吧？

第六十九章　驚嚇

「什麼？」姬青雨一翻身就從床上坐了起來，簡直不敢相信自己的耳朵。

「齊灝真的又向皇上舉薦了別人？」

「是啊。」鄭祿也是嘴裡發苦，方才三皇子心緒不佳，連帶著自己也受了不少責備。

「那齊灝不會是故弄玄虛吧？」姬青雨仍是無法相信，之所以在皇上面前都敢拿喬，就是認定了神農山莊的技藝放眼整個天下都是獨一分，不只是家族歷代相傳的各種寶貴經驗典籍，更和血脈有關；說句不好聽的話，不是姬氏血脈，就是拚掉老命，也只能懂得些皮毛罷了。

「應該不是。」鄭祿嘆了口氣。「我家主子說，一同舉薦的還有明遠大師，而且主子說聽賢王的語氣，對方很有可能就是三年前累得姬青崖公子被發配的那個陸扶疏。」

「陸扶疏，不過一個十多歲的丫頭片子，又能強到哪裡去？」聽鄭祿如此說，姬青雨卻反倒踏實了，不屑地哼了聲——自己可不是大哥，當初在莊裡，自己就曾多次勸過大哥，讓他靜下心思學些傍身的本事，大哥倒好，卻是一句也聽不進去；說句不好聽的，以大哥的能力，隨便哪個農夫都比他懂得多！

只是明遠大師也舉薦了，倒是很讓人意外——

明遠大師在姬扶疏活著時，和神農山莊一向關係很好，自家族執掌神農山莊，雖不曾再到山莊長住，卻也三不五時地會到山莊中走一遭；也就是近年來，說是四處雲遊去了，才從山莊絕跡，怎麼會就突然另外舉薦了其他人來和莊裡打擂臺？

只是雖然不把那什麼陸扶疏放在眼裡，奈何皇上已經動了肝火，而且萬一那陸扶疏真是誤打誤撞解決了別苑之事呢？

這樣一想姬青雨也坐不住了，匆匆忙忙換上正裝，對鄭祿道：「走吧，咱們去見皇上。」

眼看前面就是行宮口了，其他兩個岔路口也有兩撥人快步走來，看情形，竟也同樣是要進宮的。

鄭祿就有些奇怪──因皇上病體違和，通常這個時候已經打發朝臣下去了，自己和姬公子也就罷了，怎麼還有其他人要進宮？

特別是由北邊來的那撥，自己瞧得不錯的話，緊跟在後面的兩人，可不就是前兒整治得自己很慘的賢王座下兩大統領莫方、莫平兩人？

更不可思議的是，自己印象裡，這兩人平日裡可都是高傲得緊，現在倒好，竟是如此恭敬地跟在一個女子的身後！

沒錯，就是個女子。一開始鄭祿還以為自己看錯了呢，甚至下意識揉了好幾下眼睛，最後還是無奈地承認，那個氣場強大，使得莫方、莫平都俯首的人，不但是個女子，而且瞧著年齡也就十三、四歲罷了。

鄭祿平日裡也曾自詡見多識廣，不說別的，起碼皇上身邊有些頭臉的王公大臣家裡，也都是去過的，沒聽說過哪家有是這般年齡、長相可人又和賢王府交情很好的女孩子啊！

正自琢磨，身旁的姬青雨卻已經快走幾步，神情明顯很是驚喜。「大哥，管事——」

鄭祿聞言一驚，卻是左邊路口也走過來一群人，後面的兩人自己不認識，走在最前面的那個雖是身體已有些發福，可依稀還能瞧出昔日尚算俊秀的眉眼，不是南安郡王齊淵，又是哪個？

鄭祿忙也跟著快走幾步，小跑著上前問安。「哎喲，這不是郡王爺嗎？鄭祿給您老磕頭了。」

這齊淵也算是個有能為的，當初和萬歲爺作對的那些龍子鳳孫，不是死了就是發配了，獨獨這恭親王爺，不但還活著，還一路又爬到郡王的位置了。而且瞧這白白胖胖的模樣，明顯也沒有吃過什麼苦頭；更難得的是，現在不但和自家主子好得蜜裡調油似的，還能攀上神農山莊，聽說他現在的王妃，可是實打實的神農山莊小姐，乃是莊主的妹子！

先是神農山莊的姬扶疏小姐，現在又是莊主的妹子，這齊淵還真是好運道，這樣想著就偷眼看向齊淵身旁的女子，心裡不由咋舌——這位長得頗有姿色的貴婦，怕就是出身於神農山莊的姬珍娘小姐了？

齊淵已經笑呵呵地伸手虛虛一抬。「原來是鄭總管啊，快快免禮。」嘴裡說著，已經從隨從手裡拿過一個匣子塞到鄭祿手裡。「本王這兒正好有要送你的一尊小金佛，既然碰上了，就直接給你算了，省得回頭還得找你。」

「哎喲，這可怎麼好！」鄭祿一張臉頓時笑得和花般燦爛——這南安郡王可真是個知情識趣的，回回見面，都會送自己好東西。忙又趴在地上磕了個頭，才起身歡天喜地地上前接過來。「多謝郡王、郡王妃。按理說該奴才孝敬您兩老的，結果倒是奴才得了您的好。」

姬青雨已經和姬青崖、姬木枋兩人寒暄完畢，也忙忙地過來給齊淵夫婦見禮——幾人都是毫無例外，給齊淵行禮之後，又恭恭敬敬給姬珍娘行禮。

姬青崖就不說了，姬青雨則是神農山莊的後起之秀，至於鄭祿，也是有望進位太子的三皇子眼前的大紅人，現今這些人都這般殷勤地巴結自己，眼前種種無疑取悅了姬珍娘——有神農山莊做靠山，這麼些年來，說是要風得風、要雨得雨一點也不為過；即便到了這和大齊皇城有得一比的宣華城，也是處處受人恭敬，所享有的禮遇比起丈夫南安郡王齊淵來，也是不差的。

女子能有這般榮耀，放眼大齊，除了宮中諸位后妃，怕也就是自己了！

姬珍娘心中正自得意洋洋，忽然皺了下眉頭——卻是前方不遠處，一個長相美麗非凡的女孩子，正無禮而「放肆」地打量自己。

女子青春易逝，愛美更是天性，只是要愛也是愛自己的美，卻最不能容忍旁邊有比自己更出色的女子。本來突然瞧見一個長得漂亮還正值荳蔻年華的少女，姬珍娘就有些不舒服，再一看對方服飾，根本就是沒有任何等級的庶民罷了，雖然明白，等閒人家的女孩根本不可能出現在這行宮外，可還是一陣惱火。

不說自己郡王妃的身分，單是神農山莊小姐的出身，就比這世上其他女子都要高貴了！

而這女子竟敢如此放肆地盯著自己，又瞧著即便是對方的僕人也是一副目中無人的高傲樣子，心裡益發不悅。

姬珍娘當下冷哼一聲，衝著鄭祿意有所指道：「鄭總管，這裡是行宮重地，可不是隨便什麼阿貓阿狗都可以來的！你們都是在皇上身邊伺候的，可一定要當心，千萬別讓那些上不得檯面的人，隨隨便便就闖了進去！」

站在對面的正是扶疏。

扶疏也沒想到會這麼巧，竟是在這行宮口碰見齊淵等人。

本來扶疏並沒有認出這兩人來——不得不說時間果然是把殺豬刀，扶疏怎麼也沒想到，當年一直自詡俊秀風流的恭親王齊淵，會變成眼前這胖得和豬一般的模樣。

還有姬珍娘，竟果然就是當初勾引齊淵的那個所謂的表妹珍娘——

齊淵的娘親徐安貞本是罪臣之女，當初先是利用自己娘親結識了先皇，後來更是為了推齊淵上位，多次上門求親，又因齊淵當時待自己極好，爹娘便想著結成兒女親家未嘗不可。

至於這珍娘，則是在自己和齊淵訂親後，才被徐安貞給尋回來的——據說是徐安貞親妹妹的女兒，只是因受家族連累以致生在青樓中。

自己初時還對她頗為憐惜，以為她受盡了苦頭，但凡有什麼好東西，都會著人送一份過去；卻不料，後來竟親眼見到這女人爬上了齊淵的床，更聽到齊淵說此生摯愛唯有珍娘這樣絕情的話！

原來自己和爹娘都被徐安貞母子騙了，說不好這對母子早就和坤方賊人勾結在一起了，什麼表兄妹，全是假的，他們早就知道，這珍娘乃是坤方姬氏叛族之後，所謂甥女、表妹什麼的，全是托詞罷了！

想通了其中關竅，扶疏抬眸毫不避讓地對上姬珍娘的眼睛，一字一字道：「出身青樓的賤人罷了，怕是連阿貓阿狗也比不上吧——」

自打和扶疏相識後，莫方、莫平還是第一次看到扶疏露出這麼絲毫不留情面且尖銳的一面——只是，看對方服飾明明是郡王妃，扶疏小姐出身青樓之說又是何意？

不過，扶疏小姐絕非妄言之人，她既說到青樓，難不成，這看著貴氣十足的女人，其實乃是青樓出身？

扶疏話一出口，不只齊淵，姬珍娘更是臉色慘白——

這麼多年了，便是姬珍娘都忘了自己曾經藏身青樓中！更不可思議的是，明明已是至少二十年前的事情了，這少女，怎麼會如此清楚自己的過往？

本來一直高高在上，現在突然被人戳破曾經不堪的過往，姬珍娘這會兒甚至覺得即便是來來往往的太監，看自己的眼神都有些不對勁。

「妳妳妳——」姬珍娘極力維持的高貴面具頓時碎裂，氣得抖著手指著扶疏，簡直有些語無倫次。「該、該死！抓起來，把她的舌頭拔了，快抓起來！」

王府侍衛不敢怠慢，瞬間就要圍過來，不想一隊大內侍衛忽然衝了出來，不耐煩地衝齊淵等人呵斥道：「什麼人，也敢在此處喧譁！還不快快退下！」

眼看著這群大內侍衛個個凶神惡煞一般，手中兵器更是直指向自己，齊淵也不由打了個寒噤，忙示意姬珍娘住口。不管是昔日做太子時，還是現在當了皇上，自己這個哥哥一直都不待見自己，如今自己還要受他拿捏，行事還是不要那麼張狂的好。

看齊淵等人不敢再動，侍衛統領方轉過臉來，對著莫平、莫方客氣地一笑道：「莫統領，沒有驚到你們吧？若再有不長眼的生事，你們只管告訴兄弟一聲就行。」

眼下整個行宮的防禦，可都是賢王爺作主，這人不過是下面一個郡王罷了，也敢在賢王爺的客人面前擺譜？

齊淵等人這會兒才明白，這群大內侍衛其實一直在旁邊守著呢，卻是樂得在一旁看笑話，偏等到自己等人要出手時再跑出來打臉。

包括姬青雨等人在內，登時全氣得臉色鐵青。

齊淵畢竟見多識廣，深諳官場之道，冷著臉低聲詢問鄭祿。「對面，到底是什麼人？」

鄭祿也沒想到還沒進宮呢，竟是再一次和齊灝的人發生衝突——前兒個如何被整治，自己到現在可是都記憶猶新，當下心有餘悸地回道：「對面那兩位，是賢王齊灝手下兩大統領，至於那女子，奴才也不認識，呀——」忽然想到一個可能，據主子說，齊灝向皇上推薦的奇人，可不就是一個年輕女子？「難道，她就是那個——」

姬青雨也想到了什麼，怒聲道：「陸扶疏！」

姬青崖和姬木枋則是一愣，聞言定睛往陸扶疏臉上瞧去，神情頓時驚疑不定——看長相，倒還真有些像，難道，真是連州城見過的那個陸扶疏？

正自猜疑，便聽見一陣急促的腳步聲，然後王福滿臉笑容地出現，說道：「可是陸扶疏小姐到了嗎？皇上有旨，宣陸扶疏小姐覲見。」又笑容滿面地同莫平兩人寒暄。「兩位這麼快就找到了陸小姐，辛苦了，快請跟我一起進去吧——」

扶疏淡然掃了一眼滿心不甘又憤憤不已的齊淵等人，慢聲道：「青岩，我們走吧。」

一個青色身影一閃而出，緊緊跟在扶疏身側。

「呀——」齊淵卻彷彿見了鬼一般，怔怔地瞧著那一前一後、一嬌小一高大的兩個身影，臉色頓時慘白無比。

旁邊一直氣鼓鼓的姬珍娘更是身子一歪，差點摔倒。

這樣的情景，實在太過眼熟，竟是宛若時光倒流，又回到自己龜縮恭親王府中，只能眼睜睜瞧著那個同樣姓姬的女子如何前呼後擁，而自己只能受盡屈辱……

這幅畫面，可不正是和兩人曾經憎惡又絲毫不敢冒犯的姬扶疏，和她的那個死忠護衛在一起的情形一般無二嗎？

「郡王爺便是有急事，也還是等皇上宣召得好。」王福站住腳，不悅地瞧著不知什麼時候跟上來的齊淵。

因王福忽然停住，緊跟在後面的扶疏等人也只得停住，一同轉過身來的還有青岩，一如上一世守護姬扶疏時，站在左後方落後一步的位置。

「青、岩……」齊淵臉色一白——方才還抱著僥倖，想著「青岩」這個名字說不好是同名同姓，卻哪裡料到，竟然真的是從來都影子般跟在姬扶疏身旁伺候的青岩！

神情恍惚間倏地對上青岩冰冷懾人的眼眸，齊淵就有些發慌，下意識地想要收回視線，不期然，正好撞進靜靜站立的扶疏淡然無波的眸子裡，只覺自己心臟好像一下被一隻無形的大手死死扼住，整個身心都被一種無形的恐懼束縛，竟是無比倉皇地往後退了一步，才艱難地轉頭對王福道：「哦、那個，還請、還請公公代為回稟，就說、就說齊淵覲見。」失神之下，竟是連早已準備好送王福的禮物都忘了拿出來。

「郡王爺——」姬青崖等人也趕了過來，卻是都不明白，郡王爺為何會如此失態，竟是一直死死盯著陸扶疏，甚至身體還有些微微發抖。

「到底是怎麼回事？怎麼青岩會跟著那個死丫頭？他們是什麼關係？」姬珍娘轉過身，惡狠狠地瞧著姬青崖等人。

當初姬扶疏身死，自己也極力招攬過青岩，憑什麼都是姬家小姐，姬扶疏如此威風，自己卻要受盡苦楚？她的未婚夫自己要搶，便是她所享受過的一切、她的僕人，自己也同樣要搶過來！

卻沒有料到，即便整個青家已然只剩下青岩一個，這個該死的狗奴才竟仍然無論如何不肯向自己低頭。

卻是想破頭也沒有料到，竟會在這宣華城再次遇上，更想不通的是，寧死都不肯向自己低頭的青岩，竟會在一個這般年少的女孩子面前如此俯首帖耳?!

「明明那時青岩已是筋脈寸斷、重傷欲死，甚至四肢都是殘了的呀！」姬青崖不懂為何齊淵和姬珍娘都是如此反常的模樣，卻也有些奇怪，以青岩當時的傷情，本應是大羅神仙也無計可施的啊，怎麼這會兒卻是和平常人沒什麼兩樣，還成了陸扶疏的僕人？

齊淵又打了個哆嗦，甚至腦海裡冒出一個匪夷所思的想法——別人或許不行，可若是姬扶疏……

卻又被自己的想法嚇到，頓時出了一身的冷汗，眼睛就更黏在扶疏身上移不開了。

這情景看得旁邊的姬珍娘又是一陣內傷，狐疑地瞧著即便是背影也能引人遐思的扶疏，再看一眼一刻也不願將眼睛移開的齊淵，險些將銀牙咬碎，竟是丟開了方才的疑慮，進入全面防範的狀態。

第七十章　戰神之女

同樣受到驚嚇的還有齊珩。

做太子時雖然因為齊淵和姬扶疏訂親，導致齊珩和神農山莊並不如何親近；可即便如此，卻並不妨礙齊珩欣賞姬扶疏這個人，連帶著對姬扶疏和青岩這套年年如一日的「主僕配置」也是熟稔得緊——

若是大臣們到宮裡來，所帶奴僕自然一律不許進宮門以內，只在外守候即可，唯有神農山莊莊主，因地位超然，是可以帶著奴僕在身前伺候的。

方才乍一聽王福說，那位陸扶疏小姐要帶著僕人一同覲見時，自己還有些奇怪，想著對方許是女子，又從未進過行宮，八成是被嚇著了，才會想著找個熟悉的人跟著。

因為聽說這女子許是能整治得了別苑，又想著真是找到一個奇才的話，以後就不用再擔心神農山莊一家獨大了。

之前姬扶疏及其父輩掌管神農山莊時，朝廷是絕不會有這種想法的，實在是那家人一脈相承的超脫淡然，卻是絲毫不熱衷世俗名利。

再看看現在的神農世家，手卻伸得越來越長，竟是無論軍事還是經濟，或者朝堂，都想滲入進來，甚至連皇子之間的明爭暗鬥，都少不了他們的影子，無怪乎農藝水平日益下降！

基於以上種種考慮，又瞧著齊灝明顯對那什麼陸扶疏非常上心的樣子，甚至明遠大師也有些急切地瞧著宮門方向，心裡便益發好奇這陸扶疏究竟是何種人物，能使得自己這自來目無下塵的寶貝侄兒，和即便對自己的兒子都不假辭色的明遠大師都如此維護，不過略略猶豫了一下，便准了扶疏所請。

本來扶疏進殿時，齊珩第一感覺是驚豔，面前的女孩子明眸皓齒，明明是初次上殿，卻不見絲毫的侷促，而且那由裡到外的閒適氣度，讓人只這樣瞧著就說不出的舒服。

又想這麼美麗的小姑娘，是不是灝兒看上人家了？正自胡亂猜測，青岩恰好施禮完畢站在了扶疏身後。

齊珩一眼看到青岩的模樣，忍不住「呀」了一聲。

這會兒才恍然意識到，怪不得自己從剛才看著就覺得有些違和，現在才想明白，下面站的這位明豔少女，雖然容貌遠勝姬扶疏不知幾何，偏身上的非凡氣度，可不正是和姬扶疏身上那種讓人如沐春風的超然淡泊如出一轍?!再配上後面的青岩，齊珩也頓時傻了眼，神情古怪地瞧一眼明遠大師。

這兩人在一起，除開這陸扶疏容貌比起姬扶疏更為出色外，其他卻和姬扶疏給人的感覺如出一轍，再加上齊灝和明遠口裡盛讚的出神入化的農藝……

齊珩不敢再想了，再想下去，真是要驚出一身雞皮疙瘩了；卻又突然想到一件和青岩有關的事，對了，自己怎麼把這一頭給忘了——

兩年前陸天麟曾經上表，說是神農山莊的青岩，在抗擊外族戰爭中英勇無敵屢立戰功，請求赦了他身上的罪名，並留在陸天麟自己身邊效力。按理說他不應該在陸天麟帳下伺候嗎？怎麼卻會寸步不離地跟在陸扶疏身旁？

啊呀，自己好像忽略了一點——陸扶疏，陸天麟，兩人不是都姓陸嗎？之前陸天麟也上過秘摺，說是已然尋覓到了親生女兒，忙忙地再往扶疏臉上仔細瞧去，臉上漸漸露出篤定的笑容——

怪不得方才覺得有些熟悉，這女孩的模樣可不是長得和天麟有六分相似！

「王福，賜座。」

王福心裡一驚，從方才就發覺，這陸小姐的氣度大異於常人，現在竟然連皇上都另眼相看，不但准許她帶了僕人上殿，更是一來就賜座，沒瞧見這整個大殿上坐的可就只明遠大師一個，連帶著賢王爺這會兒都站著呢。

扶疏倒也沒有推辭，謝恩後坐了下來。

皇上卻已經又微笑著開口道：「陸扶疏，朕的天下兵馬大元帥陸天麟，是妳什麼人啊？」

皇上此言一出，王福嚇得一哆嗦，不是吧，戰神陸天麟？

扶疏卻已經站起身來，斂衽福了一下，回道：「正是家父。」

齊灝愣怔了下，卻又恍惚想起，自己當時離開連州時，陸天麟是說過收了扶疏為義女，只是這件事自己都忘了，怎麼皇伯父倒知道啊？又因為扶疏這麼爽快地認下而覺得有些不妥——畢竟是義父，可不是親爹，但想想卻又釋然——

這三年來扶疏毫無消息，自己還以為她已然遭遇不測了呢，卻不料竟能恢復得這般好，怕是裡面少不了陸天麟等人的全力守護，而且看扶疏的樣子，兩人之間明顯關係已經非常之親密。

竟是一代戰神陸天麟的女兒嗎？大殿之上暫時有些安靜——關於陸天麟的傳聞大家也是聽說過的，據說這位陸大元帥早年也是成過親的，只是妻小俱死於當時的戰亂之中，卻沒料到孩子竟是沒死，還是個這麼美麗的少女嗎？

明遠大師先是一驚，繼而又有些懊惱——既是陸大元帥的女兒，這世間又怎麼能有人動得了她？怪不得之前賢王隻字不提有關丫頭擅於農藝之事，看來倒是自己多事了，只希望小丫頭不要因為自己貿貿然舉薦了她而生自己的氣才好。

「哈哈哈，朕就說嘛！」齊珩心情越發好了，連帶著打量扶疏的眼神也是驚異中又帶著欣賞，又關切問道：「聽天麟說妳身子骨兒有些弱，現在可大好了？」

當初聽陸天麟說找回了親生女兒，齊珩本想重加賞賜的，以陸天麟為國立功之巨，封幾個誥命夫人都有了！奈何陸天麟母親已逝，妻子也早亡，現在既是有了女兒，封賞也是一樣的，卻被陸天麟推拒，說是女兒體弱，沒辦法長途跋涉。

自己當時很是吃了一驚，竟然連自己這個皇帝的賞賜都要推了，可以想見身體不定虛弱到了什麼程度。

「已經大致好了的。」扶疏點頭。「只是不能受寒，家父就在宣華城外尋了個莊子——」

「這個天麟。」齊珩搖頭，一副不贊成的樣子。「既是妳要用，說一聲便可，幹什麼還要自個兒去買？對了，朕聽說妳家莊子裡也找出了溫泉水，可也是妳的手筆？倒沒想到這麼小小年紀，就有如斯成就，天麟有女更勝男兒啊！」

正自感慨，王福小跑著進了大殿，說是南安郡王齊淵夫婦偕神農山莊姬青雨等人已然來至殿外。

「讓他們進來吧。」齊珩臉上的笑意慢慢淡去，隱隱有些不耐。

若是可能，齊珩但願永遠也不再見到這個弟弟才好。又想到神農山莊人和齊淵走得那麼近，連帶著看跟在後面的姬青雨也越發不順眼，又隱隱約約瞧見殿門外還跪著兩人，不由愣了一下，也沒理已經跪下磕頭的齊淵三人，卻是蹙眉同王福道：「大殿外跪著的又是哪個？」

齊淵從進殿心思就全在扶疏身上，聽齊珩這麼問，才恍惚發現，三皇子齊昱竟是不在，不由一驚，只得勉強又叩了個頭，小心翼翼道：「啟稟皇上，他們是神農山莊的姬青崖和姬木枋，是臣弟從南疆帶回——」

卻被齊珩一下打斷，沈了臉道：「怎麼這麼不懂事？兩個罪囚罷了，怎麼竟然帶到這裡來了？讓他們到行宮外跪著去！」

又很是抱歉地瞄一眼扶疏，這會兒忽然憶起，好像姬青崖被發配就是和誣陷陸扶疏有關？

之前並不清楚陸天麟的女兒就是齊灝口中那個能幹的陸扶疏，現在已然知道兩人本是同一人，就馬上想到了讓齊灝雷霆大怒的姬青崖誣陷扶疏這件事；若是陸扶疏僅僅是個民女也就罷了，可現在卻明白，她還是自己的股肱大臣一代戰神陸天麟的命根子。當初陸天麟之所以沒有在姬青崖等人的案子上插一腳，定然是因為陸扶疏病得太重，等後來緩過神來要發作這些人時，姬青崖等人已被自己發配南疆了。

一面慶幸，虧得自己當初聽了灝兒的話，重重懲處了姬青崖等人，不然陸天麟的心裡怕是定會生了芥蒂；另一方面也馬上意識到，之前准了齊昱所求，讓這兩人一同來宣華覲見的做法怕是極為不妥。

姬青雨神情一僵，下意識地看向依舊雲淡風輕坐在原處的陸扶疏，視線滿是怨毒——

定然是這陸扶疏向皇上說了什麼，不然，怎麼好好地又會如此懲處自己兄長和姬木枋？竟然命他們要到行宮門外去跪著，那和示眾又有什麼兩樣？不說大哥他們該怎樣忍受來來往往各色人等的白眼，便是神農山莊也要跟著顏面掃地！

「皇上、皇上恕罪——」

姬青崖和姬木枋本來正老老實實地跪在大殿外，卻不料忽然就衝過來一群如狼似虎一般的大內侍衛，竟是二話不說，直接拖死狗一般就拽了出去，幾乎嚇得魂兒都飛了。

此番發配南疆，雖有齊淵從旁照拂，卻還是受了不少苦的，即便高傲如姬青崖，也不得不學著夾著尾巴做人；本以為皇上既然同意讓自己等人回宣華，定然是有了赦免的意思的，哪料到還沒有得見聖顏，竟然又被人扔了出來，還要跪在這人來人往的行宮門口示眾！

「木、木枋——」姬青崖被狠狠地推倒在行宮門前，險些沒哭出來。「發配的生活太苦了，我、我不想，不想再回去啊——」

姬木枋卻是久久無言，到了這個時候，真是悔得腸子都青了，當初，幹麼要想出那麼一個餿主意，想要嫁禍陸扶疏，到頭來，葉漣根本就沒跑，倒是自己等人落到這般下場。

「不想回去？怕不是我們，說了算的。」連賢王齊灝都沒能阻止自己等人回返，雖然想不明白陸扶疏到底用了什麼手段，可除了她，再沒有其他人會和自己兩人這般過不去。

殊不知大殿裡的姬青雨同樣憤憤不平——

你說這叫什麼事啊，自己堂堂神農山莊姬氏公子和皇上的親弟弟郡王殿下齊淵都還直挺挺地站著呢，陸扶疏不過一介庶民，卻是大搖大擺地在殿中坐著，不用問，依仗的肯定就是所謂似是而非的農藝！

只是皇上也不想想，論起農藝水平高低，這世上還有哪家能比得上姬家的？竟然如此眼皮子淺，被賢王勾結的一個小丫頭就給糊弄住了。

正好齊珩看過來，對著姬青雨道：「青雨，你來了正好，別苑的事，就交由你和扶疏一起處置吧。」

一起處置？姬青雨強忍住內心的憤懣——

早就想到會是這樣，憑她是誰，也會有神農山莊一樣的技藝嗎？當初這陸扶疏不知走了什麼狗屎運，竟先後入了齊灝和明遠的法眼，現在現形了吧？什麼一起處置，明擺著是自己露怯了，想要抱神農山莊的大腿；還有皇上，不但一而再、再而三地打神農山莊的臉，現在還想讓自己給他賣命？

當下做出一副頹廢的樣子，瞥了一眼依舊安坐的扶疏。「皇上，不是青雨不領命，實在是舊疾在身，並未痊癒，怕是這幾日都無法做事；既然已經另有奇人，不然先讓她處置著，等青雨身子好全了，再行為皇上效力。」

齊珩臉上的肌肉微不可察地抽了下，明顯已是有些動氣了——姬青雨猜得不錯，看到扶疏這般小小年紀，齊珩心裡還是有些沒底的，只是相對於神農山莊越來越讓人失望而言，陸天麟卻是日益綻放出不容替代的奪目光彩。

因為姬青崖這樣無足輕重的神農山莊人得罪陸天麟，齊珩是絕不會去幹的，只是神農山莊於整個大齊而言，其影響力也是不可低估的。雖然借讓姬青崖等人出醜達到讓陸天麟心理平衡的效果，並不意味著齊珩就想對神農山莊動手，暫時沒有更好的人選前，齊珩也並不準備動神農山莊。

相反，能夠藉由這次合作，讓陸家和神農山莊關係緩和一些會更好。

卻不料姬青雨竟是這般不領情，齊珩一眼就看出，姬青雨之所以拒絕，一則因為姬青崖的事，對自己心裡憋著一口氣，二則，想要看陸扶疏的笑話，這神農山莊果然越來越不像話了！

只是這個時候，卻也不好就翻臉，齊珩只得勉強轉向扶疏。「扶疏，妳看——」又有些沒底兒地瞧一眼旁邊的明遠和齊灝，兩人都是齊齊點一下頭，心裡雖仍是不大相信，卻好歹踏實了些。

「皇上放心，別苑的事交給扶疏一人處置就行，至於其他人的協助，扶疏並不需要。」

扶疏怎麼讀不懂姬青雨的意思，當下微微一笑，就不再多說。

不需要？姬青雨的眼角吊了起來。

「好。」瞧姬青雨和齊淵一副等著看好戲的模樣，齊珩也知道，這姬青雨怕是裝病裝定了，卻只能裝作瞧不見，對扶疏一點頭。「妳去吧，盡力而為便可，若能成，朕必有重賞，若不成，朕再另想他法便是。」

陸天麟為國征戰，也就得了這樣一個寶貝閨女罷了，自己那別苑比起她，還真不算什麼。

一旁的姬青雨險些把鼻子給氣歪了——治好了重賞，治不好也無所謂，這陸扶疏到底使了什麼妖法，竟是把皇上給弄成了這麼個昏君的模樣——眼睛滴溜溜地在扶疏臉上打量片刻，不會是……看上這女子了吧？

扶疏卻也不理他，徑直告退，先是齊灝，然後是明遠也都站起身，說是要陪著扶疏一道前往別苑。

姬青雨冷眼瞧著扶疏幾人離開，心裡卻是不住冷笑——那處別苑問題出在哪裡，也只有自己這樣的神農莊人才知曉，就是齊灝、明遠再跟著保駕護航又如何？別說一個王爺、一個和尚，就是再去十個王爺、十個和尚又能如何？一樣的讓他們白跑一趟，到那時，看自己怎生羞辱這陸扶疏，也好叫皇上瞧一瞧，到底誰才是真正有能為的人。

扶疏蹲在別苑裡，一點點檢查手下的各色植物——全都是名貴品種，也能看出來，之前應該茂盛得緊，這會兒卻是盡皆枯死。

又往西北角的方向走了幾步，青岩忙伸手拂去從上垂下的幾根乾枯的藤條——

旁邊的齊灝不覺愣了下，這兩人的動作，怎麼如此配合默契？每次只要扶疏有所行動，青岩定然會先一步掃除障礙。

後面的明遠則露出一臉深思的表情，良久竟是露出一個如釋重負的笑容。

唯有王福，卻已然有些擔心——再怎麼說也就是個小丫頭，說破天去又能有多大本事？

正自胡思亂想，就看扶疏站起身，朝自己方向看過來。「你們前前後後移栽植物到這裡已經有三次了吧？」

「啊？」王福一個激靈，眼珠子都差點掉出來——不是吧？就這樣走走翻翻，連移栽了幾次都知道？

「第一次是這裡先枯死，然後逐漸蔓延——」扶疏也不理他，自顧自指向西北方向。

「第二次是這裡，第三次這邊——」

隨著扶疏的手指一一指到的地方，王福明顯嚇傻了，下意識地回頭去看齊灝——別苑每一次出現異狀，自己都是立馬跑去稟告賢王爺，莫非是賢王爺事先說給陸小姐聽了？卻在看到齊灝也是傻眼的模樣時，登時明白，這陸扶疏，委實就是這樣來回走走就看出來了！

就是一直堅信扶疏絕不會讓自己失望的齊灝，也絕沒有料到扶疏竟然神奇到了如此的地步，好半晌才找回自己的聲音道：「扶、扶疏，這麼看來，妳、妳是有法子了？」

「我料得不錯的話，這些名花異草，也全是由神農山莊提供的吧？」扶疏又加了一句。

王福這會兒對於扶疏種種逆天的行為已經有些麻木了，怔怔地點了點頭道：「全讓扶疏小姐料著了！」

到了這個時候，原先所有的擔心早就煙消雲散。扶疏小姐就是個能掐會算、未卜先知的神仙吧，怪不得連明遠大師都和她是朋友！

「知道別苑已然移栽過三次花草？還一語道破花草是來自神農山莊？」姬青雨接到回報，嗤地一笑，神情中全是諷刺。「這宣華城大大小小的事，哪一樁、哪一件不得稟了齊灝得知？想要說出來這些，實在是太容易不過！看來，齊灝是一門心思地想要把陸扶疏推出來打擂臺了；既然如此，我們就成全她算了，我倒要看看，這陸扶疏到底有幾分本事！」

第七十一章　麻煩大了

其實此刻，扶疏心裡已經有了答案，臉上神情卻是不見一絲輕鬆。

如這般但凡地上種的東西都無緣無故地突然大面積枯萎的情形，並不是第一次，兩百年前的周朝時就出現過一次，而造成這種情形的，便是同現在神農山莊一般來自坤方之地的族人！

也因那次的慘劇，直接造成了後來大周朝的多年動盪，並最終被齊國先祖滅掉。

只是當時周朝皇帝心中知曉，之所以會出現赤地千里的情形，全是因為驅逐了正牌的神農氏家主所致，唯恐上天降罪更怕民心離散，便挖空心思隱瞞，因此這件事並沒有寫進史書中，反而被封存了起來，倒是姬家先祖寫入了自家的家族史裡。

而現在，昔日的情形竟是再次上演──

姬家歷代祖上從沒有放棄過研究坤方之地的叛族當年到底用了什麼東西，竟能讓一切作物短時間內快速生長，最終卻導致土地大面積荒蕪。

到了姬扶疏時，已經大致有了結論──他們或噴灑、或掩埋在植物根部的那種東西確實有用，能最大限度地激發植物本身的潛力。

但裡面卻也含有大量的有害物質，坤方之地的各種畸形人便是長期食用那種含有有害物質糧食的後果。

而同時，還導致了竭澤而漁的惡果！無所不用其極地掠奪土地的結果，就是直接造成肥沃的土地日益貧瘠，到最後，顆粒無收。

短時間瞧著雖是能從中獲取極大的利益，卻是遺害無窮！

兩百年前，由叛族造成的赤地千里，不過兩、三年便在大周國境出現，現在的這群叛族後裔倒也是有些能為，起碼把惡果出現的時間往後推了六年。

卻也只是推遲，並不能改變最終情形的出現。

這處別苑只是開始——

之所以可怕情形會在這裡最先出現，原因很簡單，一則這些所謂的名貴花卉，全是神農山莊用了那種刺鼻東西培育出來的，雖是瞧著分外茂盛，自身的抗打擊能力卻弱到了極點，與那些不知被除去多少次卻依舊頑強冒出頭的雜草相比，根本就是不堪一擊。

二則，作為皇宮別苑，這裡本來就是姬青雨之流噴灑那種刺鼻物事的重災區，土地早已是貧瘠不堪，出現現在這般草木荒涼一片、寥落的死氣沈沈景象，也不過是早晚的事。

更可怕的是，別苑情形怕只是冰山一角罷了。

「很麻煩嗎？」看扶疏臉色不佳，齊灝頓時有些擔心，畢竟扶疏的年齡還是太小了，別苑的事情又事關皇上，怕是扶疏會有些無措，也是在常理之中。

「也不算麻煩。」扶疏搖頭，指了下那些枯死的名貴花草。「只是這些，短時間之內就不要種了。」她隨口說了一些花草的名字。「明天起把我剛才說的那些尋人給種上，至少連種三年，方可換上皇上喜歡的名花異草；切記，絕不可去神農山莊找現在的這幫姬家人去要。」

要壞了一塊土地的生機很容易，要讓它重新恢復活力卻是太難。比方說這處別苑，也就是皇室有能力把自己方才要求的花草迅速找來補種上，想要逐漸消解那種有害物質，卻也需要至少三年的時間；至於其他已然受害的地域，又哪有那麼大的財力投資這麼多去改善土地？即便頭一年做得到，可若是連續幾年都要如此，別說普通百姓，便是皇家也決計撐不住！這也是當初周朝會滅亡的根本原因所在。

聽說明日就可以讓這處別苑恢復滿園綠意，齊灝頓時大喜過望，之前也曾多次移栽其他各色花草，卻無一成活！卻在聽到扶疏最後一句話後，明顯覺得不對——

「難不成，和神農山莊有關？」

扶疏沒答話，半晌，方嘆了口氣道：「賢王殿下，你要做好準備，我料得不錯的話，怕是要有大麻煩了！」

大麻煩？齊灝心裡咯噔一下，問道：「什麼大麻煩？」

「漳州、汾州、渠州一帶，怕是很快也會出現這種異狀。」

這三處物產最為富饒，乃是名副其實的齊國最大的糧倉，自然，也是眼下居心叵測的神農山莊定會極力掌控的地方。

當然，對於姬嵐他們而言，定然也不願這幾處地方出事，只是人的貪心是無止境的，也許一開始他們害怕歷史重演，只敢小範圍試用，結果卻發現頗有成效，給他們帶來了極大的利益，能令山莊聲望更上一層樓，而且一年、兩年，甚至三年，一直都不曾出事，使得他們的膽子越來越大；就像這處別苑，這可是皇上的眼皮底下，一開始他們定然不敢用的，也定是覺得無事後，這幾年內才開始大量使用——

對於叛族人而言，即便兩百年前已經吃了一次大虧，卻仍是不願意老老實實地蹲在農田裡研究物種的內在；沒有過硬的技藝，又汲汲於名利，妄想摻和到世俗權力之爭，為了有更多的發話權，就勢必要在土地上展現出更神奇的手段，所以，明知這條路是危險的，他們卻還是毫不猶豫地踏了上去……

怪不得當初先祖會使用那般雷霆手段，勒令他們即便死在坤方之地，也絕不能再踏出一步！

「漳州，汾州，渠州？」齊灝臉色也頓時難看至極，要真是那樣，齊國必然會陷入動盪之中。「妳，不會是猜錯了吧？」

雖然知道扶疏從來不說沒把握的話，齊灝卻仍是不願意相信，甚至自己安慰自己，不過是一處別苑罷了，扶疏又不是千里眼，定然只是危言聳聽吧？

「我也但願會料錯。」扶疏嘆了口氣。「對了，你最好讓人去看一下，這些日子以來有沒有這三處州郡遞來的奏摺，要是沒有，就當我是多想了吧。」

聽扶疏如此說，齊灝再也待不下去，沈著臉帶了王福匆匆離開。

「阿彌陀佛——」明遠誦了一聲佛號，緩緩踱步到扶疏身側。「女施主這般大功德，果然是該當有福報的，阿彌陀佛——」

青岩瞳孔猛地收縮了一下。

扶疏則仍是神情平靜，半晌才轉過身道：「好了，大和尚，我就是一個俗人，也聽不懂你們佛家的什麼機鋒，你嘴巴這麼甜，定然是又嘴饞了吧？走吧，我請你到莊裡去，咱們好好吃一頓。」

眼看風雲要起，不論明遠還是自己，閒散的日子怕是都過不了幾天了。

「阿彌陀佛——」明遠眼睛一亮，方才莊嚴的神情瞬間一掃而空。「那敢情好，走吧走吧。」

那副心急的模樣，恨不得跟著扶疏一步回到山莊裡，扶疏抿嘴一笑，和明遠並肩往外而去，青岩也恢復了平靜的神情。

三個人一前一後經過行宮外時，一直跪在地上的姬木枋卻是輕輕「啊」了一聲，臉上神情更是和見了鬼一般——

明遠和女子並肩而走，兩人明明歲數相差極大卻偏是邊走邊聊，分明一副忘年之交的模樣，後面還跟著一個數十年如一日的青岩——

這樣一幅畫面，可不正和十年前神農山莊中，少主姬扶疏和明遠大師在一起的情景一模一樣?!

先是青岩，現在又是明遠，還一樣有著出神入化的農藝造詣，不不不，一定是自己跪得太久產生幻覺了！

而此時，齊灝卻正快馬加鞭趕往執事處。

今日當值的官員名叫梁坤，聽說賢王親自前來視察公務，忙不迭地就從裡面迎了出來。

「王爺——」梁坤恭謹道。

「有沒有漳州、汾州、渠州這三地送來的摺子？」齊灝直接開門見山道。

「啊？」梁坤一愣，臉色瞬間慘白。

齊灝心忽地一下就沈了下去，盯著不住簌簌發抖的梁坤，眼裡幾乎能噴出火來，急道：「在哪裡？快去拿來！」

「王爺，沒、沒有這三地的摺子——」知道事情重大，梁坤明顯還想著能不能糊弄過去，眼睛卻是不自覺瞄向左邊一個匣子。

莫方上前一步，伸手取過匣子，轉交到齊灝手裡。

梁坤頓時抖若篩糠，趴在地上頭磕得「砰砰」響，「王爺饒命，是神農山莊的姬微瀾副莊主嚴令卑職，絕不許把這些摺子轉呈皇上。」

「姬微瀾？」齊灝心神大震，剛才在別苑時，扶疏說得明白，絕不許再在別苑裡栽種神農山莊的東西。

揮揮手讓人把梁坤押下去，自己則快速打開木匣，不由倒吸了口冷氣——裡面怕不存了有幾十上百道奏摺！

齊灝忙忙地打開第一封——

臣漳州刺史廖懷亮拜上：

今春以來漳州大致風調雨順，但不知為何，青苗枯死現象卻是屢屢出現，懇請皇上派神農山莊人前來檢視……

忙翻開日期，卻已經是兩個月之前。

再打開一封，是渠州來的，後面還有汾州等地的，無一不出現了這種情形。

越翻後面的奏摺齊灝臉色越難看，隨著日期越來越近，這幾州刺史語氣已是越來越急迫，到得最後，語氣已然完全轉至絕望——和別苑的情形如出一轍，這幾州的青苗已是盡皆枯死！

齊灝身子猛地一趔趄，一下坐倒在椅子裡。

奏摺裡的情形竟是和扶疏預料的毫無二致！

「王爺，王爺——」莫平嚇了一跳，慌忙上前攙扶。

齊灝勉強站穩身子，卻是轉身撒丫子就往外跑。

莫方愣了一下，邊去解馬韁繩邊道：「王爺，咱們的馬在這裡——」

齊灝奪過韁繩，飛身上了馬，如風馳電掣一般，急速往扶疏的山莊而去。

「賢王爺來了——」剛剛泡上茶，就聽管家說齊灝已經來至莊外。

扶疏苦笑一聲，轉頭對明遠道：「大和尚，看來咱們這頓飯是吃不成了，九成九是要陪著賢王到皇宮裡用餐了。」

「扶疏，扶疏——」說話間齊灝卻已然大步入內，看到明遠大師也在座，略略愣了一下，卻也顧不得什麼。「竟是，全讓妳料著了！」

「是關於汾州這幾地？」扶疏無聲地嘆了口氣，兩百年前的慘劇，果然要再次上演嗎？

說話間下人已經端了一盤又一盤精美的吃食過來，甚至還有齊王妃做的點心。

「吃飯，吃飯，吃飯最大——」自從姬扶疏那小丫頭離開，自己已經多少年沒好好吃過一頓齋飯了？眼見得面前色香味俱全的精美吃食，明遠眼睛一下亮了，唯恐好好的一餐飯被齊灝打擾，竟是把著齊灝的臂膀就往飯桌上拉。

扶疏莞爾——也罷，汾州等地的糟心事也不是一時半刻就能處置好的，當下起身坐到主位上，阿扇忙上前，幫著布飯菜。

齊灝心裡有事，本是吃不下去的，可嚐了一口，卻很是驚奇地「咦」了一聲——明明是一樣的飯菜，扶疏飯桌上的這些卻遠比自家香甜得多。

「你們家的廚師是哪裡請的，端的好手藝。」

「廚師是一方面，關鍵還得東西好吃。」明遠大師嘴裡塞滿了菜，說話都有些不清不楚的。

「東西好吃？」齊灝恍惚間憶起那盅香氣四溢的雞湯，下意識地又吃了一口米飯，揚眉道：「果然，就連這米也是特別甜糯筋道。」

「那可不——」阿扇抿嘴一笑。「這米是我們自家種的，就在後面山坡上！不只這米，還有這滿桌的菜蔬，也全是小姐指點我們自個兒種的。」

全是出自扶疏的手筆？齊灝神情愕然，怪不得這一次到山莊來，總覺得說不出的舒服，現在才發現，其實整座山的布局都發生了很大的變化，不僅將之前的荒涼寥落一掃而空，甚至可以說得上是美不勝收！

可扶疏到這裡，總共才一年多不到兩年時間！這般想著，看向扶疏的眼神頓時充滿了希冀——

「汾州之地，是不是也可以……」

扶疏迎頭潑了他一盆涼水。「我不是神仙，汾州等地已是痼疾。」

雖是這些年來針對叛族遺毒，歷代祖上日夜不輟地加以鑽研，也算是小有成果，可也總要至少三年時間，才能讓那些曾經肥沃的土地恢復生機……

齊灝頓時完全沒了胃口，放下筷子，瞧著扶疏和明遠倒是進得香甜，也只得等著。

好不容易等到兩人用罷飯，就心急火燎地催促扶疏進宮。

「老衲也去。」明遠茶足飯飽，也跟了上來。

到得行宮，齊珩聽說齊灝等人又帶了扶疏等人回返，心裡不免有些驚疑不定——

難不成是別苑之事有些麻煩？

這樣一想，竟是連飯也吃不下去了。

「扶疏，妳和大師在外面稍候片刻——」齊灝還是覺得，由自己先進去稟報一番更為妥當。

扶疏和明遠點了點頭——只是一個別苑，就鬧得齊珩睡不安眠，再加上汾州三地……

「你說，汾州等地也出現了青苗枯萎？」齊珩掏了掏耳朵，明顯以為自己聽錯了。

「皇上──」齊灝邊把手裡的匣子放在龍案上，邊往前一步，心裡卻是愁苦萬端──要是皇伯父受不住打擊，突然有個什麼……只是出了這麼大的事，怕是亂象已起，是一定要稟報給皇伯父聽的。

「這是被執事房壓下的三州遞來的摺子──」

齊珩重重地喘了口粗氣，抖著手打開匣子，先抽出最上面的那本，然後動作越來越快，一連看了幾本後，突然身子後仰，竟是直挺挺朝後栽倒。

虧得齊灝站得近，忙一把托住，幸好自己早有準備，一早在衣袖裡藏了只嗅囊，忙拿出來放到齊珩的鼻下。

「皇伯父，皇伯父──」

好半晌，齊珩才悠悠醒轉，卻是立馬推開齊灝，強撐著坐好，又擔心地看向四周，見沒有旁人，才略略好過了些，勉強拍了下齊灝的手。

「好孩子，你，是個好的……若非有你在，伯父怕是死之無期了……」嘴裡說著，竟是落下淚來。

執事房是交由三兒子齊昱負責的，這些摺子別人不知道，齊昱定然早已知曉，卻夥同神農山莊姬微瀾壓了這麼久……

「伯父──」齊灝也是眼圈一紅。「都是侄兒的錯，沒有早早地察覺。」

「好孩子，你已經做得很好了。」就如同眼下這般，灝兒就想得極其周到，若然汾州的事情傳揚開來，怕是大齊馬上要陷入混亂之中。

「除了你之外，還有誰知曉？」齊珩臉上閃過一抹厲色，眼下最要緊的，一是不能讓齊昱那個逆子察覺自己已然知道汾州之事，二是沒有萬全之策前，絕不能讓汾州三地的事情傳出去，以免有心人借此生事。

「伯父放心，除了扶疏和明遠大師外，凡是知曉此事的人，已經被侄兒全給處置了，即便是那些有心人，應該也不會察覺什麼。」齊灝道。

「陸扶疏和明遠大師知道？」齊珩明顯有些意想不到，狐疑地看向齊灝。

「是。」往後怕是整個大齊都要仰賴扶疏，雖然皇伯父之前已經很是對扶疏另眼相看了，齊灝覺得還是不夠，當下重重點了點頭。「汾州等地會出現異象，便是扶疏看了別苑情景後，預測出來的，而且，事情怕是和神農山莊有關。」

汾州三地作為天下糧倉，歷來是重中之重，朝廷唯恐會出什麼差錯，一向是交由神農山莊全權坐鎮；不用扶疏說，便是齊灝也能明白，那三地出事，神農山莊是絕脫不了干係的。

「什麼？」饒是齊珩自謂見多了風浪，這會兒也嚇得差點從龍座上跌下來，要待不信，卻也找不到更合適的解釋，一時又是震怒又是擔心。「朕自問待神農山莊不薄，他們因何這般待朕？」

又聽齊灝口裡把扶疏說得與神仙一般，也有些半信半疑——要說這陸扶疏有些手段，自己也是信的，可畢竟小小年紀，怎麼可能有那般簡直逆天的能為？

雖是百思不得其解，卻也明白，當此之時，最要緊的是先知道事情的來龍去脈。

齊灝已經反身去了殿外，齊珩想了想，竟是親自行至殿中——好在大殿上伺候的人早被齊灝遣得一乾二淨，不然看到皇上親下御座迎接，那一眾宮娥、太監不嚇昏也得癱軟。

明遠和扶疏已然跟著齊灝齊齊進了大殿，和前次一樣，青岩依舊緊跟在扶疏身後。

齊珩只是瞟了一眼，卻是沒有一點不滿的表示——

若然汾州之事確然是這陸扶疏看出來的，即便她不是陸天麟的女兒，單憑這分本事，以後別說是帶個侍衛進殿，便是再過分的事，也完全是可以的——畢竟，若是汾州三地之事不能很好地解決，說不好，這金殿也會換個主人來做了！

竟是上前一手挽了明遠大師，一手挽了扶疏，吩咐齊灝道：「灝兒，快請大師和扶疏坐下。」

齊灝摸了摸鼻子，眼下大殿上根本沒一個下人，伺候人的活計只好自己幹了。好在青岩倒是眼明手快，已經極快地掇了兩個繡墩過來。

齊灝又親自去沏了茶，給三人一一斟上。

「扶疏，妳能不能告訴朕，到底汾州三地情形如何？」雖是三地刺史摺子上的措辭已是無比激烈，齊珩卻還是忍不住抱有一線希望。

「扶疏不敢欺瞞皇上。」扶疏抬眼。「汾州三地，怕是不只今年，至少三年內都會顆粒無收了。」

「這，怎麼可能……」一年絕收，大齊的根基怕是就會動搖，要是連續三年——齊珩已是臉色灰敗，太過驚恐之下，竟是連昏過去的力量都沒有了。「難道真是，天要亡我大齊嗎？」

齊珩忽然一把握住明遠大師的手腕。

「大師，請你大發慈悲，替我大齊求佛祖——咳——」竟是吐了一口殷紅的血出來。

「皇伯父——」齊灝慌忙上前扶住。

「阿彌陀佛——」明遠從懷裡摸出顆藥丸塞到齊珩口裡，好半晌，齊珩才平靜下來。

「皇上莫要驚慌，老衲之前也是察覺星象有異，才會匆忙回來，只是天象顯示，大齊雖是大凶，可上天有德，還是有一線生機的。」

「生機？」齊珩終於有精神了些。「生機，在哪裡？」

明遠雙手合十道：「遠在天邊，近在眼前啊！也只有扶疏小姐這般有大功德的人，有能力幫皇上化解眼前災厄！」

「扶疏小姐？」齊珩終於醒過神來，自己怎麼忘了，方才灝兒也是說得明白，這陸扶疏竟是僅在別苑裡走一圈，就馬上看出了遠在千里之外的汾州等地的災情，難不成，真是老天派了來，庇佑大齊不成？

「別苑仍是荒著？那敢情好。」雖是「抱病在身」，姬青雨卻是時刻關注著別苑的情形，這眼看著就是百花節了，據自己所知，那別苑可是皇上一早準備了讓滿朝文武賞花的所在，現在還荒著，只能說明一點，陸扶疏根本就是徒有虛名，根本拿不出什麼辦法。

「你便再病幾日吧。」齊昱本來因為執事房的梁坤突然回家省親一事而有些疑慮——汾州三地的情形是萬不能讓父皇知曉的，不然，不只神農山莊，便是自己也會大難臨頭！這會兒心情卻明顯好得多了。

雖是想不通為何那三地會有此種妖異景象，可好歹朝廷眼下還是絕對離不得神農山莊的，眼下越讓父皇意識到神農山莊於大齊而言有著不可替代的地位，自己的地位就會越安穩些……

齊淵和姬珍娘相視一笑，眼中也全是得色——齊珩再是皇上又如何，在神農山莊面前，也只有委曲求全的分。

還有那陸扶疏和青岩——姬珍娘眼睛閃了閃，前兒個被扶疏一語道破自己曾經的青樓生涯，姬珍娘又驚又怕又氣，早已下定決心，無論用什麼法子，也要把這兩人除去。

本還擔心齊珩會護著，現在瞧著，這般吹破了牛皮卻是無法把別苑給治好，定會惹怒齊珩，自己又有神農山莊小姐的身分，想要處置那賤丫頭，還不是小菜一碟！

第七十二章　百花節

「百花節的請柬？」瞧著阿扇手裡拿的鑲金嵌玉、精美別致的請柬，扶疏神情便有些恍惚——上一世每逢百花節，自己都會收到這樣一張請柬，一直到和齊淵訂下婚約後，才算消停。

沒想到今兒個竟是又收到了一張。

百花節於大齊而言，並非多麼重要的節日，卻是無數未婚的少男、少女最憧憬的一個日子。

無他，這一日是所有未婚少女可以正大光明地結伴而行、遊玩嬉戲，甚至互訴衷情的日子，這一日過後，不知這宣華城又要成就幾樁姻緣。

這會兒連州城裡，也是一般熱鬧吧？還有雁南……

「小姐，小姐——」阿扇看扶疏臉上飛過一抹可疑的紅雲，抿嘴一樂，瞧小姐的模樣，定然是想起少將軍了。

這眼瞧著就是百花節了，小姐生得可是越發好看了，要是明兒個在人前一走，可不知道要看花多少人的眼，到時候，可是有得少將軍著急上火了。

扶疏卻是不知道阿扇的小心思，早把請柬之事丟到一旁——什麼百花會，自己才沒放在心上，也不準備去參加，只管兀自蹙眉對著面前的小本子努力寫寫畫畫——

汾州三地，自己上一世也是去過的，地形卻是各不相同，便是如今籌謀應對之策，也頗為棘手，汾州和渠州大部分地區倒還好些，自己在連州城改良過的須草完全可以生存，唯有漳州……

正自沈吟，一陣急促的腳步聲忽然在門外響起，扶疏頓時有些疑惑——這莊子裡雖是就自己一個主子，可爹爹也好，天喬寨也罷，都是花了大力氣修整的，旁人不得自己允許，即便是賢王齊灝那般級別的也根本別想見到自己，怎麼這會兒聽著，竟是突然來了好多人的樣子？

剛要開口問，就聽一個熟悉的聲音道——

「扶疏——」

這個聲音是——大哥?!

扶疏頓時喜笑顏開，忙忙地推開案桌上的東西，站起來就往外跑，卻被迎面而來的高大男子一把握住雙肩。

「扶疏——」

來人不是陸家寶又是哪個？

三年不見，家寶已是長成一個大男人了，竟是足足高出扶疏一個頭有餘，人更是幹練了不少，配上沈穩的神情，還有一臉的滄桑味，頗有一種男子漢的威猛氣息。

「大哥——」扶疏往後退一步，似是有些不相信地揉了揉眼睛。「真的是你嗎？大哥？我不是在作夢吧？」

這三年來，大哥為了提高農藝，一直周遊大齊各地，自己已經將近半年沒有大哥的消息了，卻沒想到大哥竟是自己跑到莊子來了。

「是我。」家寶眼睛也是一熱，轉而又有些不好意思，這麼多人瞧著，自己要真是開心得哭了，可真夠丟人的，只是，真的忍不住想要流淚怎麼辦？

可三年了，終於又見到日思夜想的妹子了，家寶真是克制不住自己的情緒。

三年前，親眼見到妹子死氣沈沈地躺在那裡，家寶簡直心痛欲絕，更是發誓，自己一定要變強，那樣才能守護妹妹。

那些神農莊人之所以敢一再欺侮妹子，依仗的不就是他們的農藝嗎？自己一定要比他們變得更強！

這麼多年了，走遍了大齊的山山水水，雖然還是比不上妹子，可也總算能幫上妹子了。

「參見會首——」一個笑吟吟的女子聲音響起，卻是打斷了正淚眼相望的兄妹倆，身後隨即響起了一大片整齊的「參見會首」的聲音。

扶疏忙擦了把淚，這才抬眼瞧去，方才沒注意，這會兒才看清，站在最前面笑吟吟施禮的可不正是天喬寨的大小姐，木子彤，她的身後則是一些抬著一抬抬、一擔擔禮物的天喬寨人。

扶疏上前挽了木子彤的手。「子彤，妳也來了？」

木子彤點頭，卻是不肯和扶疏兄妹並肩而行。

這三年來，會首雖是在病中，卻是數次化解了天喬寨的危厄，特別是會首賺錢的本領，更是一等一的好——

眼下這莊子就是很好的一個例子，本來寨裡想要回報會首，抱著錢全都打水漂兒的想法，哪裡知道，在會首買下這裡之前，還是一個幾乎所有人都看不上的荒山，不過短短不到兩年時間，就變成了一座價值連城的金山！

這樣的奇人願意做天喬寨的會首，實在是天喬寨一大幸事！

「會首，齊東明，我也帶來了。」木子彤悄悄道，神情卻是明顯有些疑惑。

此次到來，就是收到扶疏的信，只是讓自己來不稀罕，怎麼還囑咐自己把齊東明也帶來？

扶疏不過略頓了一頓，便道：「看好了，別讓他出任何意外。」

即便自己已經成為陸扶疏了，可每每想到齊淵竟是利用上一世的自己，偽裝成情聖欺騙天下人，扶疏都覺得噁心至極。

還有那姬珍娘，先是勾搭齊淵，又在之後利用神農山莊小姐的身分享盡榮華富貴，這對狗男女，要是不遭到報應，別說老天，就是自己也不能答應啊！

也是時候讓他們付出應有的代價了！

「二公子本來也想跟來的，只是二夫人就要臨盆——」木子彤想到一事，忙對扶疏、家寶兩人解釋道。

木子彤口裡的二公子自然就是陸家和。不得不說陸家和雖是在農事上沒有天分，卻是一把做生意的好手，雖然沒有功夫傍身，卻依舊在天喬寨裡混得風生水起，一年前，更是娶了寨裡一等一的大美人兒為妻。

「真的？家裡要添丁了，當真是大喜事一件啊。」扶疏果然大為驚喜，又下意識地瞧向身旁的家寶，轉而又不禁憂心忡忡，說句掏心窩子的話，兩個哥哥都是自己極親近的，可真說扶疏最掛在心上的，卻還是家寶。這一世整整十年時間，自己都是和大哥相依為命，而且相較於二哥陸家和的玲瓏心思而言，大哥陸家寶無疑太過敦厚了些，又兼常年行蹤不定，竟是到眼下，連一門親事也沒訂下來。

倒不是說沒人看上大哥，要說大哥還是滿搶手的，據自己所知，由於大哥日益展現出過人的農藝天賦，喜歡他的人還是有幾個的，比方說謨族公主葉漣。

只是大哥不喜歡葉漣那種嬌蠻的性子，聽說葉漣有招為駙馬的意思，直接捲了包裹離開了天喬寨，還斷絕了和所有人的聯繫。葉漣無法，才在年前又另外在本族招了一個貴族做駙馬，卻是派人傳信，只要家寶願意，她隨時可以停夫再娶，把大哥給氣得，當時就把人給攆了出去。

也幸虧天喬寨是個民風剽悍的地方，大家並不大講究，因此大哥的未婚對二哥的影響並不大；饒是如此，也把兩老愁得什麼似的，陸老爹就不止一次給扶疏捎信，讓她想辦法給家寶找個媳婦。

看來明日這個百花會，自己還是有必要參加的。

當下招手叫來陸寬道：「你去見一下賢王爺，再拿兩張請柬來。」

皇上已然定下要在沁碧苑舉行百花會，那裡是行宮重地，沒有請柬的話，尋常人等是根本進不去的。

特別是今年的百花會，皇上膝下除了二皇子、三皇子已然大婚外，四皇子、五皇子、六皇子都到了適婚年齡；除此之外，還有賢王殿下齊灝、國公爺秦箏這等炙手可熱的貴族，也會親自到沁碧苑來，又有皇上特別加恩神農山莊，令神農山莊所有未婚男子俱來參加百花會。

消息傳出，有待嫁女兒的人家，更是挖空了心思想要多弄些請柬來，即便不能嫁給皇子王爺，真是嫁入神農山莊也是既富且貴啊。甚至嫁入神農山莊的話，遠比一般的王公大臣家還要清貴，畢竟神農山莊綿延上千年來，歷來是各代皇上的寵兒，從來不須擔心會失了聖寵！

因為以上種種原因，使得沁碧苑的請柬更加重金難求。

只是對別人說很難的事，於扶疏而言卻是輕而易舉，聽說扶疏要，齊灝忙又派王福親自登門送了來，又擔心扶疏不夠用，還特意多拿了幾張。

「神農山莊的人也要來？」聽了王福的話，扶疏明顯有些吃驚。

「是。」王福點頭。「神農山莊的副莊主姬微瀾已經從汾州趕回，連帶著還有十多個神農山莊近來名聲響亮的後起之秀。」

許是齊灝特意吩咐過，王福倒是知無不言。

扶疏瞇了下眼睛，很快就明白了皇上的打算——坤方之地的叛族，人丁也並不如何興旺，到現在為止，加上旁門左支，也不過就這麼些人罷了。

而從他們離開坤方之地，到之後徹底掌控神農山莊，也不過十三年之久，許是怕一下湧來太多人引起朝廷猜忌，又因為坤方之地更多的是鑽研祖上留下的、上不得大雅之堂的邪門歪道的東西，除了傳說中實力強勁的莊主姬嵐外，餘下的則大多是可塑性強、能較快修習農藝的年紀小的人，而這些人，現在恰好到了適婚的年齡……

皇上這一招果然高明，既不打草驚蛇，又顯示了格外的恩寵，還差不多能一網打盡……

齊淵這幾日終於揚眉吐氣。

無他，皇上看情形病得不輕，那處別苑到現在還是荒著的，皇上聽聞，鬱氣積聚之下，幾至臥床不起。

許是補償之前對自己和姬青雨所代表的神農山莊的冷淡，這幾天，皇上的賞賜簡直流水一樣地送過來，自己這郡王這幾日卻是享受著親王一般的待遇。

便是出得門來，那些同僚也是爭相巴結……

前兒個又傳旨，讓自己和齊灝一併負責百花節事宜。

陪在姬微瀾身側的姬青雨臉上也是掩不住的得意——虧皇上之前還以為撿到寶了，想著憑藉一個小小的黃毛丫頭就能和神農山莊叫板，現在被打臉了吧？

倒是從汾州剛剛奉命回來的姬微瀾，眉目之中卻始終帶著幾分愁色——實在是沒有人比姬微瀾更清楚，別苑的異狀也好，汾州三地日益緊急的形勢也罷，其實全是神農山莊搞出來的。

自己果然太急功近利了些，總是想著要做出比之前姬扶疏之流更大的成就，哪裡想到，卻成了眼前這般混亂局面！

虧得之前姬扶疏他們那一支想出了一些應對之法，可要命的是許是沒想到自己等人還會從坤方之地重返中原，並再次執掌山莊，所想出的應對之策無疑太過粗糙了些，還很難說是不是有用。

退一萬步說，即便真的見效了，怕也得十年之後了；要知道汾州三地素來有天下糧倉之譽，要真是十年顆粒無收……

饒是姬微瀾自來膽大妄為，想到可能會出現的情形，也不由得起了一身的冷汗。又想起雖然祖上語焉不詳，可伴隨著家族人被押送坤方之地，卻是因為建國足有千年的大周的滅亡，現在想想，這裡面絕對有很大的關連……

汾州三地如今已然是人心惶惶，即便自己一再打壓，怕是也壓不了多少時候了，到時候，該怎樣才能應對皇上的雷霆之怒呢？

「微瀾，走吧，咱們一起去沁碧苑吧。」齊淵微微笑著衝姬微瀾一點頭。

明顯看出姬微瀾的心事重重，齊淵卻是毫不在意。

「不必擔心，放眼天下，神農山莊也不過就你這一家罷了。你到時只須說天象有異，非人力所能及罷了，皇上除了你們還能依仗誰？沒有十足的證據，諒他也不敢拿神農山莊問罪。」

而且，即便亂了又如何？這個天下，本來就應該是自己的，卻被齊珩生生給搶了去，真是亂了。一個「皇上無德致使天怒人怨，汾州三地才會赤地千里」的大帽子扣下去，民怨沸騰之下，再加上神農山莊的支持，以及自己手下掌握的兵馬，自己就有八成把握把本屬於自己的東西重新奪過來——

不到萬不得已，自己又怎甘屈居人下？

扶植齊昱登基，又哪裡比得上自己做皇帝痛快？

門簾一挑，姬珍娘和一個盛裝打扮的少女走了出來，少女也就十五、六歲的年紀，身材高眺，長相勉強可算得上是中上，神情卻偏是傲慢得緊。

一行人出了院子，外面龔慈芳早已經在等著了，看到兩人出來，忙快步迎上去。「參見王妃。」又衝高眺少女一笑，語氣中滿是恭維之意。「阿瑤，妳今天真漂亮。」

女子正是南安統帥薛明安的女兒薛瑤。去歲秋時，秦箏奉命去南疆勞軍，被這位薛瑤小姐一見鍾情，可惜秦箏身分太高，不然，薛瑤怕是馬上就會央了父親，下令讓對方娶了自己。

也因此聽說齊淵等人要到宣華來，一早就跑了去，無論如何也要跟著來參加宣華的百花節，目的就只有一個，那就是秦箏。

哪知來了之後就聽龔慈芳悄悄回稟說，秦箏好像喜歡上了一個野外偶爾遇到的女子，這些時日以來一直派人四處尋找著。

薛瑤心裡當時就咯噔一下，心裡更是惱怒至極——說句不好聽的，薛明安在南疆就是一人之下，萬人之上，甚至郡王齊淵也是靠了薛家才在南疆站穩腳跟；薛瑤又是薛明安唯一的女兒，早養成了說一不二的嬌蠻性子，從小到大，凡是她看中的，還從沒什麼要不到手的。

秦箏則是薛瑤碰的第一個釘子。可人麼，總是有些賤，看一來二去的，秦箏都沒有要娶自己的意思，薛瑤反倒越發來了勁，竟是非秦箏不可了。

如果說秦箏是自己心愛的男人，即便有哪裡忤逆了自己還能包容一二，那個敢搶秦箏的人，在薛瑤心目中已經是和死人一樣的存在了！

等這次百花會自己先訂下秦箏，然後即便翻遍整個宣華城，也要把那個敢跟自己搶男人的賤人給找出來。

「放心——」知道薛瑤心裡想的是什麼，姬珍娘安撫地拍拍薛瑤的手。「瑤兒可還是我的乾女兒，待會兒娘會親自向皇上請求給妳和秦箏賜婚。」

這幾日形勢急轉直下，朝廷的格外恩寵，使得姬珍娘再不復之前的小心翼翼；又知道夫君的心思，這會兒自然要花大力氣拉攏薛明安，連帶著這秦箏，本來就可以算得上神農山莊的人，自己兩頭一說合，這樁婚事如何不成？

到時候丈夫在朝中既多了秦家的臂助，又能讓薛明安更加死心塌地，豈不是美事一樁？

「謝謝娘——」薛瑤很是感激地衝姬珍娘一笑——實在是秦箏長得太可人了，自己見了那麼一次，就魂牽夢縈，再也難以忘懷。

至於秦箏和神農山莊的淵源她也是知道的，秦箏可是自幼在神農山莊長大的，說句不好聽的，姬珍娘可算是秦箏標標準準的長輩了，有義母打包票，自己和秦箏的婚事必然大有希望。

轎子很快來至沁碧苑前，龔慈芳掀開車簾往外看時，忽然一頓，看著同樣停下來的一隊車馬，臉色明顯有些發僵——

雖然看不清車轎中人的真面目，那騎著高頭大馬緊跟在轎旁的隨從自己卻記得清楚，不正是一次又一次下了自己臉面、還屢屢痛毆自己手下的那個囂張異常女子的隨從嗎？

齊淵和姬微瀾也是齊齊一震——

兩人的視線一起集中到緊跟在第二輛轎子旁的那個高大的青色人影身上，不是青岩，又是哪個？

龔慈芳這邊認出人來，轉頭就忙把消息悄悄告訴了薛瑤。

「妳說，就是她，想要和我搶阿箏？」薛瑤聽了龔慈芳的話，已是柳眉倒豎，惡向膽邊生，瞧著扶疏的車轎，一副恨得咬牙切齒的模樣。「本小姐這就去會會那個賤人！」

只是因為怕薛瑤會忌諱對方和賢王有交情，龔慈芳並沒有把自己之前吃虧的事給講出來。當然，以薛瑤的蠻橫，即便對方是天王老子，敢和自己搶男人，那就只能自認倒楣。

龔慈芳又悄悄跟姬珍娘說了下，姬珍娘也早因那日行宮之事對扶疏懷恨在心，這會兒聽薛瑤說要去找對方的麻煩，自然點頭應允——雖然有的是法子收拾那個死丫頭，可眼看著各府之人都在往這兒雲集，真是大庭廣眾之下羞辱了這女子，也算是出了心頭一口惡氣。

看到前面有車輛，扶疏就命車伕慢著些，想著等對方過去再跟上，哪知本是在前面中間靠左側的那輛華貴的馬車卻突然停住。

眼看著後面的車轎越來越多，想著前面那輛車許是有些什麼毛病——只是那車子的主人好像有些蠻橫，真有問題的話不是應該靠邊停下嗎？卻偏大刺刺地停在路中間。

給扶疏駕車的，正是天喬寨的一把好手鄭勇，見此情形，鄭勇不由皺了下眉頭，只是車上主子沒說什麼，自己也不好多事，當下只斜眼瞧了一下對方的車伕，神情中就有些不忿。

雖然心知對方有些古怪，扶疏倒也沒太放在心上——這裡距行宮別苑已經不遠，即便再不長眼，應該也不至於就在這個地方生事，就隨口吩咐鄭勇道：「去問一下，看需不需要幫忙。」

哪知一語甫畢，就聽對方馬車上忽然傳來一聲怒斥。「不長眼的東西，你那是什麼眼神？竟敢這樣對我家小姐無禮，當真是找死！」

卻是對面馬車上的車伕，忽然張口罵道，手裡還揮舞著一條鞭子，竟是兜頭朝著鄭勇頭頂就抽了過來，同一時刻，又有幾個貼身武士，也齊齊抬起武器，朝著車轅中幾匹馬的要害部位刺了過去。

「奶奶的熊——」鄭勇早被對方的無禮行徑給氣壞了，看對方竟是要襲擊自己，當場破口大罵。

鄭勇在天喬寨也算是數一數二的人物，不只武藝高強，更兼騎術精湛，平常人可絕請不起這樣一個厲害的人做車伕，也就是自家會首，鄭勇才甘願自降身分。

方才一直就有些氣悶——敢在會首面前這麼囂張，不是找抽嗎？若非扶疏不許，依鄭勇的性子，早動上手了。

哪想到自己不招惹對方，對方竟還敢招惹自己，特別是看到對方的武士也齊齊出手，明顯是刻意針對會首——若真是讓對方得了手，車轅中這幾匹馬同時暴動的話，會首最少也會從車裡摔出來！要是自己當車伕還讓會首摔著了，自己還有臉在天喬寨混嗎?!

當下鄭勇頭微微一偏，恰好躲過對方的鞭子的同時，伸手一抄，就把鞭子攥在手裡。

那車伕明顯沒想到對方竟是這麼扎手，一愣神的工夫，只覺一股大力襲來，只來得及「啊」了一聲，身子就直直地飛了出去，又狠狠地撞到對面一棵大樹上，登時血流滿面。

同一時間，扶疏身旁的侍衛也齊齊出手，那些本是要偷襲扶疏馬匹的武士手中的武器，哧溜一聲一起轉了個彎，竟是照著自家馬匹砍了過去，不得不說，下手還真是狠，幾匹馬的馬頭同時落地。

馬車裡的薛瑤和龔慈芳本來滿心等著扶疏在大庭廣眾之下如何從馬車栽倒下來，然後自己兩人再隆重登場，讓這賤人跪下磕頭賠罪；哪知一瞬間情勢逆轉，隨著車轅中馬匹栽倒，車子旋即滾翻，兩人猝不及防之下，「砰」地一聲就從馬車上滾了下來，好巧不巧，正好趴倒在一片鮮血裡。

兩人嚇得馬上往旁邊爬去，卻是手一軟，忙定睛瞧去，又齊齊發出一聲慘厲的喊聲——卻是正對上死不瞑目的一雙暴突的馬眼。

「大膽！」齊淵等人的車馬本來馬上就要進入宮門了，這時候也忙掉頭拐了回來。

本來為了看笑話，姬珍娘刻意讓車伕行得慢些，倒沒料到，卻是看到了這麼讓人目瞪口呆的一幕——

那般剽悍還帶了那麼多武藝高強侍衛的薛瑤和龔慈芳，不但沒陰著別人，還被別人給陰了！

直到齊淵在外面用力地敲了幾下車廂，姬珍娘才回過神來——

薛瑤可是薛明安的女兒，眼看著大齊亂象將起，還得靠薛明安出死力呢，真要是任憑薛瑤跟著自己等人時出了什麼事，怕是薛明安面上不說，心裡也會產生隔閡。

齊淵雖是身為南安郡王，卻遠遠不如之前做皇子時威風，齊珩又處處提防，這幾年，除了勉強收服一個薛明安外，其他可依仗的就完全沒有了。

想通了此節，姬珍娘不敢遲疑，雖是薛瑤兩人躺在自己見了就無比噁心的血污裡，也只得捏了鼻子上前，又連聲地喊宮廷侍衛前來。

「竟敢在行宮重地做出這等無法無天之事，如此以下犯上、行刺公侯之女，真以為朝廷如此軟弱可欺嗎?!」姬珍娘言下之意卻是明明白白——要是這樣有損朝廷威嚴的事齊珩都不管，也顯得朝廷太過軟弱了吧？

當然，之所以認定這件事會有損朝廷威嚴，最根本的就是姬珍娘認定，那個陸扶疏定然如姬青雨口裡講的那般，不過一般庶民百姓罷了。沒看薛瑤那麼潑辣的女子，方才也只敢暗地裡下手，不就是怕會有損天家顏面，這陸扶疏倒好，竟然就敢真刀實槍地給幹上了。

要麼這陸扶疏就是有極大的依仗，要麼就是愚蠢無知。

姬珍娘理所當然地認定了後者。

如果說之前真的整治好了別苑還好說，可現在瞧著已經幾天了，那處別苑仍舊死氣沈沈地放在那裡，可見這小賤人根本就是束手無策。

就是能有參加百花會的請柬，定然也是不知怎樣死皮賴臉才求來的，不說夾著尾巴做人，竟然還敢這般猖狂，說不是愚蠢到令人髮指的地步都沒有人信。

眼見得前面不遠處就是行宮了，還敢如此囂張，便是有天大的臉面，齊灝也定然護不住她；護住、護不住是小事，說不好，連帶地齊灝也會惹得一身腥。

齊淵也明顯意識到了這一點，邊火速令人把扶疏的車馬包圍起來，邊命人速速請大內侍衛前來抓捕凶犯。

薛瑤和龔慈芳也被人扶了起來，只是本來盛裝打扮，現在卻是渾身沾滿了星星點點的馬血，形象委實跌到了谷底。

兩人不過回車上稍微梳洗了一番，卻是不肯打道回府——不弄死這賤人，自己這輩子怕是都要抬不起頭了！

「裡面的人，還不——」齊淵本想說「滾下來」，卻在接觸到青岩冰冷的眼神時窒了一下，把到嘴的「滾」字咽了下去。「還不下來！」雖然仍是聲勢極為嚇人的模樣，氣焰卻明顯弱了些。

「開門。」扶疏沈聲道。

鄭勇橫了齊淵一眼，上前拉開車門。

第七十三章　嚇死妳

扶疏端坐車中，居高臨下俯視著齊淵，因是來參加百花會，扶疏今日著一身淡粉的裙衫，越發襯得眸似秋水、眉若春山，配上一身飄逸的氣質，美得簡直讓人屏息。

齊淵卻在對上女子沈靜的眼神時，心裡再次一慌，只覺整個人又有了如墜冰窟的感覺——

該死！真是見鬼了，明明是完全不一樣的人，可為什麼自己每次對著這個女子就會不期然想起姬扶疏那個死得不能再死了的人呢！

「咦——」也有離得近的，不由驚呼出聲——這麼美貌的女子，怎麼瞧也不像凶神惡煞之人啊。

後面的姬珍娘則險些氣炸了肺，到底怎麼回事，齊淵每次見到這女子，都會看得呆了，明明是要給薛瑤出頭的，齊淵倒好，竟是軟綿綿說了那麼一句，就沒有下文了。

早知道夫君本性是個風流的，可這般失態，傳了出去，自己的臉都要丟盡了。

旁邊的薛瑤則更加堅信了龔慈芳的話——這個女人果然就是個狐狸精，瞧瞧這一露面，就把見慣了鶯鶯燕燕的南安郡王給迷得神魂顛倒，怪不得能迷惑得了秦箏！

正好大內侍衛也聞訊趕來，邊走邊呵斥道：「什麼人竟敢跑到行宮重地撒野？」

薛瑤上前一步，指著扶疏道：「本小姐是南疆大帥薛明安的女兒，陪同南安郡王妃一起來參加百花會的，沒想到卻會碰上這夥凶徒——」又一指滿地的鮮血。「這夥凶徒不知受何人指使，竟敢在這行宮重地行刺殺之事，若非我和龔小姐反應快，說不好這會兒也活不得了！」

「陸扶疏，妳好大的膽子！」姬珍娘也怒斥道。「還不快滾下來認罪！」

「就憑妳？」陸扶疏冷冷地瞧過去。「不過一個小小的郡王妃，口氣倒不小。」

「妳——」姬珍娘一向是被人奉承慣了的，還是第一次聽別人說自己不過一個「小小的郡王妃」，登時氣得滿臉通紅。

剛要喝令侍衛上前抓人，卻聽一個男子驚喜至極的聲音道——

「扶疏，真的是妳！」

薛瑤和姬珍娘的注意力全在扶疏身上，龔慈芳卻是一眼認出，那個正排眾而出的俊秀男子不是秦箏又是哪個？忙扯了扯薛瑤的袖子，提醒道：「阿瑤，是秦公爺。」

薛瑤這才回神，氣得一下攥緊了拳頭——龔慈芳說的果然是真的，秦箏果真被這個賤人給迷住了。

「秦公子——」薛瑤提起裙子就走了過去。

秦箏已然來至馬車前，正好看到扶疏，和侍立在扶疏車旁的青岩，臉上的喜色頓時僵住——小時候這樣的畫面，自己每每見著都要不高興一陣，甚至私心裡總覺得，青岩時時跟在扶疏身側就是和自己作對，分明是要和自己搶扶疏好不好？

可這會兒再看見和從前一模一樣的情形，竟是那般懷念——

若是扶疏還活著，自己便是永遠也不能靠近，只是遠遠地瞧著，心裡也是安穩喜樂的吧？

只是也不對呀，之前在軍營裡，扶疏會護著青岩可以認為是偶然，青岩又怎麼會如此聽話地守護陸扶疏？

別人不知道，自己卻清楚，青岩這樣自小送到扶疏身旁的，即便是死，也不可能再對另外一個人獻出忠心。

這樣想著，忙又看向青岩的眼睛，心裡忽地就跳了一下——

這麼熟悉的眼神，和從前青岩守護扶疏時竟是毫無二致。

眼前忽然閃過一幕幕景象——

管家說陸扶疏送來的，全是自己愛吃的，且能護胃的水果；身受重傷時，即便對自己如何厭煩，也讓人端來和扶疏做出來的口味一模一樣的粥；還有眼前一如往日那樣形影不離的青岩……

一個雖然絕不可能卻又太過誘人的想法，一下子跳入秦箏的腦子裡。

太過震驚之下，秦箏反而不敢再開口，唯恐一說話才發現，眼前的一切美好都會灰飛煙滅！

正自激動，突然發現扶疏眉峰竟是蹙起，這才覺得有些不對勁——

「秦公子，這般毫無教養的女子，再瞧下去只會髒了眼睛罷了，咱們……」已經追過來還特意和秦箏並肩而立的薛瑤，一臉大喜過望——

以前秦箏對自己總是愛理不理的，本來還擔心，自己這麼貿貿然跑過來，會讓這個總是高傲得不得了的秦公爺不喜，沒想到自己都站得這般近了，還說了那麼多這個狐狸精的壞話，秦箏都沒有反應。

當然，薛瑤並沒有盲目地認為是自己太過美貌，才使得秦箏發生這樣大的轉變——那個騷狐狸確實長得比自己漂亮，可漂亮有什麼用，男人都是有野心的，娶一個有助益的妻子才靠譜，憑自己的家世，就能把這貧賤女甩得十萬八千里遠。

就說秦箏還是個聰明的，這麼快就做出了正確的選擇！

「妳說什麼？」秦箏霍地轉過頭來，臉上已是染上了怒意。

薛瑤明顯沒有反應過來，下意識道：「我說這般毫無教養的女子，合該關到天牢，沒得污了眼睛——」

「是嗎？那妳倒說一下，為什麼要關進天牢？」秦箏狀似雲淡風輕地問道。

依舊端坐的扶疏嘴角挑了一下，忽然覺得胸腔裡酸酸的——

有多久沒看到阿箏這樣蔫吧壞（注）的樣子了？

小時候就是這樣，但凡這小子露出這樣的神情，莊裡就會有哪個人要倒楣了。

同一時間，秦箏幾乎條件反射般瞧了扶疏一眼，卻又迅即回頭——

果然，和從前一般，心領神會的樣子，只是那縱容裡卻又有著太多的心酸……

薛瑤卻被秦箏百忙之中還要和扶疏「眉來眼去」弄得怒了，當下看圍得越來越厚的人牆，特意拔高聲音道：「秦公子這般風神秀雅的人物，又怎麼會見過這般鄉下來的野蠻無知、毫無教養的女子？以為行宮重地和他們那窮鄉僻壤一樣的嗎？竟敢在行宮外行刺殺之事，當真是找死！這樣骯髒的東西——」

秦箏一下打斷她，聲音詫異至極地道：「薛小姐是在說自己嗎？」

「什麼？」薛瑤一下呆了。

秦箏聲音更響地道：「聽說薛小姐來自南疆，嘖嘖，本公倒是去過那裡，確實算得上是窮鄉僻壤了，沒見過什麼世面也能理解；只是妳爹娘都沒好好教養過妳嗎？怎麼竟是如此顛倒黑白、胡攪蠻纏的女子！」

「你、你說什麼？」薛瑤身子一晃，好險沒氣暈過去。

「我說的不對嗎？」秦箏神情譏諷。「方才不只是我，很多人都親眼瞧見，妳駕車的馬兒明明是自己的手下揮刀斬殺的，怎麼竟敢如此無恥賴到陸小姐身上？妳便是想要出名，儘管出名就是，何必攀扯無辜人？妳爹再是南疆大帥，這樣做也太欺負人了吧？」

「阿箏！」姬珍娘沒想到關鍵時刻，秦箏竟然胳膊肘往外拐，硬是放著自己要給他訂的未婚妻不護著，而要給那上不得檯面的陸扶疏作證，忙拿出家族長輩的威嚴。「你又知道什麼，可不要被美色所惑！」

在認定陸扶疏應該就是姬扶疏後，秦箏就想通了，齊淵也好，姬珍娘也罷，定然曾經做過對不起扶疏的事，不然，青岩不會對他們這般仇視！原先便看兩人在一起不順眼——

秦箏心裡，齊淵既是一再對外宣稱，他的真愛是扶疏，就不應該再另娶他人；可自己去

注：蔫吧壞，意即暗中使壞、玩陰的。

了南疆後才發現，齊淵家裡除了姬珍娘外，竟還有其他姬妾！

雖然不清楚扶疏和他們的糾葛，可只要得罪了扶疏的，別說一個姬珍娘，就是自己爹娘，老子都得翻臉沒話說！

當下秦箏臉一沈道：「郡王妃這話有些唐突了吧？本公如何，自有家中長輩處置，和郡王妃又有什麼關係？況且據我所知，陸小姐最是知書達禮的一個人，沒看見這麼長時間，雖是被冤枉了，陸小姐卻是一句話都沒有說過；倒是那些真正毫無教養的，不但絲毫不知羞恥地胡說八道不說，還惡人先告狀。只是是非曲直自有公斷，這裡可不是南疆，某些人想要一手遮天，怕是難了點，只有那般不知羞的醜惡嘴臉，徒留笑話罷了！」

除了扶疏，這世上有哪個人可以對我秦箏指手畫腳?!從前自己還小，事事全須扶疏照拂，現在終於有能力去回報扶疏了，這些人竟還敢當著自己的面欺負扶疏——

甭管是不是，秦箏這會兒已經認定，陸扶疏就是姬扶疏了！

「你你你——」再沒想到秦箏說話竟是這般刻薄，薛瑤簡直要被罵暈過去了。

「好好好，好一個忘恩負義之徒！」姬珍娘也險些背過氣去。

「忘恩負義之徒？」扶疏不知什麼時候靠近姬珍娘。「曹珍兒，這句話妳說的是自己吧？」

「曹珍兒？」姬珍娘一滯，不敢置信地抬眼瞧向扶疏，那模樣如同見了鬼一般。

曹珍兒是她寄身妓院時的名字，當初叫了足足五年之久，可後來被齊淵接到恭親王府後，這個名字也就隨之被刻意忘記，近十多年來，更是連姬珍娘自己都不記得了。

唯恐刺激得不夠，扶疏又往前一步，來至姬珍娘身側，輕笑一聲，聲音雖不大，可聽在姬珍娘的耳裡卻宛若五雷轟頂——

「當初可是姬扶疏小姐親自去妓院接了妳出來，扶疏小姐待妳若妹，可妳這賤人又是如何回報她的呢？竟然轉頭就和齊淵勾搭在一起。」

扶疏聲音很小，除了姬珍娘，並沒有其他人聽到，秦箏因怕扶疏吃虧，倒是緊緊跟上前護著，正好聽到了這幾句話，神情先是震驚，繼而回頭無比暴怒地瞧著齊淵的方向。

齊淵正自莫名其妙，實在不懂自己到底哪裡做錯了，竟是惹得秦箏如此敵視，正自揣測，忽聽姬珍娘發出一聲極為嚇人的驚叫，然後指著扶疏尖著嗓子道——

「鬼，妳是鬼——快來人，拿火把，拿雞血，快收了這鬼——」

明顯已是語無倫次。

沒想到姬珍娘突然癲狂般哇哇大叫，齊淵頓覺臉上無光，忙快步上前帶住姬珍娘往後去，一面厲聲命令大內侍衛。「還愣著做什麼？還不快把這些刺客拿下！」

秦箏卻是上前一步，一指薛瑤的那幫侍衛道：「是啊，這樣蠢笨的奴才，自然該抓起來千刀萬剮。」

侍衛們頓時被弄糊塗了，一個郡王爺指東，一個國公爺卻是指西，這到底是鬧哪樣啊？

薛瑤卻是怒極反笑，揚聲道：「來人——」

自己身為南疆大帥的獨生女，帶來的可還有薛家的親軍，都是縱橫沙場的無敵騎士，足有數百人呢，即便這些大內侍衛不聽話，自己也有能力現在就格殺了陸扶疏這賤人。

薛瑤話音一落，長街的東面果然就響起了一陣急促的馬蹄聲——方才薛瑤跟人發生衝突時，就已經命人喚來親軍待命，現在一聽薛瑤叫人，當即就衝了過來，而且個個張弓搭箭，箭尖正對著扶疏一行人。

秦箏和青岩等人大驚，齊齊護在扶疏身前。

薛瑤冷笑一聲。「想欺負本小姐，也得問問本小姐的爹南疆大帥同意不同意！」

扶疏尚未說話，長街另一頭也是一陣暴雨般的馬蹄聲，一個清俊的聲音隨即響起——

「南疆大帥很了不起嗎？想要欺負我家扶疏，也得問問我同意不同意！」

薛瑤的親軍速度已經夠快得了，哪知那隊人馬卻更超過他們十倍百倍，竟是不過瞬息之間，就颶風般急卷而至。

薛家親衛為了擔心被宣華城的貴人誤認為土包子，都用了錦袍武裝自己，來的這隊人馬卻與他們大相逕庭，全是一身嚴整肅然的黑衣黑甲，且是滿臉的冰寒肅殺，宛若地獄歸來的沙場修羅，使得方才還喧鬧不已的場面一下死一般寂靜。

看對方同樣一身國家正規軍隊標準裝備，齊淵直覺不妙，壯著膽子開口問道：「你們是哪位將軍麾下？」

話音甫落，又一陣噠噠的清脆馬蹄聲傳來，方才在後面督陣的人，這會兒終於來至眾人面前。

「不就是個將軍嗎？我爹可是南疆大帥——」薛瑤撇嘴，放眼朝中，除了連州的陸天麟，哪個將軍都沒有自己老爹的拳頭硬。

方才已聽姬青崖說得清楚，這陸扶疏雖也是來自連州，其父卻不過是個並無一官半職的庶民百姓罷了，現在弄出這個陣仗，想來也不過是用美色迷惑哪個沒有頭腦、不長眼的武人罷了。

只是爹那些手下自己也見得多了，個個都是身材魁梧、膀大腰圓的主，一個個跟山林裡的老熊似的，看了就讓人倒胃口，若不是因為這一點，自己也不會一眼就看上秦箏這個小白臉。

她倒要看看，秦箏不是下死命地維護陸扶疏嗎？看到陸扶疏勾引的這頭軍隊裡的「大熊」後，會是什麼感受！

薛瑤面帶譏笑，定睛瞧去，下一刻，竟驚愕得嘴巴圓張合不攏了。

老天爺，自己一定是被陸扶疏那賤人給氣出毛病來了吧？要麼就是，自己又作夢了，或者是眼睛出毛病了，一匹渾身沒一根雜毛的棗紅大馬，正風馳電掣般朝自己方向疾馳而來。

薛瑤久在邊疆，一眼認出，那馬正是價值連城的赤兔寶馬。

更眩得人眼花的，卻是馬背上的金甲將軍——

眉若墨裁，直飛入鬢，目似朗星，湛湛生輝，配上手中金槍、胯下寶馬，俊美宛若神祇……

一眾趕來參加百花會的適齡女子，只覺自己的心房被狠狠地撞了一下。

薛瑤甚至不自覺上前一步，臉上也露出夢幻般的笑容。

卻在看到金甲將軍突然勒住馬頭，無比精準地護在扶疏身前時，神情瞬間僵硬，心裡更是嫉妒得發狂——

自己看上了個秦箏，結果卻讓陸扶疏那賤人不說一句話就搶了去，好不容易又來了個俊美到能閃瞎人眼的英挺男子，倒好，竟還是陸扶疏的姦夫！

賊老天，你也太不公平了吧？憑什麼我爹的手下就全是些大熊一樣的蠢笨角色，這陸扶疏隨便招惹一個，就是這般俊美到極點的男子？

本來心情就已經很糟糕了，又忽然看到自家親衛——方才還在耀武揚威地往前衝呢，倒好，黑甲軍一出現，就馬上站住了腳，甚至連手裡的弓弩都開始垂下來。

果然是人比人得死，貨比貨得扔嗎？虧這些混蛋還不止一次跟自己誇口，他們如何在戰場上殺人無數、百戰百勝！

薛瑤當即張口呵斥。「你們想要抗命不成，沒聽見本小姐的話嗎？」

那數百親衛頓時苦了臉——

祖宗哎，妳也不看看自家招惹上了什麼人，那可是戰無不勝、揚名域外、名震諸國的大殺星，素有黑衣修羅之稱的黑甲軍啊！

別說自家不是對手，就是妳老子來了，也只有吃癟的分！

只是大帥對大小姐的寵愛也是眾所周知的，要是真抗命的話，怕是絕沒有什麼好果子吃。

罷了，不然就做做樣子？

當下為首的親衛瞧著也是個五品的將軍，頗為膽怯地衝金甲將軍一拱手道：「來者可是楚將軍？實在是您身旁那女子欺人太甚，我家小姐也是被逼無奈，楚將軍還是莫要蹚這渾水。」

「欺人太甚？」楚雁南手腕一抬，金槍槍尖正指著對方親衛統領，冷笑一聲。「你既然一而再、再而三說我們欺負人，若是不坐實了你的話，豈不是顯得怕了你們不成？另外，方才那樣也叫欺負？現在，就讓你們開開眼界，瞧瞧什麼才是真正的欺負──」說著槍尖下點，命道：「一刻鐘之內，拿下這幫膽敢在行宮外攪擾的亂軍！」

那統領嚇了一跳。「楚將軍，您不能──」這楚雁南是不是腦子出問題了，自己明明好言相勸，怎麼倒翻臉無情了？

只是還沒想通個所以然，黑甲軍已經如下山猛獸般衝了過來。

「楚將軍，這裡是不是有什麼誤會──」那統領還想解釋，黑甲軍卻哪裡肯聽，竟是餓虎撲羊一般撲上來，統領只得命令手下打起精神迎戰，想著好歹打了個平手，然後才能坐下來好好說話。

卻哪知人的名、樹的影，一聽說對方竟然是殺敵無數的黑甲軍，薛家這幫人早就蔫了，不過象徵性地抵擋了幾下，就紛紛或被擒、或索性自己一頭從馬上栽下來──

沒看到那些想要反抗然後被活捉的哥兒們嗎？哪個不是鼻青臉腫還一副受了內傷的模樣？

人家黑甲軍可是能夠以一敵百的，自己這麼點人手，連別人塞牙縫都不夠啊！好歹大家都披著大齊官軍的皮，真是被捉了也不算太丟人不是？

楚雁南本來說讓手下一刻鐘之內活捉對方，哪想到不過半刻鐘，薛瑤的親衛就被一舉成擒。

倒是那統領還算有些膽氣，被拖到楚雁南面前時，還敢梗著脖子道：「我家小姐可是薛帥唯一愛女，楚將軍您休要聽信謠言——」

話音未落，就被楚雁南的手下上前三下五除二捆成了粽子般，和自己那幫手下丟成一堆了。

楚雁南冷冷一笑，端坐馬上俯視著臉色蒼白、身體也有些簌簌發抖的薛瑤和龔慈芳幾人，冷道：「薛明安的女兒算什麼東西？和我家大帥的女兒比起來，連提鞋都不配！」

楚雁南說完飛身下馬，衝著扶疏一躬身，一本正經道：「小姐，末將來遲，小姐沒有被那些不長眼的給驚著吧？」雙眼卻是無比熱忱地瞧著扶疏的臉，裡面更是寫滿了刻骨的相思。

虧得自己來得還不算晚，倒不是說薛瑤會對扶疏如何，而是——瞧瞧自從扶疏下了馬車，周圍多少雙眼睛都看直了，更不要說旁邊還有一個想要上演英雄救美的秦箏，以及隨時都會出來獻殷勤、彰顯存在感的齊灝。

看來，是得想法子趕緊提醒二叔，自己和扶疏真的、真的，都已經到了，訂、婚的年紀了！

「雁南——」扶疏臉上不自覺染上一抹潮紅，想念了那麼久的人突然出現在眼前，扶疏很是無措，甚至一顆心也不知為何急促地跳了起來，竟是任楚雁南護著往馬車而去。

青岩也忙跟了上去，卻是自覺地落後兩人一步。

秦箏神情一黯，上一世，每當齊淵來探望扶疏時，青岩每每也都是這般作為。下一刻卻用力搖了下頭，強忍下眼角的淚意——誰陪在扶疏身邊又如何，關鍵是，扶疏，她真的回來了。

眼看著兩人並肩而行，更讓人無法接受的是，秦箏不但沒有上前大鬧一場，瞧向那陸扶疏的眼神反而更加憐惜——同是女性，薛瑤為人再傲慢，卻還是能分辨出秦箏到底是惱羞成怒、還是憐惜愛慕的！

怒氣上湧，讓薛瑤方才被楚雁南身上的殺氣嚇跑的勇氣又回來了些，終於往前追了一步，質問道：「站住，你是誰？她又是誰？竟敢捆了南疆大帥的親衛，想找死不成？」

在楚雁南眼裡薛瑤就跟個跳梁小丑似的，聞言回頭，叱喝道：「滾開！我是誰，小姐是誰，也是妳這般身分的人配問的？」

「郡王爺……」薛瑤還是第一次被人這麼當眾喝罵，當場就捂著臉哭了出來。

齊淵方才也委實被嚇住了，只是這個當口，卻是不好裝聾作啞——要是薛瑤占了便宜，自然一切都好說，現在卻是被人當眾作踐到了這般地步，自己見了薛明安，也不好交代不是？

只得咬牙，剛要上前詢問，卻聽行宮大門一陣軋軋作響，緊接著齊灝及王福匆匆而至，看到齊淵正攔在楚雁南面前，忙故作驚異道：「原來郡王爺同楚將軍竟是舊識嗎？本王也是剛聽說楚將軍到了宣華，本想親自來接一接兩位貴客的，哪想到皇上突然眩暈……」

怪不得鬧這麼大動靜，都沒見宮裡有什麼反應，原來皇上病情又加重了嗎？齊淵心情略微好了些，卻在聽清後面的話後，頓時愣住了——楚將軍？還兩位貴客？

不說皇上病了，齊灝和自己一樣得全權主持百花會，就是齊灝親王的身分，也注定了這世上沒幾個人是當得起他親自出迎的。

下意識地看向楚雁南和扶疏，試探著道：「賢王可是認識這兩位……？」

「賢王——」楚雁南衝齊灝一拱手。

齊灝哈哈一笑，拍了拍楚雁南的肩膀道：「回來就好，回來就好啊。皇上一直擔心你在邊疆過得不好，總想著，若是你真有個如何，委實對不起令尊啊；倒沒料到楚將軍智慧才略，比起乃父來也不遜色！」

牙酸之餘，心裡卻是一塊石頭落了地——楚雁南和他的黑甲軍真不愧是令敵人聞風喪膽的鐵軍，果然如期而至，等下即便有什麼大動作，想來宣華也不會亂。

齊淵越聽心越止不住往下沈——姓楚，還是出身將門……不會是自己想的那樣吧？

一念未畢，齊灝已經轉過臉來，笑吟吟道：「來，郡王，本王為你們介紹一下——」先是一指楚雁南。「這位是我大齊上一代忠心報國、英雄無敵的戰神楚無傷大帥之子，眼下還是咱們大齊最年輕的侯爺——忠勇侯楚雁南。」又一指扶疏。「至於這位小姐，則是咱們這一代戰神、大齊天下兵馬大元帥陸天麟大帥的女兒，陸扶疏小姐。」

所有人的下巴瞬間掉了一地，看向陸扶疏的眼神頃刻發生了天翻地覆的變化——

老天爺，那薛瑤是什麼眼色啊，妳說妳欺負什麼人不好，卻偏跑來欺負一個全身上下都金光閃閃的人！還南疆大帥的女兒，也不看看和陸天麟比起來，南疆大帥算什麼玩意！

沒瞧瞧人家陸扶疏的背景，明眼人一下就能看出來，那楚雁南明顯和這陸扶疏是一對——未來公公是上一代戰神，親爹是這一代戰神，準夫婿十有八九是下一代戰神，有三代戰神從旁護持，走出去就是公主都沒有她威風。

薛瑤今兒個何止踢上了鐵板，分明是踢上了銀板、金板、金剛石板！

陸、陸天麟的女兒？齊淵的神情，簡直和被雷劈了一樣。

旁邊的薛瑤本來一直在不停地咬著後槽牙，更是簡直氣瘋了似地不住念叨著——不管這陸扶疏的背後是誰，都絕不能放過她，不然，還有誰會把南疆大帥薛明安放在眼裡？卻在聽清齊灝的話後，頓時失語，就算想猖狂也得分對方是誰對不對？

薛家在南疆也算是能一手遮天了，可要是真跟陸天麟比起來，還真連一絲雲彩都不如！

想要和陸天麟槓上，再給薛明安十年的時間，都不是對手！

第七十四章　陰謀敗露

「原來竟是、竟是陸小姐啊，哎喲，你看，都是將門虎女，這也叫……不打不相識了吧？」還是齊淵腦子轉得快，忙尷尬著上前打圓場。

楚雁南卻是看都沒看他和身子一直不停往後縮的薛瑤一眼，只管和扶疏並肩往行宮內而去。

沒想到對方竟然這麼不給面子，齊淵臉色頓時有些青白不定，卻越發對扶疏笑得殷勤──自己和楚雁南之間的結，因楚無傷之死是無論如何也解不開了。

只是眼下對已然取代了楚無傷成為大齊新一代戰神的陸天麟，絕不能輕易得罪，能拉攏過來就小心拉攏，自己看得不錯的話，這陸扶疏在陸天麟心目中必然有著極重的地位。

畢竟，陸天麟的往事自己也聽說過，好像妻子早已離世，現在突然冒出這麼大個女兒來，雖不知究竟是何來路，可竟然連他自己手下的黑甲軍和楚雁南都派過來貼身保護，可見是極珍愛的。

能拉攏過來陸天麟最好，實在不行，再做最壞的打算。

只是，眼下可不是十幾年前自己做皇子時──

那時自己有兵有權，又深得先皇寵愛，更有姬扶疏那樣一個威名赫赫的未婚妻，做起事來當然是順風順水，甚至連誣陷當時的國之柱石楚無傷，都最終成功。

若是那時候，姬扶疏不是那麼小心眼，因為一個珍娘就同自己翻臉，順利嫁給自己為妻的話，說不好，這皇上的位置早就是自己的了。

反觀現在，自己空有一腔抱負，手下卻是根本沒有什麼可用之人。那薛明安也頂多算是個能打仗的武夫罷了，可比起陸天麟來，卻是差了十萬八千里不止，沒瞧見方才兩軍對陣，人家陸家軍一出現，薛明安那幫手下登時就成了軟蛋。

本來每一次見到扶疏，齊淵都覺得渾身不自在，可這會兒卻是顧不得了，說不好，這陸扶疏就是個契機，要是能通過巴結這個女子，繼而達到拉攏陸天麟的目的，那自己奪取皇位就幾乎能板上釘釘了。

這樣想著，齊淵竟是忙又上前一步，殷勤地對扶疏道：「方才真是抱歉了，等百花會結束，陸小姐有空的話，就和令尊一起到南安郡王府做客，也給本王一個賠罪的機會。」

「不必了。」扶疏擺擺手，腳步根本連停都沒停。

不必了？齊淵有些莫名——是不會做客，不給自己賠罪的機會，還是不必賠罪，她已經不在意了？

正自鬱鬱，眼神卻突然一滯——

卻是又一個相貌堂堂的男子正快步往陸扶疏身邊而去，男子臉上滿是激動和愉悅，更有幾分甜蜜，那模樣，竟是和瞧見了相思已久的愛人一般。

那是，那是——

齊淵倒抽一口涼氣，反手扯過雖然已經不再大呼小叫「見鬼了」、卻仍是精神有些恍惚的姬珍娘，說道：「王妃，妳快看，那人是誰，那個男人是誰？」

姬珍娘被拽得一個趔趄，下意識地順著齊淵手指的方向看過去，幾乎是脫口而出——

「怎麼是那個殺千刀的孽子！」

齊淵一愣，頭倏地轉回來，正對上姬珍娘如冰錐一般的眼神。

「還真是命大，竟然到現在還沒死！」姬珍娘語氣之惡毒，令得齊淵不由打了個寒顫。

齊淵還以為自己看錯了呢，沒想到竟真的是被自己派去天喬寨，然後就再無音信的長子齊東明；本來以為他早已經死了的，倒沒料到，竟然還活著。

可自己妻子這是什麼語氣？什麼叫「殺千刀的孽子」，再怎麼說，那也是自己兒子不是？

而且因是自己第一個兒子，雖是明面上讓東明認在姬扶疏的牌位下，為了培養母子感情，自己卻特意把東明交給了珍娘帶著的。

忽然憶起，好像在府中時，東明對珍娘的表情總是充滿敬畏，甚至離去時，還暗示過自己，說是他親娘的死和姬珍娘有關。

又想到自己府中姬妾也有十多個，可那些懷孕的姬妾總會因各種情況小產；也有一個自己極喜愛的妾，懷孕後，自己特意指派了侍衛隨時保護，好不容易生下個白白胖胖的小子，結果，卻是沒到滿月就得急病死了。

好在姬珍娘終於也能懷孕了，更在十月懷胎後，又幫自己生了個嫡子——唯一可惜的一點，就是嫡子的體質太弱了，而且不知為何，長得越大，和自己越不相像……

這般一想，竟是越發心煩意亂，再回頭看去，扶疏一行人早走得遠了。

倒是姬珍娘，忽然變得極其膽小，不時做賊一般東張西望，竟是時刻不肯離開齊淵身邊。

本來姬珍娘還有幾分風姿，現在年齡大了，身體也和齊淵一樣，早發了福，卻又時時刻刻這樣拽著齊淵，做出一副小鳥依人的模樣，令得齊淵真是無比厭煩；又因心急著想追上齊東明，問問到底是怎麼回事，便越發心煩得緊。

好不容易看姬珍娘累了，忙喚來一個宮娥，讓她小心服侍姬珍娘歪在一個長椅上休息一會兒。

身心交瘁之下，姬珍娘果然很快閉上了眼睛。

齊淵衝宮娥打了個手勢，示意她好好伺候姬珍娘，自己則起身，一路順著沁碧苑的花徑漫無目的地開始找了起來。

路越走越偏，眼見得再沒有其他人，甚至連個宮娥、太監都不見，齊淵一下站住腳——果然是得來全不費工夫，不遠處一個三面環水的涼亭外，在那叢茂盛的花卉前站著的，不正是兒子齊東明和陸天麟的女兒陸扶疏？

遠遠地也聽不到他們說些什麼，只是看陸扶疏的表情，似是有些惱火，自己那素來無比驕傲的兒子，則是不住打躬。

齊淵眼睛一下睜大——怎麼瞧著東明的樣子，竟是和陸扶疏無比熟悉？

忽然陸扶疏不知說了句什麼，又往涼亭指了指，齊東明當即眉開眼笑，然後看左右沒人，轉頭便往涼亭裡跑了過去，邊跑還邊回頭喊著——「我在這兒等著，妳快些啊！」

那模樣，竟分明是一對打情罵俏的小情侶！

是了，自己怎麼忘了，姬青崖和姬木枋被發配到南疆後，也曾向自己說過最後的情形，好像是東明被留下了，而他們離開後，恰好陸扶疏一行人進入天喬寨；難不成其實是兒子被陸扶疏救了，兩人還日久生情？

回想齊東明一路跟在陸扶疏身旁時的表情，委實是陷入情網的男子才會有的。

越想越確信自己的判斷，齊淵簡直喜不自勝——

果然不愧是自己的兒子，什麼樣的女人都逃不出手心。

眼見得陸扶疏好像回去交代什麼事情，一時半刻不見得能回來，正好，自己先趁這個機會見見兒子，一定要讓他無論用什麼法子都要牢牢抓住陸扶疏！

又再三往後看了下，發現這地方確實偏僻，應該不會再有人過來，齊淵快速從牡丹花後繞了出來，往涼亭而去。

齊東明本來正百無聊賴地在涼亭裡坐著，聽到腳步聲，神情頓時喜悅至極，忽地一下就站了起來，卻在看到齊淵後，明顯怔了一下。

「東明，真的是你？」到了近前，齊淵終於確定，自己並沒有認錯，眼前這個一表人才、衣著華貴的青年，委實正是自己已經數年未見的兒子齊東明。

「南安郡王？」齊東明的語氣明顯有些僵硬。

齊淵滯了一下，卻又瞬間想明白——看來兒子是怨自己當初把他送到天喬寨那般危險的地方，更在之後這麼多年來對他不聞不問……

定了定神——原本對這個庶子，齊淵並沒有太在意，這會兒卻不然，一想到說不好就可以藉由兒子把陸天麟拉攏過來為己用，齊淵立即做出了決斷——

一定要想法子消除兒子對自己的敵視！只是既要推脫，就必得把原因推到其他人身上。

齊淵思來想去，終於重重地嘆了口氣道：「明兒，我知道你心裡怨我，可當初，實在是你娘親逼得太急。」

「我娘親是姬扶疏。」齊東明忽然正色道。

「是是是——」齊淵忙點頭。「我不是說你那個娘親，是府裡健在的王妃。」

「那個惡毒的女人？」齊東明神情更加憤怒。「那個禽獸不如的東西，我娘就是她殺的，她還殺了小弟弟。」

沒想到齊東明竟會如此說，齊淵神情明顯有些難看，又思及之前齊東明對姬珍娘的敬畏以及之前姬珍娘種種手段，齊淵心中更是疑雲重重——

怪不得兒子即便脫困了都不肯回南疆，原來是因為這個原因嗎？

難道說姬珍娘真的做了這麼多惡毒的事情？甚至之前自己的侍妾那麼多懷孕的到最後全都小產，說不定也全都是姬珍娘幹的？

又回想起來，之前每次侍妾出事，姬珍娘都是到自己面前痛哭流涕，說是自己沒照看好；自己也曾懷疑過，只是每次侍妾出事，珍娘都恰好不在家中，而且看她哭泣的模樣，竟是比那些侍妾還要悲慘，就想當然地認為姬珍娘沒有說謊，又想起越長越不像自己的嫡子……

齊淵不自主地抓住齊東明的手腕，說道：「你方才說，她害死了你小弟弟？」

「自然。」齊東明重重點頭，一副心有餘悸的模樣。「弟弟洗三時，我親眼見到那個惡毒的女人拿著好幾支鋼針，全都插入了弟弟的腦袋裡。」

「什麼？」齊淵猛地倒退一步，差點跌入池子裡——齊東明一說，他才想起，好像就是洗三後，那個白白胖胖的小兒子就開始日夜啼哭不止，自己當時也是遍請名醫，卻都是束手無策。後來又聽人說，初生的小孩都會鬧這麼一段時間，等過了百日後，應該就會好了的，哪想到沒滿月，孩子就夭折了……

現在聽齊東明說得這般清楚，前後對照之下，哪有不明白的——庶子的死定是姬珍娘下的手，便是那些侍妾或小產、或意外死去，也定然和姬珍娘有脫不開的關係。

一想到自己一直以來同床共枕的，竟然是這麼個無恥狠毒的女人，齊淵嚇得出了一身的冷汗。

「這個毒婦，我——」卻又頓住，再是厭極了姬珍娘又如何，眼下自己根本離不得神農山莊！齊淵竟是越想越是後悔。「要是為父那時候不糊塗，沒有被這賤人勾引該多好！也不會辜負了扶疏，還落到這般可憐可悲的境地……」

「那現在就殺了她！」齊東明忽然道，眼睛更是詭異得發亮。「殺了那個女人，把她切成一段段地絞碎了餵狗——」

沒想到齊東明會恨姬珍娘到了這般地步，齊淵頓時有些為難，良久嘆了口氣道：「明兒，你以為為父就不想嗎？如今爹也知道，姬珍娘就是一個合該千刀萬剮的女人，只是姬珍娘畢竟來自神農山莊……」

姬珍娘也是坤方叛族之後，當初為防被神農山莊人察覺，不得不改姓曹，藏身妓院之中，卻和自己一見鍾情——自己那時只覺得把一個姬姓的柔弱女人留在身邊應該更好掌控，卻不料竟是看走了眼，錯把食人花當成白蓮花……

「不然，你好好求一下陸扶疏，只要能把陸天麟拉攏過來，神農山莊咱們不要也罷；到時候那個女人就交給你處置，要殺要剮，或要凌遲，還不都是你一句話的事？

「明兒，你一定要幫爹，姬珍娘做了這麼多喪心病狂的事，爹現在想著，說不好，就連她那個兒子，都是不知哪裡來的野種——一個早年養在青樓的女子，又能有多乾淨？爹能靠的也就是你——」話音未落，齊淵忽然被人狠狠掐住脖子。

「齊淵，你好狠的心，我要殺了你——」

齊淵猝不及防，拚命想要掙脫，哪知身後的人卻是下了死力氣，死死纏住不放，齊淵情急之下，胡亂抄起涼亭桌子上放著的茶壺，朝著身後用力地砸去。

「姬珍娘，妳這個瘋女人，快放開我——」

耳聽得「砰」地一聲響，姬珍娘堪堪被砸了個正著，頓時一陣眩暈，終於鬆開了手。

齊淵喘著粗氣轉過頭去，正好看到糊了一臉血、神情瘋狂的姬珍娘，嚇得猛往後一退。

「珍、珍娘——」

「齊淵你這個人渣！」姬珍娘明顯有些脫力，無助地縮在地上。「我一定要告訴微瀾，告訴他你是個什麼樣的人！當初，明明是你、明明是你嫌棄姬扶疏長得難看，明明是你勾引了我！你敢說，當初我做的那些帶有毒藥的點心，不是你給姬扶疏送去的？

「齊淵，你猜，要是我跟大家說出姬扶疏的死，其實我們倆就是凶手，你說皇上會怎麼樣？」

「妳敢——」齊淵頓時急了眼，慌忙上前捂住姬珍娘的嘴，想想又覺得不對，只得哀求道：「好了，別再說了，說出那些事情，對妳又有什麼好處？」

「沒有好處又怎樣？」姬珍娘扳開齊淵的手又哭又罵。「你當初明明說只喜歡我一個的，可我們成婚後，你卻左一個、右一個地往家裡抬，你有沒有想過我的感受？你敢把她們抬進家裡，我就敢把那些勾引你的賤人打死！」

「妳——」沒想到自己那些侍妾的死，竟真的是姬珍娘做的，又想到那些未及謀面就小產的孩子，還有當初自己僅僅愛了一個月的小兒子，齊淵怒極。「那阿峰的死也是妳幹的了？」

「是我幹的又怎樣？」聽齊淵提到那小嬰兒，姬珍娘就想起當初齊淵如何寵愛那小嬰兒的娘的情景。「你們日日歡樂，可曾知道，我夜夜垂淚？要不是我，你早死了，根本不可能當上什麼南安郡王！那些賤人憑什麼靠一張臉就要奪走這些屬於我的榮華富貴？還想生下兒子，把我下半輩子的富貴也給搶了，作夢！」

「賤人！」齊淵終於忍不住，狠狠地打了姬珍娘一巴掌。

「你——」姬珍娘徹底氣暈了，想要撲上去和齊淵拚命，卻哪裡是齊淵的對手，竟是被齊淵死死摁住，一動也不能動，又被左右開弓搧了幾個耳光，當即開口罵道：「我就是賤人又怎樣？明白告訴你，在我棲身妓院的那幾年裡，早被逼著用了絕子湯，就是咱們家裡的這個兒子，也根本不是你的種，哈哈哈——」

姬珍娘瘋狂地大笑著，指著齊淵道：「你就是知道了這些又如何，我可是神農山莊的大小姐，你便是知道了，也只能忍著！齊淵，你等著，等我見了微瀾，就會告訴他一切，然後休了你；沒有神農山莊的支持，我看你齊淵又能威風到幾時？」

「妳，妳敢——」沒想到姬珍娘竟會如此說，齊淵神情先是一慌，又很快轉為猙獰。「妳自己明白，你們這幫所謂的神農山莊後裔到底都是些什麼貨色！別人不知，我可最是清楚，你們不過是當初被姬家流放的叛族，姬家代代相傳，叛族子孫敢擅自重返中原、危害國家社稷者死！要是齊珩知道，現在汾州三地早已被你們禍害得寸草不生，妳說他會先砍了誰的頭呢？」

姬珍娘明顯被齊淵一番絕情的話氣得神智不清了，忽然抬起頭狠狠地朝齊淵撞過去。

「好啊，你去說吧，大不了，咱們死在一起！我就知道，偷來的這一切，遲早都要還的……」

「妳、妳快住嘴……」實在是姬珍娘的聲音太過淒厲，齊淵又驚又怕，竟是拽住姬珍娘的衣領就往涼亭的石欄上撞去。「住嘴、住嘴，不要再說……」

「齊淵，你好大的膽子！竟敢合謀姬家叛族謀害姬扶疏莊主，現在還想殺人滅口嗎？」

涼亭外水面上忽然嘩啦一聲響，緊接著幾條船先後從涼亭下方隱蔽處駛了出來——原來這涼亭卻是建在水上，幾條船毫無疑問，早就停在下面了。

坐在第一條船上的不是旁人，正是齊珩和齊灝。他們的腳下，卻是被捆得結結實實、塞住嘴巴、神情絕望的姬微瀾，而第二條船上的，則是扶疏及楚雁南幾個，再後面一條船，則端坐著左、右丞相以及數位朝中重臣。

而這會兒，所有人都惡狠狠地盯著齊淵兩人，那神情，恨不得喝人血、啖人肉——怪不得姬扶疏莊主英年早逝，卻原來，全是齊淵所為。

如此惡毒，又置天下蒼生於何處？

「你們、你們怎麼在這裡？」齊淵一下傻了。

齊東明一下蹦了起來，無比熱切地瞧著扶疏身後的木子彤拍著手道：「阿彤，我按照妳說的做了，我做得好不好？」

扶疏聽得一陣心塞，倒沒料到齊東明被情蠱完全控制了後，竟還會對前世的自己有那般執念；扶疏敢打賭，「姬扶疏是我娘親」這句話絕不是木子彤教的，而是齊東明埋藏在心底的執念。

第七十五章　重掌神農山莊

「那些就是神農山莊的諸位公子嗎？」

「哎喲，不愧是神農山莊的後人，容貌委實出色得緊呢。」

「可不只如此呢，這些公子就是皇上也很看重的，聽說他們本來正在汾州三地坐鎮，是皇上特意派了車駕接了回來，說是這些神農山莊的後裔全都是國家重寶，必得香火代代流傳才好。還說只要他們看中的，就是公主，也必許之為妻……」

一番話說得有鼻子有眼，使得家有適婚女兒的貴婦們，看向花廳中姬氏公子的神情更加熱切，更有心急的，已經悄悄推了女兒出去——今兒個風頭最勁的是戰神陸天麟的女兒陸扶疏，正好這會兒那陸扶疏不知道跑哪裡去了，當然要抓緊機會先和這些「乘龍快婿」來個偶遇最好。

一時眾位小姐紛紛起身，或拈花、或佇立，各個盡展萬千風姿。

便是本來不喜這種場合有意避在角落裡的王嘉芳，也被人群帶著往外而去。

旁邊的龔慈芳陰陽怪氣道：「哎喲，還真是心比天高啊！也不看看自己幾斤幾兩，也想往神農山莊的公子們面前湊？平時滿口的文雅嫻淑原來全都是假的！不過，就是上趕著往前湊又怎樣？也得人家看得上妳才好啊！」

方才因在陸扶疏面前大大地丟人，甚至連親爹的數百親衛都折了進去，薛瑤大怒之下，把一腔怒火全發洩在了龔慈芳身上。

直把龔慈芳罵了個狗血噴頭——和一般女子不同，薛瑤的爹是純粹武夫出身，罵人那是一串一串的，便是娶的那些侍妾，來路也是複雜得很，其中潑婦、悍婦不一而足，互相對罵起來，場面那叫一個壯觀，薛瑤耳濡目染，雖說沒有學個十成十，可也有九成九。

龔慈芳從小到大還沒被人這麼作踐過，只是也沒法子啊，誰讓自己老子不爭氣呢？想著往後還得在薛家門下求生活，也就只得忍了。

好不容易薛瑤罵得爽了，又羞於見人，索性找個沒人的地方躲了起來。

龔慈芳卻是憋了一肚子氣，正好，一眼瞧見正跟著一些丫鬟、小姐往外走的王嘉芳，終於找到了出氣的地方。

知道龔慈芳就是個渾人，唯恐天下不亂，王嘉芳也不理她，假作聽不見，只管低頭疾走。

沒想到自己這一招根本不起作用，王嘉芳連正眼都不瞧自己一下，龔慈芳越發惱火，忽然伸腿朝著王嘉芳絆了過去——

妳不是最愛擺大小姐的譜嗎？今兒個就讓妳在大庭廣眾之下摔個狗吃屎，看妳還怎麼有臉見人！

已經知道龔慈芳有多惡劣，卻不知道，竟是惡劣到這般境地。

饒是王嘉芳已經很小心，卻還是被絆了個正著，身旁的丫鬟一個沒扶住，王嘉芳朝著旁邊一叢花就栽了下去。

「哎喲，我的好表妹，妳走路怎麼這麼不當心，莫不是腿腳有毛病，不然，怎麼好好的路都會摔——」

下一刻卻瞪大雙眼，卻是一個男子忽然探出頭來，手裡還托著面紅耳赤的王嘉芳。

本以為她這一跤不定會跌得怎樣淒慘，卻再不料，花叢下面竟然還有個人，而且還是個男人！

龔慈芳先是一怔，繼而哈哈大笑，指著太過驚慌仍是倚在男子身前的王嘉芳道：「哎喲，表妹這一跤摔得真是好，竟然摔出來一個如意郎君！」瞧那男子的手上還沾有新鮮的泥土，衣服的下襬上還有枝葉草莖，明顯就是個做粗活的園丁；只是皇家果然豪富，一個修剪花草的下人，竟然也穿了一身錦袍。

家寶卻是一臉尷尬，方才一進園子，「職業病」就犯了，隨著自己興趣一路走來，不期然竟是來到這樣一個陌生的所在；更想不到的是，正蹲在地上研究這兒的土質呢，突然就有個人落下來，下意識地抱住才發現，竟是個生得很是美麗、香香軟軟的女孩子。

長這麼大，除了妹子，家寶還從沒有和其他女孩子這麼接近過，也不知是要繼續抱著還是要放開好，竟然就這麼抱著王嘉芳傻坐在了那裡。

王嘉芳也傻了眼，只是比家寶反應還快些，忙用力一撐就想起身，等到手下一軟才發現，自己竟是按著了男子的大腿，頭頓時「轟」地一下，好險沒暈過去——

這次更好，直接躺家寶懷裡去了。

龔慈芳只看得津津有味，故意提高聲音道：「哎喲，表妹，你們倆可是真有緣分啊，這一跤果然摔得好，看來我也不用急著回南疆了，說不好過不了幾天就能吃妹妹的喜酒了。」

龔慈芳說話尖酸刻薄，聲音又大得緊，一時引得周圍的人紛紛側目，甚至一些已經走過去的又趕緊反轉回來，瞧瞧到底發生了何事。

中間也有認識王嘉芳的——

這不是宣華太守家的閨女嗎？雖說百花會男女之間即便陌生人也可一起遊園閒談，可這樣直接躺倒在男人懷裡，也實在太……

家寶長這麼大，還從沒有被人這麼圍觀過，心裡一急，單臂在地上一撐，另一隻手臂抱著王嘉芳就站了起來。

「哎喲，不愧是經常做重活粗活的園丁大哥，倒是有一把好力氣——」龔慈芳笑得越發誇張。「以後真是窮得揭不開鍋了，去幫人做苦力也是滿好的啊！」

「表姊妳胡說什麼？」王嘉芳雖是性子向來溫柔敦厚，這會兒也被擠兌得紅了眼睛。

「要不是妳，我又怎麼會摔倒？」

「什麼叫要不是我？」龔慈芳說話越發陰陽怪氣。「明明是你們約好了吧？自己不長眼挑了個上不得檯面的，還想把原因賴到我身上？也對，就妳這樣的，也就配這樣下賤的人罷了，神農山莊的公子倒是俊秀無雙，可惜，妳想高攀也高攀不起啊！」

「這位姑娘是偶然跌倒，我們之前並不相識。」家寶忙正色道，又很是歉疚地對王嘉芳道：「在下陸家寶，也是陪同家人參加百花會的，方才只是看著這叢花兒下面的泥土有些異狀，瞧得太投入了，倒沒想到會驚著姑娘。」

來參加百花會不看人卻看臭乎乎的泥土？龔慈芳剛想開口嘲笑，卻忽然想起另外一件事，心裡頓時「咯噔」一下——神農山莊的二十多位公子確然全都在這裡，眼前這位，不會就是神農山莊的吧？自己本來是要害王嘉芳出醜的，要是反而幫她勾搭上一個神農山莊的公子，那豈不是虧大了？

一念未畢，外面忽然傳來一陣急促的腳步聲，然後一隊甲冑鮮明的御林軍忽地出現，一下就把這個園子圍了個水泄不通。

「全都站在原處，不許隨意跑動，否則，殺！」

「擒拿所有冒充神農山莊的姬氏叛族，敢有反抗者，格殺勿論！」

一番殺氣騰騰的話，使得所有人都呆若木雞，便是龔慈芳這類將門之女也嚇得腿肚子轉筋，錯眼看見那「園丁」倒是護得一手好花，竟是立馬把王嘉芳護在身後。

以姬青雨為首的神農莊人則在聽清了「坤方姬氏叛族」幾個字後，全都傻在了當場。隨著在場二十多人一網成擒，大內侍衛才散開，又一隊侍衛簇擁著一大群人走入內。

走在最前面的正是神情憔悴的齊珩——

這幾日齊珩並不是在養病，而是秘密派出大量特使奔赴汾州等地，帶回來的消息卻是讓齊珩的心一下沈到了谷底——三地死亡的莊稼如感染了瘟疫般迅速蔓延，到現在為止，已有九成的土地確定絕收，甚至那些曾經肥沃的土地上，連根雜草都長不出來了！

雜草的生命力有多強，即便是貴為一國之君的齊珩都知道，要是草都生不出來了，那……

汾州三地現在已是人心惶惶，更有一些有經驗的老農斷言，這樣死氣沈沈的土地，怕是十年內都不會泛青……

好在，有陸天麟的女兒陸扶疏超凡出世。

雖然情形著實艱難，可也好歹還有一線生機——

汾州三地的異象，自然可以歸到神農叛族身上，一來安定民心，二則也一洩自己心頭之恨。

重新占據神農山莊並不可怕，可怕的竟是為了一己私利把大齊及無數黎民百姓拖入水深火熱的地獄中，才真是該死之至。

只是眼下情形，還須得靠神農山莊這桿大旗穩定人心，齊珩下意識地看了一眼微微落後自己一步的明遠和尚，明遠雙手合十，微微一笑，齊珩頓時心下大定，腳步也輕快了不少。

齊珩的身後就是齊灝及扶疏、楚雁南等人，再往後則是一群神情慌張的王公大臣，從一進入院子，這些人就無比緊張地瞧向園中諸人——

方才大內侍衛的話大家也都聽得清清楚楚，之前和姬氏偽族交好，或者相中了神農山莊的那群所謂公子做佳婿的，現在最怕的就是看到自家女兒恰好和那群殺千刀的姬氏偽族人站在一起！

一眼看過去，登時就有幾個人臉色鐵青——

被大內侍衛死死摁住頭跪倒在地的神農山莊人旁邊，可不正是自己嚇傻了的花容失色的女兒？

當下也顧不得御前失儀，忙忙地給自家夫人使眼色。

宣華太守王通也在其中，看了一圈沒看見自己女兒及外甥女，總算長出一口氣。哪知這口氣卻是鬆得太早了些，下一刻忽聽一聲尖叫，雖是還沒看清人，王通卻立馬聽出來，正是自己外甥女龔慈芳的聲音，忙依著聲音瞧過去，可不正是龔慈芳？而距離龔慈芳不過五步遠的一簇花叢旁邊，一個男子正保護性地擋在女兒前面。

因場面太過寂靜，龔慈芳這一聲驚叫就特別刺耳，齊珩一下站住腳，其他大內侍衛則一下圍了過去。

卻見龔慈芳正嚇得渾身發抖，指著旁邊一個身上帶土的男子道：「這裡、這裡還有一個——」

那些大內侍衛嚇了一跳，以為是漏網之魚，忙不迭拿出手裡畫像比對了一番，卻並不是畫像中人，不由大為惱火道：「妳是哪家小姐？怎麼如此不懂規矩？皇上面前也是妳可以大呼小叫的嗎？還不下去！」

「大哥——」扶疏愣了一下後，卻是面露驚喜——今年這場百花會注定是無疾而終了，本以為想要給大哥找個老婆的願望會落空，哪裡想到就這麼短短一會兒，大哥竟自己找了個來。

又仔細一瞧，女子自己倒也認識，竟也算是熟人，不正是前幾天剛有過一面之緣的王嘉芳嗎？怪不得龔慈芳會大呼小叫，原來是又想害人了。

「怎麼，扶疏認識那人？」皇上這會兒早把扶疏當成了救命的活菩薩，恨不得弄個香案把扶疏給供起來，聽扶疏開口，臉上立馬堆滿笑容。
「不錯。」扶疏點頭。「那是我大哥，民間有小神農之稱的陸家寶。」說著又衝人群最後的王通點了點頭道：「王太守生了個好女兒啊！」
王通前些時日得罪了扶疏，今兒個再相見才知道，這女子竟然是戰神陸天麟的女兒，被嚇得出了一身的冷汗；又見即便是皇上也明顯對這陸扶疏客氣得緊，心一下懸得更高，再沒料到，陸小姐竟忽然誇自己生了個好女兒。
正自愣怔，旁邊一眾大臣紛紛拱手賀喜。「王公果然生了個好女兒。」
「恭喜王公。」
好女兒？王通眼睛忽然一亮──啊呀，方才陸扶疏小姐說得明明白白，那是她大哥！那豈不是說，那豈不是說……
太過激動之下，王通險些哭出來，自己閨女也太給自己長臉了。
王通還沒有激動完，忽聽皇上高聲道──
「果然是天佑我大齊，竟是降下爾等兄妹助大齊度此災厄──神農山莊重新歸入姬氏傳人之手，也算是大齊第一等幸事！」又注目家寶。「果然不愧是神農山莊第一公子，陸家寶堪稱典範！」
神農山莊第一公子？
幸福太過巨大，王通險些要暈了！
方才那些姬氏偽族已然全部被捉，皇上卻突然宣布神農山莊傳人回歸，還說自己的準女婿才是神農山莊第一公子？即便天上砸餡餅，這餡餅也砸得太大了吧？

王通還沒反應過來，就見齊珩上前，一手握住扶疏，一手握住家寶，連同明遠大師一步一步往高臺上而去。青岩上前一步，緊緊跟在扶疏身後。

齊珩走至最後一個臺階，放開家寶的手，卻是攜著扶疏及明遠大師徑直上了高臺。

「從今日起，神農山莊交由姬扶疏莊主的再世傳人陸扶疏小姐掌管——朕特此敕封陸扶疏小姐為這一代的神農王，陸家寶公子為神農侯——」

上古舊例，但凡是神農山莊姬氏莊主，便毫無意外是神農王；只是陸扶疏卻是姓陸，既要讓她重掌神農山莊，齊珩只得重新敕封。

神農王？下面的人群集體失語——皇上魔怔了吧？這陸扶疏瞧著也就十幾歲吧？

陸天麟這個老子還沒封王呢，這閨女就先封王了！更要命的是，還是最為清貴、連皇室都要尊敬的神農王。

「阿彌陀佛——」明遠高宣一聲佛號，面相莊嚴。「我佛慈悲，已證大道，卻又重墮輪迴，此有故彼有，此生故彼生，心懷天下，大義扶疏，善哉扶疏！」

明遠一番話說完，不只下面站的諸人，便是扶疏也驚得出了一身的冷汗，尚未回神，頭頂處忽然噼啪一響，扶疏抬頭，再次傻掉——

只見自己頭頂上方漸漸升起一朵蓮蓬，下一刻，那蓮蓬忽然綻放，赫然是佛家聖物——七色蓮花，好巧不巧，正正在扶疏頭頂旋轉。

這下便是扶疏也目瞪口呆。

不會吧，以往就覺得老和尚神神秘秘的，今兒倒好，越發往神棍的方向策馬疾奔了。只是這神棍明顯也猜得太準了吧——自己可真的是如假包換的姬扶疏轉世啊！

「今兒個可是百花會，這樣的吉日，怎麼能沒有天作之合來配對？」看下面百官齊齊拜倒，齊珩終於長舒一口氣，索性再送一樁殊榮給扶疏。「傳朕旨意——陸天麟之女，神農王陸扶疏賢良淑德……堪為天下女子典範，今特許婚於忠勇侯楚雁南……王通之女王嘉芳，指婚於神農侯陸家寶……」

齊珩嘴裡說著，看向楚雁南的眼神卻是充滿了殷切之意——

小子，早看出來你喜歡神農王，可要記住把朕的神農王給伺候好了，絕不能讓其他異國把神農王挖了去！

齊珩自以為做了一樁美事，卻獨獨忘了，自己的兵馬大元帥陸天麟自從找回閨女，事無巨細，都喜歡自己親手打理，自然作夢也沒料到會在女兒終身大事上生生被奪了選婿的大權去——

即便楚雁南亦是自己相中的乘龍快婿，也無法平息陸大帥滔天的怒氣！

一直到若干年後，皇上被傲嬌的陸大元帥逼得舉步維艱，不得不拿自己的弟媳婦賠了去，才明白——嘴太快了，也是有報應的！

——全書完

番外一〈商嵐〉

用青石壘成的黑漆漆的牢房，每天僅只一頓，還是發餿的饅頭，加上無比囂張爬到自己腳邊，餓得狠了甚至會啃腳丫子的老鼠……

而更令人發瘋的，則是一日比一日逼近的斬首之期！

不知道死亡會在哪一天到來，自然可以無所顧忌地醉生夢死，當被明確告知了準確的死亡日期，齊淵才知道，自己有多麼怕死。

真的不甘心啊！所謂一步錯、步步錯，說的就是自己吧？若然多年前，自己不貪圖姬珍娘的美貌，負了扶疏，也不會一步步走到這般境地……

想著靠神農山莊穩固自己的地位，卻再沒料到，竟是和神農山莊一起埋葬！

牢門外忽然響起「咯噹」一聲鈍響，齊淵嚇得身子猛往後一縮，心驚膽戰地往外「瞧去」，卻是兩個獄卒，正抬了一大筐散發著香氣的饅頭過來。

天牢裡頓時一陣嘩啦啦亂響，卻是各個囚室的死囚都無比歡欣地把臉貼到門口的小窗戶上，眼神裡滿滿的全是貪婪，甚至還能聽見大口吞嚥口水的聲音。

最後一絲羞恥令齊淵有些臉紅，可瞬間對食物的渴望卻完全戰勝了自尊，齊淵努力睜著一雙血肉模糊的眼睛，拚命地扒著門縫，像其他人一般嚷嚷著——

「饅頭，給我一個饅頭——」

隨著籮筐越抬越近，口水也滴滴答答地流了下來。

「搶什麼搶，都滾回去！」獄卒瞪著眼睛惡狠狠道，間或還騰出手來狠狠地用大鐵勺子砸那些膽敢探出來的手指。「你們這些天殺的，糧食都讓你們禍害光了，還想著吃！要老子說，就得全餓死了才稱老子的心！」

牢房裡靜了一下，這處牢房是特意從天牢裡闢出來的一塊，關押的全是齊淵以及神農山莊叛族，皇上已經頒下聖旨，十日後全都拉到菜市口問斬，首惡如齊淵、姬嵐、姬微瀾等，更是處以凌遲極刑！

滿意地看著這群人如喪考妣的模樣，獄卒終於覺得心裡痛快了些。

朝廷已經通報了這群惡人的種種罪行，怕是未來三年內，即便是都城這裡，糧食也必然很是匱乏，不知又要有多少人會餓死……

好在，真正的神農氏家並沒有滅絕，姬扶疏小姐還有傳人在世。

更有甚者，有人傳言，現在執掌神農山莊的這位神農王，正是姬扶疏小姐轉世！

前些時日更是從汾州傳來好消息，說是那些寸草不生的土地，在神農王的精心耕耘下，終於發出了新芽！

皇上聽聞大赦天下——自然，眼前的這群混蛋們就別想了，他們的死刑照常執行，只是皇上說要讓他們沾一沾神農王的恩典，賞他們吃一頓飽飯罷了。

「所有人都給我聽著了——」獄卒揚聲道：「想要吃饅頭的，現在立馬跪倒，磕三個頭，感謝皇上和神農王賜下饅頭，不然，渣都別想吃一口！」

神農王？齊淵的腦子已經被筐子裡饅頭的香氣引誘得頭昏腦脹了，卻在聽清獄卒的話後，頭腦瞬間清明，神農王、神農王，神農山莊都滅了，怎麼還有神農王呢？

下一刻，手指卻忽然一陣鑽心的痛！

卻是不知不覺間，齊淵竟然把心裡的話念叨出來了，那獄卒聞言大怒，狠狠地一鐵勺子砸在齊淵手上——

一陣骨頭的碎裂聲傳來，齊淵哎喲一聲就癱軟在地上，耳聽得獄卒冷笑一聲，大聲道——

「你們這些混帳，和神農山莊有什麼關係？現在的神農王乃是姬扶疏小姐轉世，是戰神陸天麟大帥的女兒！竟敢胡說八道，齊淵，別人跪下磕三個頭就行，你要給神農王磕三十個頭！」

話音一落，其他監牢裡的磕頭聲咚咚地響了起來，一時四面都響起了「謝皇上和神農王賜下饅頭」的叩頭聲。

齊淵愣了半晌，唯恐磕得晚了饅頭就被人給分完了，頭昏腦脹地磕起頭來，嘴裡還念叨著「神農王，我錯了，您老原諒我吧」，磕著磕著就淚流滿面——自己當年怎麼會那麼蠢，要是真娶了姬扶疏，即便當不成皇上，也可以天天吃飽肚子啊！

終於，所有牢房裡的磕頭聲音都沒了，幾乎所有人都在大口大口吃著來之不易的饅頭，也因此，最裡面一間囚房裡的咚咚聲就顯得格外刺耳。

「咦，這人倒是心誠——」一個獄卒笑道，別人都不磕了，就他還磕著呢！

笑嘻嘻地摸出最後剩的幾個饅頭，打算往裡面扔，卻被另一個獄卒攔住。

「算了，別扔了，他不會吃的。」獄卒說著神情卻是有些複雜。

同伴是新來的，並不知道，關在最裡面囚房的不是別人，正是神農山莊的莊主，姬嵐。

姬嵐是最後一個歸案的，不過和旁人不同，他是巴巴地自己跑過來投案自首的。

聽說走到御史臺時，這人兩隻腳都磨爛了，血肉模糊，卻還是撐著爬到了大理寺，當時就說了一句話——

「我是姬嵐，你們殺了我給扶疏抵命吧。」

前幾天送到這裡來時，這人卻突然問哪一間是齊淵的牢房——

所有人都知道，據說姬珍娘可是姬嵐的妹妹，那日在沁碧苑中，齊淵因為陰謀敗露氣急敗壞之下，抓著姬珍娘的頭髮硬是把人給撞死的事早已傳遍天下，獄卒想著姬嵐定是想要給妹子報仇。

從沒有任何一個囚犯能讓所有獄卒同仇敵愾一塊兒恨上，齊淵和神農山莊的人卻做到了。

這會兒聽姬嵐說想見齊淵，大家自然樂見其成——

特意打開囚房門，讓兩人來一個短暫的會晤，卻沒想到那姬嵐看著文文氣氣、斯文俊雅的，下手卻是那麼狠，竟是直接上前，一下就生生摳出齊淵的兩隻眼珠子！

嚇得獄卒忙上前攔住，怕是攔得慢了的話，那姬嵐真會當場就弄死齊淵。

然後姬嵐下一句話更是讓所有獄卒都摸不著頭腦——

「你殺了扶疏，竟然是你和那個賤人，毒殺了扶疏！」

那血紅的眼睛，狀若瘋狂又凄涼悲慘的模樣，讓所有人都立刻意識到一個事實——姬嵐怕是已經瘋了，而讓他發瘋的原因卻不是他的妹子姬珍娘的慘死，而是，齊淵害死姬扶疏這件事……

從被拖回囚牢到現在，這人一直閉著眼睛蜷縮著躺在濕冷的泥地上無聲無息，獄卒生怕還沒行刑呢人就死了，也曾想辦法確定對方到底活著還是死了——

因怕這死囚發瘋了會傷人，只敢拿鐵棍隔著窗戶狠狠地捅一下，哪料想這人竟是耐痛得緊，明明都用那麼大力氣了，他卻能硬躺在地上一動不動，無奈何，只能等瞧見血了，才能停手——有鮮血流出自然就是活著的。

可從昨兒個開始，不知是不是有些失血過多，或者是不吃不喝的緣故，竟是用力捅也不見流血了，當時自己還嚇了一跳，以為人九成九是死了，這才敢打開囚房進去，探了鼻息才發現，還有一口氣在，就隨口罵了句——

「快死的人了，還不讓人安生！每日裡還得爺費盡千辛萬苦看你死透了沒！」

結果奇了，從昨兒個開始，只要自己拿鐵棍捅一下，這人頭就會動一下——

明顯能看得出來，這姬嵐已經沒一點力氣了，頭即便抬起來，也很快就會軟軟地垂下去。

自己那日的話，這人竟然聽見了？都這個樣子了，還怕麻煩到別人……

而且觀察久了才發現，相對於其他人，這姬嵐真是溫和得不可思議，能看出來平日裡絕對是個好脾氣的男人，你說怎麼就會是惡貫滿盈的竊取神農山莊的賊頭子呢？

至於他想虐殺齊淵的事，卻被獄卒自動瞞下來了——不是齊淵，老百姓怎麼會陷入這般水深火熱的生活中？那般卑劣無恥又害死了姬扶疏小姐的人，就是生啖了他也不解恨！

而且不知道為什麼，自己總覺得，這姬嵐好像對姬扶疏小姐有著非同一般的感情；就如同那日，他想殺齊淵，卻不是為了姬珍娘，而是想要為姬扶疏報仇，還有剛才，自己提到神農王，他就開始砰砰不停磕頭……

獄卒嘆了口氣，隔著小小的窗戶往裡看了一眼——姬嵐已經虛弱得腰都直不起來了，頭卻無比虔誠地一下一下地往地上碰著。

「今兒個有新鮮的饅頭——」獄卒敲了敲窗戶，語氣裡是自己也沒察覺到的平和。「你好歹起來用一口……」

裡面的人卻似毫無所覺，依舊無比虔誠地一下一下磕著頭，似乎還能聽見口中喃喃著「扶疏」？

斜對面的監牢裡正是姬微瀾，這會兒吃飽了饅頭，終於有了些精神，靠在門上，透過小窗戶冷冷地瞧著對面——真是個愚蠢的傢伙！

世人都以為姬珍娘是姬嵐的妹子，其實珍娘和自己才是親兄妹，至於姬嵐，不過是族中的一個孤兒，爹爹僅只是曾經給過他幾口飯吃，然後這愚蠢的傢伙就開始以自己和珍娘的大哥自居了。

知道姬嵐已經成功混入神農山莊，並且得到了姬扶疏父女的信任，自己便多次傳話給他，讓他想方設法謀刺了這兩人；哪想到這愚蠢的傢伙竟然抗命，死活不願意不說，還放下狠話，若然坤方族人膽敢謀害那對父女，他必與之誓不兩立。

若不是自己和珍娘也到了中原，珍娘更是尋找機會和齊淵混到一處，終於找機會借齊淵的手害死了姬扶疏，還不知要等到猴年馬月才能重新占據神農山莊呢！

本來以姬嵐的農藝造詣之高，若是真願意和自己攜手起來，自己何至於為了擴大勢力出此下策？偏是他白白掛了個莊主的名頭，不願為族裡效力不說，連帶著不知是不是察覺到了什麼，對自己和珍娘都厭煩得緊。

這還不算，還處處和自己作對！

不是他一再攔阻，那青岩也好，陸扶疏也罷，早就去見閻王了，皇上沒了依仗，即便明知自己等人乃是來自坤方之地，也定然不敢對神農山莊大開殺戒，坤方一族何至於落到這般境地？

現在又巴巴地跑來送死，果然蠢到無可救藥！

真是想不明白，這麼蠢的人，竟然能取得姬扶疏父女的信任，恍惚間又有些明白，或許就因為他太蠢了，姬扶疏才會絲毫不加以防備吧？

只是不知為何，自己一向自詡精明，當初為何就認定了姬嵐做莊主的話自己會安心呢？就是現在要死了，一想到有這麼個蠢材陪著上路，好像也不是那麼怕了。

獄卒又敲了會兒窗戶，裡面的姬嵐頭卻沒有絲毫反應，無奈之下，只得嘆息著離開——總覺得這姬嵐怕是撐不了多久了。

夏天日長，獄卒很快就有些昏昏欲睡，再次睜開眼來，已是暮色黃昏。日當正午時，天牢裡尚且一片昏暗，這會兒更是黑漆漆的一片死寂。

獄卒站起來，伸了一半的懶腰忽然頓住，卻是幾個人無比突兀地從外面走了進來。

被簇擁著走在最中間的，竟是一個一身青布衣衫的女子。

「幹什麼的？」獄卒忙上前攔阻，心裡暗暗納罕，天牢重地，是不許任何人探監的，更不要說這裡關押的還全是人人痛恨的神農山莊叛族！

這女子什麼來頭，竟然能通過重重阻礙到了這裡？

還沒靠近女子，卻被一柄並未出鞘的劍擋住了去路，持劍的是一個二十歲上下的年輕人，獄卒不自覺往後退了一步，不是那年輕人生得儀容尊貴，容貌俊美，卻是他身上的殺氣太重了，饒是獄卒經常監管死囚也是沾染了一身戾氣的，這會兒也一陣心虛膽怯。

「你在前面帶路。」

又一個人掏出一支權杖在獄卒面前一晃，獄卒嚇得驚叫一聲。「王爺——」忙要跪倒磕頭。

這位賢王殿下眼下可是炙手可熱，聽說深得皇上和當今太子的寵信，怎麼竟會親自陪著一個女子來此？而且看賢王殿下的模樣，好像那女子身分比他還要貴重。

齊灝擺了擺手，吩咐道：「去姬嵐的牢房。」

獄卒不敢怠慢，忙應了聲拿起鑰匙，弓著腰在前面引路，待打開姬嵐的牢房，才發現，跟過來的只有那女子及她身後一個一直沈默的侍衛罷了。

看扶疏及青岩進了牢房，齊灝搓了搓手道：「雁南你說，扶疏能勸動姬嵐為國效力嗎？」

眼下汾州三地情形仍是嚴重得緊，扶疏的農技造詣果然已經到了出神入化的地步，災區已是頗見成效，只是扶疏一人真的分身乏術，汾州三地，哪裡都離不開她，扶疏手下又委實沒有能獨當一面的人才，好幾次都累得差點虛脫，把皇上和自己給嚇得，更別說陸帥和楚雁南了！

萬般無奈之下，皇上徵求了扶疏的意見，就準備放姬嵐出來，令他從旁協助，若有大功，說不好將來可以抵免死罪，哪想到這姬嵐死心眼得緊，竟是一心求死！

這幾日更聽下面人報告說，姬嵐怕是活不到斬首那一日了。

侍衛稟報時，扶疏恰好就在，當即決定要親自來見姬嵐。

齊灝無法，攔阻不住只得和楚雁南一同陪著前來——只是，這姬嵐明顯不想活了，就是扶疏來了又能怎麼樣？

而且說句不好聽的話，兩人可也算是仇人吧？扶疏倒好，竟是堅持一定要和青岩進去……

「你下去吧。」扶疏久久地盯著在地上蜷縮成一團的那個黑影，眼睛痠澀得要命——地上躺著的這個一灘爛泥似的人，真的就是大師兄嗎？

從懷疑姬嵐就是商嵐，到最後確定，扶疏曾經下決心，這輩子都不要再見他。

可聽說姬嵐就要死了，扶疏還是忍不住，再次跑了來。

獄卒乖乖地把風燈交給青岩，自己則小心翼翼地退了出去。

扶疏上前，想要扶起姬嵐，卻被青岩攔住。

「無妨——」扶疏苦笑著搖頭。「大師兄——」卻又頓住，自己怎麼忘了，這人是姬嵐，並不是自己的大師兄。只是，即便從前是姬嵐時，這人也並未對自己做過什麼實質性的傷害，何況是現在這種情形呢？

青岩遲疑了下，身子讓開了，手卻緊按劍柄，雙眼無比警戒地瞧著地上的姬嵐——主子的安全大於天，雖然早看出來地上的姬嵐已是毫無任何力氣，自己卻照樣不能掉以輕心。

扶疏蹲下身形，吸了一口氣，心裡卻是更加難過——這人的性情自己瞭解，最是愛乾淨的一個，現在卻死狗一樣躺在這裡，渾身都髒臭不堪。

待用手輕輕一碰，心裡倏忽「顫」了一下。「青岩，把燈靠近些。」

待看清姬嵐的模樣，扶疏喉嚨裡頓時發出一聲類似於抽泣的顫音——還是那張無論如何也忘不了的臉，卻是完全瘦得脫了形，更慘不忍睹的是，身上還布滿了大大小小的血窟窿，有的剛凝著，有的還在往外滲著血。

曾經扶疏以為，自己會很恨姬嵐，恨到不願意再見他一面，恨不得他死，可真見著了，卻發現自己的心，竟是這麼痛！

許是察覺到有人正盯著自己瞧，姬嵐終於吃力地睜開雙眼，無比遲鈍地注目頭頂上的人，下一刻，看著青岩的方向，瞳孔忽然睜大，手旋即伸出，差一點就要扣住扶疏的手腕，卻被青岩抬腳踹開。

扶疏一驚，脫口道：「大師兄——」

青岩牢牢地把扶疏護在身後，惡狠狠地瞪著神智明顯清明得多了的姬嵐。

姬嵐卻是再一次傻掉了，傻傻地看一眼青岩，再看一眼雙眸噙淚、神情複雜地盯著自己的陸扶疏，嘴唇不住顫抖著道：「扶、扶疏？」

「別叫我的名字！」扶疏狠狠地跺了下腳，又抹去臉上的淚，神情凶狠地說。「你只要、只要記著，你是、你是罪人，所以，你不能死，你必須活著，活著贖罪，活著求……」原想說「求我原諒你」，卻是怎麼也說不下去，終於蹲在地上抱著頭嗚嗚哭了起來。

「扶疏——」楚雁南和齊灝終是不放心，悄悄地摸到牢門外，哪知卻聽到扶疏在哭，慌忙衝了進來。「妳怎麼樣，沒事吧？」

「是不是那個姬嵐死了，嚇著妳了？」齊灝也道，卻在看清對面勉強抬著頭定定瞧著扶疏的姬嵐時嚇了一跳。

「我，不死，我會……活下去，活下去……贖罪……」姬嵐艱難地仰起頭，搖搖擺擺地衝齊灝道：「咱們，走吧……」

姬嵐臉上帶著哀痛的笑容，深深地看了扶疏一眼，然後雙肘撐著地，艱難地往牢門處爬去……

——本篇完

番外二〈皆大歡喜〉

拂曉剛過，天空中還有些薄霧，田野中除了在風中不住搖擺的碧綠莊稼，以及在田埂上蹦蹦跳跳的幾隻小鳥，便闃其無人。

忽然，一隻有著長長灰色尾羽的小鳥腦袋動了下，黑豆似的兩隻小眼睛無比好奇地望向遠處——

卻是一陣腳步聲傳來，依稀能瞧出走在最前面的是兩個身形纖細的女子，後面還如影隨形般跟著一個身形高大的男子。

「義母，您慢些——」鄉間小路不免有些坑坑窪窪，年齡大些的美麗女子差點摔倒，本是並肩而行的清雅少女忙伸手扶住。

站定腳步四下一望，最後指了下不遠處有塊大青石的稻田，很是歉疚道：「義母，咱們去那裡歇會兒，正好，我再看看那邊土質如何。」

眼看著大婚之期在即，自己好歹要把汾州三地再巡視一遍，不然，這個親自己成得都不安心；只是自己累著了沒什麼，義母卻是這兩年身體才好些，可不要累到才好。

要說人與人的緣分果然奇怪呢，也不知自己怎麼就投了堂堂齊王妃的眼緣，本來聽齊灝說，義母一直都是大門不出、二門不邁的，連宮裡皇后娘娘賜宴，都從來不曾到場，卻是對自己愛護得緊，還把自己收為螟蛉義女；這麼幾年來，更是跟著自己四處漂泊，而且事無鉅細，都照顧得仔仔細細，唯恐自己受了什麼委屈。
數年的相處下來，真覺得自己像多了個娘親似的。
這一行三人不是旁人，正是神農王陸扶疏、齊王妃以及青岩。
一月之後就是大婚之期，而今年也是時隔三年之後，汾州三地等天下糧倉再次長出新禾苗的時間，漳州兩地扶疏已然全部去過，莊稼長勢都甚是喜人，汾州正是扶疏的最後一站——
眼前不自覺閃現出楚雁南深情而又灼熱的眼神，扶疏的臉上瞬時浮現出幾許嬌羞。
「沒事兒。」齊王妃握住扶疏的手，慈愛地瞧著一副小女兒模樣的扶疏，臉上全是滿滿的笑意——心裡不是沒有遺憾，本來一心想著把扶疏留給兒子灝兒的，倒沒想到，卻讓楚家那個小子給搶了先。
只是這幾年自己也瞧出來了，雁南那孩子委實對扶疏癡情得緊，但凡稍有閒暇，必會從邊關千里馳騁，甚至好幾次那孩子不過是匆匆看了扶疏一眼，就又得晝夜兼程趕回邊關……
果然不愧是天麟一手教導出來的，竟是，一樣的情深似海……
可正是為了這分情深似海，自己這一生都沒有臉面再去見他了。
怔怔地瞧著扶疏的側臉，還記得第一次聽說扶疏竟是天麟的女兒時，自己當時就傻了，枯坐在室內等了足足一日，才把灝兒盼回來，哪知灝兒卻告訴自己，扶疏不過是天麟的義女……
那個等了自己一輩子的人兒啊，自己又有什麼臉面再去見他？

當初兩人分離，自己身受重傷後正好被齊王所救，更央求齊王爺幫自己四處探尋天麟父女的下落，可得回來的消息卻全都一樣——

那人已然亡故，孩兒也再無蹤跡。

若不是還有一線找回女兒的希望，若不是當初小小的灝兒每日裡扯著自己的衣角哀哀哭泣，自己真想，當時就隨了天麟而去。

不是不知道齊王對自己的心思，只是，此生已是天麟的人，自然這一輩子都生死不渝！卻沒料到齊王也是個癡心的，為了給自己一個容身之處，竟在臨終時請求皇上給了自己正妃的名號！

更沒有想到的是，女兒再也找不回來了，天麟卻是天幸活了下來！

只是自己和他的緣分，卻終是不得不斷了——名分上已然是別人的妻，更是連唯一的孩兒都沒有護好！

再是一代戰神又如何？要是自己真不管不顧地尋過去，以天麟的性子，不定會做出什麼驚天動地的大事！以皇上對齊王爺寵愛愧疚之深，決計無論如何不會願意放自己離去，即便是一代戰神，敢和朝廷槓上，怕是也在劫難逃。

罷了，罷了，今生注定錯過，就只好期待來世了，好在，還有一個扶疏——

曾經兩人四處逃亡時，就無數次憧憬過，即將降世的小寶寶是男是女，會長成什麼模樣……取名字時恰巧聽說姬扶疏小姐仗義執言替楚大哥鳴冤，並死在登聞鼓旁。

天麟當即就說，無論男孩、女孩，就都起名扶疏，只望他（她）長大成人，能如姬扶疏小姐一般自有風骨……

事情過去這麼多年了，自己每日裡只祈禱，希望他全當自己死了！卻沒料到那人竟是到了今日還未娶妻，甚至還記著當日的話，認了一個同樣叫扶疏的乾女兒。

什麼神農王不神農王的，自己不在乎，只知道，這是扶疏，天麟心心念念的女兒扶疏，也就是，自己的女兒扶疏。

不覺低頭怔怔地瞧著扶疏的側臉——原來這就是和女兒在一起的感覺嗎？即便什麼都不做，就只這樣瞧著女兒，人生就如此幸福而美滿。

「義母——」似是感覺到齊王妃柔軟的眼神，正蹲在地頭拔出幾株禾苗認真勘察的扶疏驀然回頭，甜甜地叫了聲。

「啊？哎——」齊王妃怔了下，強忍住過於幸福之下洶湧而來的淚意，不自覺走過去，注目扶疏手中的禾苗。「這禾苗長得可還好？」

「嗯。」扶疏臉上露出一個大大的笑容——三年了，這片曾經讓無數人絕望的土地終於又煥發了生機！

今年以後，天下糧倉終於可以再次名副其實！

扶疏抬手指了下中間及幾個角落道：「青大哥，那裡、那裡，你幫我都拔些秧苗過來——」

青岩點了點頭，身形如大鵠般飛起又落下，很快就按扶疏指點的地方，分門別類地抱了幾簇禾苗回返。

「我看看——」扶疏示意青岩把禾苗全放在大青石上，又扶著齊王妃一塊在青石上坐好，剛執起左邊的那叢，一陣急促腳步聲忽然傳來，連帶著還有憤怒的「抓住他們」、「別讓他們跑了」的喧囂聲。

三人嚇了一跳，忙回頭看去，不由大吃一驚——方才還是空空蕩蕩的原野，忽然就冒出來足有上百人，還大多拿著鐵鍬、鋤頭等農具，甚至衝在最前面的幾個骨瘦如柴的孩子，他們手裡拿著的明顯是剛從樹上折下的柳條……

轉眼間那群人就衝到了面前，跑在最前面的因太過瘦小而顯得兩隻眼睛特別大的男孩子，氣咻咻地用柳條指著扶疏道：「就、就是她，她拔我們的禾苗！」

「壞人——」另一個同樣瘦得都脫了形的男孩，也憤憤道：「那是神農王賜給我們的糧食，妳也敢動！」說起「神農王」這三個字時有多崇敬，看向扶疏三人的神情就有多憤恨！

「你們是，看護莊稼的？」扶疏愣了下，忽然想到一個可能。

圍攏過來的莊稼漢明顯沒想到，孩子們彙報說發現的「窮凶極惡地禍害莊稼的壞蛋」的人中會有兩個女人，還是這麼氣派、這麼高貴，卻又這麼溫和的兩個女人，一時有些面面相覷。

還是為首男子上前一步，極為心疼地盯著扶疏手上的莊稼道：「你們是哪裡來的？知不知道這莊稼能長出來耗費了神農王大人多少心血？神農王大人辛辛苦苦三年，終於給我們老百姓送來了糧食，你們倒好，竟然拔了這麼多！」口裡說著，氣得嘴唇都是哆嗦的。

這可是大家的救命糧啊，三年了啊，當年富庶天下的汾州三地，因為偽神農族的緣故，生生淪為人間地獄。

多少人為了一口吃的鬻兒賣女？又有多少人實在撐不下去，餓斃街頭？

好在老天有眼，姬扶疏小姐還有傳人在世，這幾年多虧神農王殿下櫛風沐雨，終使得這汾州一地再現生機。

當睽違三年之後，再次親眼看到禾苗破土而出的那一刻，多少人趴在地上不停磕頭？又有多少人痛哭嚎啕不止？

因為這禾苗太珍貴了，雖是官府未曾組織人們看管，所有百姓卻自發組織起來，不分晝夜地守護莊稼地。

而最先發現扶疏他們竟敢拔了田間禾苗的，就是跑在最前面的那個男孩。

瞧著扶疏手裡的禾苗，為首男子再也忍不住，上前就想去搶——禾苗的根上還有土，應該還能救活吧？

男子卻被青岩一下捉住手腕——知道這些人並沒有惡意，青岩手上並沒有用多大力氣，那人卻仍是疼得痛叫出聲。

青岩旋即抬頭，沈沈的雙眸使得人群忙往後退。

男子待退了一步後卻又站住，明明很是害怕卻還是強撐著道：「你們做什麼？拔禾苗還有理了不是？有我們在，不管你們是誰，都別想禍害我們的莊稼。」

「對——」一本是靜默的人群再次群情激憤，有暴躁的甚至已經開始摩拳擦掌，竟是扶疏等人要是不說出個所以然，就立馬拚命的模樣。

「扶疏——」齊王妃哪見過這陣仗，唯恐這些人會傷到扶疏，忙要把扶疏護在身後。

「義母，沒事。」扶疏無限感慨地瞧著眼前的這群樸實莊稼人——義母和青大哥總是把自己瞧得和個瓷人兒一般，只是這些莊稼漢自己最熟悉，性情都是最淳樸不過。

扶疏忙從懷裡摸出一個巴掌大的玉牌——但凡神農山莊子弟，每人都有這樣一個象徵身分的牌子，玉牌上刻得一水及五穀作物。當然，級別不同，玉的材質也自然不同，至於扶疏手裡的這塊，卻是象徵神農王地位的頂級玉牌。

「各位鄉親，大家莫要驚慌。」扶疏笑吟吟上前一步道：「我們是神農山莊的人，方才拔莊稼苗只是想要查看一下，這泥土及秧苗可還有什麼異狀。」

神農山莊的人？人群齊齊一靜，看一看那玉牌，再看一看扶疏，又看看玉牌，再上下打量扶疏，玉牌倒是像，只是這麼漂亮的女子……

忽然有人發一聲喊——

「不對，他們一定是騙子！」

眾人回頭看去，卻是本來在外地討飯，聽說老家的地又能種莊稼後就一路乞討著回來的劉栓柱。

「栓柱，你咋知道他們是騙子？」其他人都看向栓柱，卻是都放下了手裡的農具——要真是神農山莊的人，那可是大夥的大恩人，大夥感激還來不及，可不敢衝撞了！

劉栓柱之前應該是受了很多苦，明明很高的個子，卻是瞧著瘦得和竹竿似的，更兼臉色蠟黃，這會兒看大家都瞧過來，吭哧半天才道：「你們咋忘了，神農山莊除了神農王殿下，哪有女孩子？」

「難道你的意思是，可能是神農王——」其他人頓時眼神灼熱，是啊，怎麼把這事忘了？大齊哪個不知，神農山莊除了神農王殿下是女孩子，其他都是男子。

有幾個老成的腿一軟，差點立馬就跪下——神農王啊，自己家裡可是立了長生牌位的，每天一大早起來，老婆都要上炷香的，要是能見到大慈大悲、神仙下凡的神農王殿下，當面磕個頭感謝，就是死了也值了。

「喂喂，你們幹什麼？」沒想到自己的話竟起了反作用，劉栓柱一下急紅了臉。「你們聽我說完！」

還有下文？有些反應快的立馬想到，啊呀對了，剛才栓柱說的是這些人全是騙子！

「你們咋忘了？一個月後就是神農王殿下的大婚日期。」劉栓柱梗著脖子道：「你們不知道，我這一路跑回來，碰見多少百姓成群結隊趕去京城，說是要看神農王殿下成親的！」

劉栓柱臉上滿滿的全是驕傲，甚至說話時還握著拳頭，好像自己親眼看到了恩人成親一樣。

「殿下馬上就要成親了，這個時候，怎麼還會跑到咱們這旮旯？」

「對呀。」人們激動的心情暫時冷卻下來，興許是方才希望太大，待知道對方根本不是恩人，怒氣一下控制不住。「真是該死，竟敢冒充神農王殿下！走，押他們去見官——」

青岩臉一沈，就要拔劍——從小青岩就始終牢記一點，不管對方是誰，也不管因為什麼原因，只要會危及主子，那就死！即便對方並不是針對主子，青岩也總要全部繳了他們手中的凶器才能放心。

其實便是大齊皇上也曾不止一次說過，神農王的安全高於一切，但凡有一絲威脅到神農王的，那就殺無赦！

「青大哥——」扶疏一把扣住青岩的手。「不會有事的，咱們跟他們去官府吧。」

方才自己已然仔細瞧了手中的禾苗及腳下這片土地，今年應該是一個好年成！這會兒也有些累了，正好去府衙歇息片刻。

眾人已看出來青岩不是好相與的，又聽扶疏說願意和他們一道趕去縣衙，也就不再靠近，只鬧鬧哄哄地監視著三人往縣衙的方向而去。

哪知剛拐上官道，迎面便見一大群人正打馬而來，許是速度太快，後面帶起一大片煙塵。

鄉民們頓時有些驚慌，忙縮在路旁，想著等對方人馬過去再繼續走，哪想到那些馬匹卻在來至眾人近前時一下停住，然後從馬上下來一隊勁裝騎士，匆匆來至扶疏等人身前，瞬間就把那些鄉民隔離開來，為首的英俊不凡的男子，可不正是齊灝？

在親眼看到娘親和扶疏無恙時，齊灝臉上才露出一絲如釋重負的笑容，轉而又瞪了扶疏一眼——

調皮的丫頭，一大早就往地裡跑！虧自己還想著連日趕路，扶疏和娘親會不會太累了，特意囑咐人不要驚醒她才好，哪想到等伺候的人再過去時，房間竟是空的，真是要把人給嚇死了。

「義母，救我，大哥要打我——」扶疏身子藏在王妃的身後，僅只探出一顆腦袋來。

此言一出，險些把齊灝給氣樂了——這丫頭，還真會胡說八道！放眼大齊，有哪個比得上神農王矜貴？別說是打了，小妮子就是咳嗽一聲，都有人立刻飛馬報給皇伯父，然後馬上就會有御醫到來。

說句不好聽的，丫頭要是不高興想抽人了，就是自己這堂堂賢王也得上前受著。好在，自己是她哥。

「對了——」齊灝忽然想到一件事。「我來時聽說，雁南也從邊疆回返京城了，見不到妳的話，不知道——」

話音未落，官道的盡頭又是一陣急雨般的馬蹄聲，隱約間還能看到急速而來的隊伍中亮得耀人眼目的鎧甲。

不會吧，真是楚雁南趕來了？自己這妹夫性情也太急躁了吧？再有一個月，扶疏就是他的人了，還巴巴地趕來？

正自腹誹，隊伍已然到了眼前，齊灝臉上的笑容忽然凝固，下意識地一下護住身形已是搖搖欲墜的母親——該死，怎麼陸天麟也跟著來了？

跑在最前面的可不正是金盔金甲、威風凜凜宛若天神般的陸天麟？他的身後正是宛若驕陽一般俊美無儔的楚雁南。

兩人的眼睛齊齊凝在扶疏身上。

「扶疏——」

「爹——」太過喜悅，讓扶疏沒有注意到王妃的異狀，只無比欣喜地跑過去，任陸天麟把自己高高舉起，又輕輕放在馬背上。「乖女兒，走，咱們回京！」

話說皇上也太不厚道了吧？還真想讓自己寶貝閨女做牛做馬了？

跟隨左右雖是視線熾熱卻終究不敢靠近扶疏的楚雁南，心有戚戚焉地點了點頭——這會兒終於覺得，眼前的人確實是自己親二叔了！話說隨著婚期臨近，二叔真是越發看自己不順眼了！在軍營裡慣常是自己說東、二叔偏說西，自己忙附和著說西，到最後還是免不了被找茬子拳打腳踢！

好不容易熬到大婚在即，倒好，被二叔連威脅帶警告收拾了一路，主要話題無外乎一個——不許欺負扶疏，不許老黏著扶疏，要陪著扶疏經常到娘家小住……

二叔哎，扶疏比我的命還重要，我就是欺負自己，也不可能欺負她啊！

可扶疏將來會是我妻子，我不黏著她黏著誰啊？

至於回娘家小住，我真怕二叔您會每天都操練我一番啊！

眼瞧著心愛的人就在跟前，卻是絲毫不敢靠近，那種感覺真是百爪撓心一般啊！

這會兒真是無比希望，要是有個二嬸該多好，起碼二叔不會時時刻刻想要搶自己老婆了。

扶疏激動的情緒好不容易平靜下來，又對上楚雁南灼熱的眼神，臉再一次通紅，半晌才反應過來，回頭衝著方才站立的方向道：「義母——咦，義母呢？」

卻只看到齊灝護著一個倉皇的背影，正急速往縣衙方向而去。

陸天麟也順著扶疏視線看過去，眼神倏地一滯——這個背影，怎麼那麼像……手不自覺攥緊，轉身拉過一匹馬，就追了過去。

「爹——」扶疏還是第一次瞧見爹爹這般失態的模樣，不由大感狐疑——好像有些不對啊，過去三年來，每次聽說爹爹要來，義母總會事先躲出去，自己還以為義母是不喜歡和陌生人打交道，這次怎麼一見爹爹就趕緊逃了？更奇怪的是爹爹的神情……難道，兩人竟是舊識？

「這匹馬性子有些烈——」耳朵處卻忽然一熱，卻是楚雁南，看陸天麟打馬而去，頓時大喜，飛身就躍至扶疏身後，雙臂一下攬住扶疏的纖腰。「走，咱們去追二叔——」

扶疏臉上簡直要滴出血一般——臭小子長大了，學會，調戲人了！心裡卻是甜滋滋的……

百忙之中想起什麼，扶疏忙回頭叮囑侍衛道：「幫我擺下酒席招待鄉親，就說、就說，請他們喝我的喜酒——」

楚雁南聽得眼睛越發晶亮，不自覺更緊地摟了一下扶疏，揚聲笑道：「楚河，拿最好的酒來！」自己的喜酒，當然要用最甜美的。

那些鄉民早呆若木雞，還是劉栓柱最先反應過來，撲通一聲跪倒在地。「我認得，我認得——」

當初在京城乞討時，陸大帥和楚侯爺跨馬遊街時自己特意擠進去看過，親眼見到了神農王殿下的爹爹戰神陸天麟，和未來夫婿楚雁南楚侯爺，可不正是方才那兩人？

「那是，神農王殿下的爹爹，咱們的戰神陸大帥，還有殿下的夫婿，楚侯爺啊！」劉栓柱跪在地上已經是淚流滿面。「剛才，那真的是神農王，真的是神農王殿下啊！」

其他鄉民也跟著撲通跪倒。

「殿下，神農王殿下——」

扶疏遙遙地招了招手，臉上全是幸福的笑意，有爹爹，有雁南，還能幫到這麼多人，這一世，果然無憾了！

「扶疏——」楚雁南輕輕扶住她的雙肩。

怕是，有什麼事發生了！

卻是齊灝護著王妃剛要進府衙，迎面卻又碰上另一群人，為首的也是扶疏的舊識——當年的連州府尹尹平志，尹平志本來是要出來給齊灝見禮的，卻在見到王妃後一下傻在了那裡，失聲道：「貞甯，妳是我妹妹，尹貞甯，對不對？」

王妃的注意力本來全在身後緊追不捨的陸天麟身上，突然聽到有人叫「貞甯」，頓時大驚，抬眼瞧去，不是自己的兄長尹平志又是哪個？

後面陸天麟也隨即趕到，一把扯住渾身簌簌發抖、淚流不止的尹貞甯，問道：「甯兒，甯兒，真的是妳嗎？」

「爹，到底怎麼回事？義母，您莫要害怕，我爹爹不是壞人——」扶疏嚇了一跳，忙下意識地抱住滿臉淚痕的王妃——爹爹怎麼會做出如此有悖常情的事？王妃再是自己義母，可也是王妃啊，大庭廣眾之下，爹爹此舉無疑太過唐突。

「什麼義母——」陸天麟死死盯著自己日思夜想、魂牽夢縈了十六年的愛人，用盡了全身的力氣道：「她不是妳義母，她就是妳的娘親！扶疏，她是懷胎十月又把妳生下來的親娘啊……」說到最後，早已是虎目含淚。

「什麼？」一直低頭飲泣的尹貞甯驀然抬頭，反手抓住陸天麟的手，淚眼矇矓地瞧著同樣呆若木雞的扶疏。「天麟，你剛才……你剛才說什麼？」

「甯兒——」陸天麟的眼淚再也忍不住，忽然上前一步，抬手把扶疏和尹貞甯一塊圈到懷裡，十六年了，作夢也想不到，一家三口還能團圓！

「甯兒，妳沒有聽錯，扶疏她是咱們的女兒！陸清源和青娘這兩個名字妳總還記得吧？他們正是扶疏的養父、養母……」

巨大的驚喜下，尹貞甯嘴唇動了下，頭一歪，就昏了過去……

齊灝則根本就是傻了，扶疏竟然不是陸天麟的義女，而是親女兒，還是，娘親的親生女兒？

至於尹平志，則一屁股坐在地上——

老天爺，自己一定是作夢吧？妹子竟然還活著？還有了一個戰神妹夫、一個神農王外甥女，然後又即將有一個侯爺外甥女婿？

尹平志顫抖抖地從地上爬起來，要快、要快些把這個消息稟報老父，太過激動之下，竟是一頭撞在府衙的門框上……

四年後——

一處無比蔥蘢的梅林裡。

因天色將暗，梅林裡便顯得有些陰森。

只是媳婦兒也不知怎麼了，這幾天竟然愛上了梅林裡又酸又澀的青梅。

明明大早上自己才特意跑來摘了一籃子回去，倒好，不過一天工夫，扶疏就吃了個乾乾淨淨！

一聽說老婆又想吃酸梅了，楚雁南連沐浴更衣都不曾，轉身拿了籃子就往梅林跑。

哪知剛進了林子，就聽身後一陣急促的腳步聲傳來。

楚雁南忙回頭瞧去，不是旁人，卻是自己老丈人，陸天麟。

「雁南也在？」陸天麟也是一愣，下意識地就想把手裡的籃子往背後藏，神情更是侷促不安。「啊呀，是雁南啊，天這麼晚了，你不回去陪扶疏，怎麼跑到這兒來了？」

「我來摘點梅子。」楚雁南恭恭敬敬道，又看了眼陸天麟手裡的籃子。「爹，您也是來摘梅子的？」

陸天麟老臉一紅，好在天色幽暗，女婿應該看不出來。

「我幫你摘——」陸天麟說著就拿過楚雁南的籃子，極為熟練地爬到樹上，專揀那些個頭大、顏色青中透黃的梅子，不一會兒就摘了一籃子，極快地塞到楚雁南手裡。「快些拿去，趕緊去陪著扶疏吧。」

直到被推著走出去老遠，楚雁南還回不過神來，爹這是怎麼了？要說爬樹這活還是自己來更順溜些，爹雖是武藝高強，可也是過不惑之年的人了，這樣一棵樹、一棵樹爬來爬去地可不要摔著才好。

楚雁南有心回去幫忙，陸天麟卻拚命揮著手，怒聲道：「快走，快走！」待完全看不到楚雁南的身影，才長出了一口氣——啊呀，差點就讓女婿撞破了！

陸天麟轉而卻是滿臉愁容，本來應該是一件大喜事的，可現在……

也不怪陸天麟發愁——四年前，終於找回失散多年的愛妻尹貞甯，然後又和閨女軟硬兼施，好歹逼著皇上宣布「齊王妃薨逝」，然後自己順利娶回尹家女。

這樣幸福的人生本來是自己作夢也想不到的，剩下的事，就是等著扶疏和雁南再給自己添個孫子或者孫女了！

只是成親四年了，扶疏卻始終不曾有孕，把自己和甯兒給愁得……

請了多少杏林高手，都無一例外說是宮寒所致，想也明白，定是鄭家當日的寒毒傷及了扶疏的臟腑。

這麼多年了，不但自己一家，連帶著整個朝堂包括皇上在內，都無不因為這件事憂心如焚——

畢竟扶疏沒有孩兒的話，就意味著神農山莊怕是會再次從世上消失。

這些日子以來，自己甚至聽說民間好多百姓蜂擁去奶奶廟，目的都是一個，那就是求老天賜給女兒一個孩兒來。

甯兒也曾不止一次去送子觀音前祈福，卻再不曾料到，扶疏仍是沒有動靜，甯兒卻是懷孕了！

陸天麟一開始是狂喜不已，卻不料妻子竟是落下淚來——

老天真是會開玩笑，自己明明是要替女兒求子的，結果倒好，女兒還沒怎麼呢，自己倒是又懷孕了！

一想到扶疏會難過，尹貞甯無論如何也笑不出來，更是不許陸天麟把這件事告訴扶疏和雁南。

而且為了怕女兒察覺自己身體的不對勁，尹貞甯甚至連見寶貝女兒都不敢了。

連帶地陸天麟連摘個梅子，都揀沒人的時候偷偷來，沒想到，還是被楚雁南給碰上了。

陸天麟邊想著心事邊又摘了一籃梅子——甯兒還在家裡眼巴巴等著呢，自己還是快些回去是正經。

「今兒怎麼回來得這麼遲？」看陸天麟回來，尹貞甯從房間裡走了出來，雖是有兩個丫鬟上前攙住，卻還是把陸天麟嚇了一跳。

「妳出來做什麼？好好地在房間裡歇著便是。」陸天麟把手裡籃子交給侍女，吩咐趕緊拿去洗一下，騰出手來扶著尹貞甯。「慢些，可要仔細著寶寶——」

「孩子還小著呢——」雖然也算是老夫老妻了，尹貞甯臉還是有些紅，轉而看後面跟著的丫鬟也捂著嘴偷笑，兩頰更是火燒一般。「對了，今兒個怎麼比平時晚些？」連帶著摘得也沒有平日多。

「等急了？」陸天麟想了想，還是把碰見雁南的事說了下。「妳不是囑咐我說，萬不能讓扶疏和雁南知道嗎？我也沒想到，會在梅林裡碰見雁南。對了，妳說奇怪不奇怪，雁南竟然也是跑去摘梅子的！」

尹貞甯本來已經坐下，聞言忽地一下就站了起來，問道：「你說，雁南也是去摘梅子的？」

把陸天麟給驚得，忙用兩手托住她。

「好甯兒，萬不可再這樣一驚一乍的，小心寶寶，咦——」陸天麟忽然也意識到不對——那梅子有多酸，自己可算是領教了，雁南是萬不會愛吃那東西的，難不成？他和尹貞甯對視一眼，竟是齊聲道——

「扶疏！」

一想到這一點，兩人幾乎要激動地哭了。

「快快快——去扶疏那裡——」

那邊楚雁南顛顛地抱著一籃梅子回家，又親手洗了端到扶疏跟前，哪知到了後才發現，扶疏竟是又歪在枕頭上睡著了。

楚雁南不由嘆了口氣，傻丫頭，方才一個勁地吵著吃梅子，自己摘回來了，她倒睡著了。

極輕柔地幫扶疏掖了下被角，剛想轉身出去，就聽窗外響起一陣嘈雜的腳步聲，間或還有人說什麼「慢著點」……

楚雁南眉頭一下蹙緊，扶疏這會兒剛睡著，哪個不長眼的下人竟敢跑到這兒來吵鬧！上前一把拉開門，卻是大吃一驚——

竟是自己岳父、岳母，連帶的還有皇上、賢王齊灝及數名御醫。

只是幾人不知為何，神情都是奇怪得緊。

楚雁南心裡撲通一下，忙上前見禮。「皇上，爹，娘，大哥——」

哪知幾人卻是理都不理，徑直無視他的存在，繞過去就進了屋子，倒是幾名御醫匆匆對楚雁南拱了下手。

難道是扶疏？楚雁南臉色頓時一白，忙也跟了進去，拳頭卻是不自覺攥緊。

房間本來很大的，可一下來了這麼多人，頓時顯得有些擁擠。

好在眾人都有志一同地瞧著床上熟睡的扶疏，並沒有人說一句話。

那幾名御醫膽戰心驚地上前，一個接一個上前為扶疏診脈。

楚雁南身子一晃——竟然真的和扶疏有關嗎？難不成，是早年舊傷……本來鐵打的漢子，這會兒竟是差點栽倒。

還是尹貞甯心細，察覺到楚雁南情緒不對，這才意識到，雁南興許被嚇著了，忙拍了下雁南的手，小聲地道：「莫怕，許是喜事……」

喜事？楚雁南更是摸不著頭腦，還沒想出個所以然來，只見幾個御醫齊齊跪倒在地，幾乎連話都說不清楚了——

「皇上大喜，天佑我大齊，殿下她，已然有孕一個月有餘。」

「啊？」尹貞甯忽然捂住嘴一陣乾嘔，方才太過緊張，竟是連每日必有的孕吐都忘了！這會兒緩過勁來，一下就吐了出來。

陸天麟慌得跟什麼似的，忙又是餵水、又是手忙腳亂地抓旁邊放著的青梅給妻子，好歹吃了幾個酸梅，尹貞甯才平靜下來。

旁邊的齊灝早已是目瞪口呆──

這是不是意味著，很快自己不但要有個外甥，還會再添個弟弟或者妹妹了？

把老婆抱在懷裡的楚雁南，回頭瞧著扠腰仰天哈哈大笑的皇帝，又瞪一眼跪在地上不斷說著「皇上大喜」的幾個御醫，氣得直咬牙──

這幾個混蛋沒長腦子嗎？什麼皇上大喜，那是自己的老婆、自己的娃好不好！

決定了，以後孩子生了，就是他們跪著求，也絕不讓他們看自己的娃一眼，就是皇帝，也不例外！

──本篇完

文創風 248-250

全套三冊

芳草扶疏雁南歸

未來公公是上一代戰神，
親爹是這一代戰神，準夫婿是下一代戰神，
有三代戰神從旁護持，你敢惹她?!

擅寫甜寵文．深情入你心 ／月半彎

上一世的姬扶疏，作為神農山莊最後一位傳人，她受盡寵愛。
這一世重生為陸扶疏的她，成了爹和二娘認定的掃把星，
小小年紀就和大哥被送到這貧瘠得草都不長一根的小農莊，
雖然過著自己吃自己的生活，但她卻快樂似神仙！
這世她不想情情愛愛，只想低調過日，
偏偏老天爺讓她遇見前世自己救過的那個小不點兒楚雁南，
竟已長成驚天地、泣鬼神的絕世美男，還對她疼寵得不行，
意外露了一手本事也攪亂了她平靜的日子……

前世，當她是小菜一碟處理了，
這世，她教你懂得——什麼叫高人不好惹！

清新微甜・機巧鬥智／十月微微涼

全套五冊

風華世家

劇情別出心裁、峰迴路轉
看男女主角耍花腔、鬥心機、甜蜜放閃光！

文創風 226 **1**

她叫季嬌嬌，是剛出社會的菜鳥小女警，出任務第一天就出意外，
雖然她一窮二白，但憑著體內流著伸張正義的熱血，
救了遭綁架的江寧大戶季家的小公子，成了季家的小養女，
說實話，這季家可不簡單，主事的老夫人有大秘密，
大夫人的狀元老公死得不明不白，二夫人的老公是活死人，
這麼懸疑刺激的季家人生，她不警醒幫著點兒怎麼行……

文創風 227 **2**

為了要她幫忙，他可以不顧禮教，大半夜的來人家未婚女子房間；
想請她加入他的陣營，還誇她是塊大肥肉，不占這便宜會睡不著。
把她這樣一個妙齡少女說成大肥肉，她看他才是討人厭的老混蛋！
偏偏這位楚大人怪叔叔來自刑部，若要探查謀害季家的真凶，
她只好忍著被氣死、被算計的風險，勉強跟他「一起」、「合作」了……

文創風 228 **3**

聽到皇上賜婚的旨意，她幾乎像是被雷劈了！
這皇上到底是給不給人活，她才十三歲而已啊，
居然指婚將她許給高齡已達二十八的楚大人，
在她心中，他可是超級不對盤的怪叔叔一枚，沒有愛的感覺啊……
她恨死他了！都怪他幹麼找她去協助辦案，招了皇上的眼，真的賠大了！

文創風 229 **4**

當初皇上賜婚時可是兩廂都不情願，
然而一起度過生死大劫之後，彼此的古怪都成了美好的特別……
兩人只要碰在一塊，就耍耍花腔，共商大計，
手牽手、心連心地面對朝廷的暗黑勢力，倒也是夫唱婦隨……

文創風 230 **5** 完

皇上好不容易找回失散的孫女，自是疼得不行，
深覺楚攸這老男人配不上自家孫女兒嬌嬌，天天給他排頭吃，
殊不知，扮豬吃老虎的可是嬌嬌小公主，把楚攸治得死死的！
兩人合作平息奪嫡大戰、聯手大破篡位陰謀，默契天下無敵……
要知道像嬌嬌這樣戰鬥力爆表的女人，也沒其他男人敢挑戰了。

有人穿越是為了談情說愛，還有人是為了種田營生大賺一筆，
而她的穿越，難道是為了展示在警校的學習成果麼？
好啦，辦大案，破奸計，安朝廷之外，她戀愛也談得真夠本了！
甜得旁人都快被閃瞎了……

文創風230《風華世家》5
收錄精采萬分的繁體版獨家番外篇兩篇 ！

妙語輕巧，活潑悠然／于隱

福妻稼到

《在稼從夫》讓妳意猶未盡嗎？

繼續幸福到底吧！

當個和尚娘子，
為了幸福，她不介意做一回豪放女，
幸好，他孺子可教也……

不管事業或愛情，一旦出手，便要通通都幸福！

文創風 224 上

雖説穿越已不稀奇，可她鄭晴晴怎偏偏來到這農村貧戶，
沒得玩宅鬥也就罷了，什麼都沒搞清楚就被迫披上嫁衣，
聽說，她相公還是個剛剛還俗的和尚?!
幸好他未捨七情六慾，人又可愛得緊，讓她越看越合意——
他木訥，可待她百般疼寵，時時將她放在心窩上；
他青澀，可家事房事卻是一點就明，甚至懂得觸類旁通……
得此夫君，往後以櫻娘的身分活著似乎也挺稱心，
反正她並非無才無德，幫著夫家在古代討生活絕不是問題。
只是日子轉好，這天災人禍終是躲不過，
好吧，不忍他一人獨撐，這一家子的生計，她跟著扛了！

文創風 225 下

身為現代女，她滿腦子創意，竟在古代教人織起了線衣！
想不到還真在豪門貴女間掀起流行，教她狠狠賺了好幾筆，
她不僅幫助夫家累積家產，還扶持丈夫維護家族和樂，
而今小叔們一個個成了家，她也如願以償懷了孕，
看在旁人眼裡，她持家有道又會掙錢，還和相公愛得甜膩，
可說家庭、愛情、事業皆得意，往後好好相夫教子便是，
好日子看似不遠，可一道皇命輕易就擾人安寧——
國家徵召天下男丁，即便使錢，家中仍須推派一人服徭役，
身為長兄他甘代此責，卻苦了她夜夜抱著家書睹物思人，
果真太幸福容易遭天妒嫉啊！他這一去，不知可有歸期……

文創風196-198《在稼從夫》，勾起溫馨回憶！

文創風 250

芳草扶疏雁南歸 3 完

國家圖書館出版品預行編目資料

芳草扶疏雁南歸 / 月半彎著. --
初版. -- 臺北市 : 狗屋, 2014.12
冊 ; 公分. --（文創風）
ISBN 978-986-328-391-1（第3冊：平裝）. --

857.7　　103022413

著作者　月半彎
編輯　王佳薇
校對　沈毓萍　蔡佾岑
發行所　狗屋出版社有限公司
地址　台北市104中山區龍江路71巷15號1樓
電話　02-2776-5889～0
發行字號　局版台業字845號
法律顧問　蕭雄淋律師
總經銷　知遠文化事業有限公司
電話　02-2664-8800
初版　103年12月
國際書碼　ISBN-13　978-986-328-391-1
原著書名　**《重生之废柴威武》**，由北京晉江原創網絡科技有限公司授權出版

定價250元
狗屋劃撥帳號：19001626
網址：love.doghouse.com.tw　E-mail：love@doghouse.com.tw

版權所有・翻印必究　倘有倒裝、缺頁、污損請寄回調換